비뢰도

飛雷刀

비뢰도 17

검류혼 장편 新무협 판타지 소설

초판 1쇄 찍은 날 § 2005년 12월 15일
초판 5쇄 펴낸 날 § 2014년 10월 24일

지은이 § 검류혼
펴낸이 § 서경석

편집장 § 문혜영
편집책임 § 장상수
편집 § 이재권 · 유경화 · 심재영

펴낸곳 § 도서출판 청어람
등록번호 § 제1081-1-89호
등록일자 § 1999. 5. 31
어람번호 § 제2-0781호

주소 § 경기도 부천시 원미구 심곡1동 350-1 남성B/D 3F (우) 420-011
전화 § 032-656-4452 팩스 § 032-656-4453
http://www.chungeoram.com
E-mail § eoram99@chollian.net

ⓒ 검류혼, 2005

ISBN 89-5831-887-2 04810
ISBN 89-5831-855-4 (세트)

※ 파본은 본사나 구입하신 서점에서 교환하여 드립니다.
※ 저자와 협의하여 인지를 붙이지 않습니다.

비뢰도

飛雷刀

FANTASTIC ORIENTAL HEROES

검류혼 장편 신무협 판타지 소설

17

새로운 시작

도서출판 청어람

목차

그동안의 줄거리 _ 6

시(始) _ 9

등가(等價)의 잣대 _ 95

청부(請負)! _ 119

회담 _ 139

중앙표국의 운명 _ 148

그의 공포(恐怖) _ 168

세 번의 만남 _ 177

어떤 서신(書信) _204

꿈 _225

몽환산장(夢幻山莊) _229

파괴 & 재생 _242

비류연과 그 일당들의 좌담회 _277

학생이라면 반드시 읽어야 할―그러나 거의 아무도 읽지 않는―
천무학관 지정 필독 추천 도서 108종 _283

그동안의 줄거리

　백 년 전, 네 명의 심복과 함께 무림에 피와 공포를 비처럼 흩뿌리며 폭풍처럼 나타난 이가 있었으니, 사람들이 감히 두려워 그 명(名)조차 함부로 입에 올리지 못했던 '그'의 이름은 바로 천겁혈신 위천무였다.
　아무도 그의 행보를 막지 못했다. 뭇 검객들의 피와 도객들의 살이 그들의 생명과도 같은 도검과 함께 천참만륙(天斬萬戮)되어 허공 중에 비산했으니, 이 참화를 가리켜 사람들은 '천겁혈세(天劫血世)'라 불렀다.
　무림은 절망했다. 그러나 희망은 절망의 끝에서 나타나는 법.
　절망의 낭떠러지 끝에서 새로운 희망이 나타났다. '그'가 나타났을 때처럼 홀연히 등장한 이는 푸른 검과 붉은 도를 양손에 쥐고 천신(天神)처럼 휘두르는, 흡사 절세가인처럼 아름다운 은발의 미남자와 흑사자의 갈기 같은 흑발(黑髮)을 나부끼며, 하늘을 뭉갤 듯한 기세로 도를 휘두르는 사내였으니, 후일 사람들이 무신(武神)과 무신마(武神魔)라 부르며 추앙하게 된 두 사람의 이름은 태극신군 혁월린과 패천도 갈중혁이었다.
　이 둘이 화산 낙안봉에서 장마철에 범람하는 홍수처럼 멈출 줄 모르던 천겁령의 진군을 멈춰 세웠으나, 가장 무서운 최강최악의 적인 천겁혈신 위천무의 생사는 확인되지 않은 채 악몽(惡夢) 속으로 모습을 감추었다.

이제는 천무봉이라 불리우는 화산 낙안봉에서의 대결전 이후 어둠 속으로 모습을 감춘 천겁령의 재발호를 대비하기 위한 후기지수 양성의 일환으로 천무학관과 마천각이라는 두 개의 전문 교육 기관이 탄생했다.

그로부터 백 년이 지났다.

천무학관 내에서도 오직 한 학년에 64명만이 참가할 수 있다는 하기합숙에 참가하게 된 사신단 중 최하위인 주작단은 아미산으로 떠나게 된다. 그러나 그들의 조련을 담당할 예정이었던 철담비환 진조운은 모종의 이유로 횡사하게 되고, 대신에 행인지 불행인지 고민할 필요 없이 절대적으로 불행하게도, 그 빈자리를 메운 사람은 자칭 우주제일초천재절정미소년 비류연이었다.

이 주작단과의 인연으로 괴짜 사부 슬하에서 고생당하고 있다 주장하던 비류연은 가출을 결심하고, 사문의 비보인 비뢰도(飛雷刀)와 묵금(墨琴)을 싸들고 천무학관에 입관하게 된다. 우여곡절 끝에 철수와 영희를 제자로 두게 된 비류연은 마음을 닫고 지내던 검후의 제자 빙백봉 나예린을 만나 그녀와 가까워지게 되나, 그 때문에 그녀의 원치 않는 추종자인 빙봉영화 수호대와 여러 추종자들의 원한을 사게 된다.

환마동 시험에서 자기 자신과의 싸움을 가볍게 이겨낸 비류연은 입관하면서 사귄 친구들과 젊은이들에게 최대의 비무대회라 할 수 있는 화산규약지회에 참석하게 되고, 그곳에서 혁중이라는 정체불명의 노인과 또 다른 전설인 천무삼성을 만나게 된다.

한편, 사라진 천겁령의 잔존 세력이라 할 수 있는 천겁우의 주요 인물인 대공자 비 역시 가슴속에 화산을 통째로 불태울 거대한 음모를 숨긴 채 그의 일곱 심복인 마천칠걸과 함께 화산지회에 참가하고 있었다.

마침내 화룡의 붉은 어금니가 화산 홍매곡과 그 안의 모든 사람을 불태우려는 그 순간, 비류연의 몸에서 비뢰도 최종비기 중 하나인 풍신이 발동해 화룡을 하늘 위로 날려 버린다. 그러나 힘을 다한 비류연은 나예린의 무릎에 쓰러지고 마는데…….

다행히 다행히 사람들도 목숨을 건졌지만, 홍매곡이 재가 되는 것을 막을 수 없었고 대공자 비와 그 일당들을 두 눈 뜬 채 놓치고 만다.

여러 사람의 바람과는 다르게 비류연은 멀쩡했고, 이제는 검후에 의해 공인된 연인 나예린과 제자인 빙검 철수와 염도 영희, 그리고 제자 겸 사제인 주작단… 덤으로 극구 동행을 주장한 혁중 노인과 함께 천무학관으로 돌아온다.

그해 겨울, 또 하나의 겁화에 의해 한 은장이 불타고 한 인물이 강호에 발을 디디려 하고 있었으나 아무도 그 나비처럼 가벼운 발걸음이 가져올 폭풍에 둔감해 있었다.

그리고, 사나운 겨울이 지나고 봄이 왔다.

이제 새로운 이야기가 시작된다.

시(始)
―회귀(回歸)

"아직도 보이지 않는구나……."

사내는 잠시 발걸음을 멈추고 자신의 발 아래 놓여 있는 쭉 뻗은 길[道]을 바라보았다. 지금까지 그가 지나왔던 길은 아직 지워지지 않은 채 그의 등 뒤에 놓여 있었다.

가야 할 길은 아직 까마득히 멀었다. 지평선을 꿰뚫고 저 너머의 세계로까지 이어진 그 길은 과연 끝이 있을까 하는 불안감을 하찮은 인간의 마음에 심어준다.

얼핏 보아서는 사내의 나이를 짐작할 수 없었다. 설상가상(雪上加霜)으로 머리에 쓰고 있는 챙 넓은 초립에 더 더욱 갈피를 잡기 힘들다. 하지만 특정한 거처도 없이 강호를 떠도는 낭인(浪人)들이 넘치고 넘치는 시대인지라 그다지 특별할 것 없는 모습이기도 했다. 그저 한 가지 인상적인 점이 있다면, 길게 자란 앞머리 탓인지 얼굴이 반 이상 가려져 잘 안 보인다는 정도일까? 평소 머리 손질을 자주 하지 않는 편인 모양인데 이것 역시 별 대수롭지 않은 특징이긴 하다. 강호를 유랑하는 낭인들이란 자신의 외모보다는 오로지 자신의 생존에 각별한 관심을 기울이게 마련이다. 사내가 일개 낭인들과 구별되는 것은 기다란 머리카락 사이로 언뜻언뜻 심연에 다다른 듯 깊이를 알 수 없는 눈동자가 드러날 때뿐이었다.

사내는 우주를 관조하는 것처럼 심원한 눈빛으로 자신의 앞에 무한히 뻗어 있는 길을 지그시, 그리고 찬찬히 음미하듯 바라보았다. 치렁치렁한 앞머리는 그에게 아무런 장애도 되지 못했다. 그의 눈은 자신의 시야에 비치는 것만을 인지할 수 있었지만—그 시야라는 것도 범인의 다섯 배 이상에 달했다—그의 정신은 그마저도 뛰어넘어 시야의 저편, 언젠가 자신이 도달해야 할 곳을 꿰뚫어 보고 있었다.

눈에 힘을 집중시켜 안력(眼力)을 돋우자 지평선 위에 걸쳐진 거뭇거뭇한 그림자가 시야 안으로 들어왔다. 대지와 하늘의 경계에 잘려진 산의 그림자였다. 그림자의 끄트머리는 어찌어찌 잡을 수 있을 것도 같으니 그나마 나은 형편이라 해야 하나? 주위를 둘러봐도 보이는 것은 넓은 들판과 그 위에 솟은 산, 바꿔 말하자면 나무와 풀뿐이었다. 인기척은 어디에도 없는 길. 사람의 기척만 없다 뿐 중원 어디에나 뚫려 있는 평범한 길이었지만 이 사내에게는 결코 평범한 의미로 다가오지 않았다.

이 여정의 종착지에서 자신을 기다리고 있는 것은 무엇일까? 이 길은 자신을 어디로 인도하고 있는 것일까?

내면으로부터 끊임없이 피어오르는 의문이 꼬리에 꼬리를 물고 이어지지만 어느 것 하나 명쾌하게 답변이 나오는 것은 없다.

그 길의 마지막에서 기다리고 있는 것은 끝일까, 아니면 끝을 넘어선 새로운 시작일까?

쿵쿵!

사내가 느닷없이 오른쪽 발을 들어 힘차게 땅바닥을 두어 번 굴렀다. 발바닥을 타고 전해져 오는 대지의 굳건함이 그의 심장에 작지만 또렷한 울림을 던져 주었다. 그의 심장은 지금도 힘차게 맥동하고 있었다.

'나는 지금 여기에 있다.'

유치하다고 비웃음당해도 상관없었다. 그는 자신이 서 있는 위치를 존재의 작은 몸부림을 통해 확인해 보고 싶었던 것이다. 앞으로 해야 할 일의 무게가 자신을 짓누르기 전에.

만류일귀(萬流一歸). 모든 강물이 바다로 흘러들어 가듯 모든 이치는 하나의 리(理)로 귀일(歸一)한다고 했던가?

그러나 저기 보이는 저곳은 바다가 아니었다. 저곳은 자신이 흘러나온 원천(源泉)일 따름이다. 그렇다면 자신은 바다를 찾고자 하는 게 아니라 흐름[流]을 거슬러 올라 근원(根源)으로 회귀하고자 헤엄쳐 가는 한 마리 연어와 다름없을지도 모른다.

"다시 이곳으로 돌아올 일은 없으리라 여겼건만……."

자신의 다짐이 관철되기에는 세상의 물살이 너무 거셌다.

요람(搖籃)에서 나와 세상 속을 뒹굴며 자기 자신의 존재를 확인하고자 했지만, 결국 도착한 곳은 자신이 그렇게도 나오고자 발버둥 치던 요람이었다.

그러나 이곳이 아니면 안 된다.

이 넓은 세상에서도 오직 이 길의 끝에서만 자신이 원하는, 그리고 추구하는 해답을 얻을 수 있다는 것을 그는 본능적으로 알고 있었다.

그는 다시 지평선을 향해 걷기 시작했다. 그걸 걸음이라고 부를 수 있다는 가정 하에서 하는 말이지만. 그와 함께 걷기 시작한 것이 일반인이라면 곧 까마득한 점이 된 사내의 등을 발견할 수 있으리라. 만약 상대가 경공이란 걸 다소나마 익힌 무림인이라 해도 그는 곧 깨닫게 될 것이다. 자신이 아무리 내공을 짜내고 근육을 혹사시켜도 이 사내를 추월할 수 없다는 사실을. 축지법이라도 쓰고 있느냐고 묻는다면 사내는 단호히 '아니[不]'라고 대답했을 것이다. 그가 아무리 빨라도 지평선을 뛰어넘기는 불가능한 법. 그래도 삽시간에 저 앞으로 갈림길이 나왔다.

산도 조금 전에는 산머리, 사람으로 치자면 머리 가마가 있는 부분만 간신히 보이는 정도였는데 이제는 전체적인 형태가 매우 또렷이 보인다. 사내는 갈림길에 서서 좌우를 살펴보았다. 한쪽 길은 넓고 한쪽 길은 좁았다. 한쪽은 잘 다듬고 깔끔하게 관리한 모양인지 매우 곧고 평탄했다. 반면 다른 한쪽은 다듬어지기는커녕 거의 방치되고 있었다. 마차가 다니기도 힘들 정도로 좁고 울퉁불퉁했다.

갈림길에서 왼쪽으로 쭉 이어지는 대로(大路)의 끝에는 유명한 산이 하나 있다. 그 산의 이름은 아미산(蛾眉山)! 검과 여인으로 유명한, 구대문파 중에서도 부동의 자리를 고수하고 있는 아미파(蛾眉派)가 그 안에 자리를 틀고 있었다. 그러나 사내가 가고자 하는 곳은 그곳이 아니었다. 그가 지향하고 있는 곳은 아미파가 자리한 준봉으로부터 한참 떨어진 이름없는 봉우리였다. 잊혀진 과거가 철없던 어린 시절과 함께 아련한 추억 속에 묻혀 있는 시작의 땅. 두 번 다시 그곳에 발을 디딜 일은 없을 거라 여겼던 맹세의 장소.

"결국 이곳까지 오고 만 것인가⋯⋯. 다시 이 갈림길에 설 일은 없을 거라 생각했었건만."

그는 자조 섞인 목소리로 쓸쓸하게 뇌까렸다. 그때와 마찬가지로 이 갈림길은 그에게 선택을 강요하고 있었다.

바로 그때였다.

'응?!'

그의 몸이 살짝 미동했다. 그리고 잠시 후, 바위처럼 굳게 닫혀 있던 그의 입이 잠깐 열렸다.

"⋯소란스럽군."

적막이 들어앉아 있는 길 한가운데 서서 사내는 나지막하게 중얼거렸다. 그러나 사방은 여전히 침묵으로 일관하고 있었고, 이 정적을 깨뜨리기에는 그의 중얼거림이 너무 미약했다.

길은 아무래도 자기 위를 밟고 서 있는 그가 못마땅했는가 보다. 길은 걸으라고 있는 거지, 멈춰 서 있으라고 있는 게 아니라고 주장하고 싶은 걸까?

사내가 다시 걷기 시작했다. 천천히. 그리고 이 정적을 깨기 위한 때[時]가 시간의 화살이 되어 자신을 향해 날아오는 것을 기다렸다. 전조(前兆)는 희미한 땅 울림으로부터 시작됐다.

저 멀리 지평선 너머로부터 지나친 속도로 화급하게 길을 가로질러 오는 이가 있었다.

그가 다시 걸음을 떼고 난 지 일각 후, 멀리서 희미하게 말발굽 소리가 들렸다. 대지를 요란스레 질타하는 다중 공명의 말발굽 소리로 미루어볼 때 말 네 필이 끄는 사두마차였다. 그러나 사방에 들어찬 적막을 날려 버리자면 아직은 시간이 더 필요했다. 보통 사람의 시야로도 볼 수 있을 만한 거리에 불쑥 마차가 나타난 것은 그로부터 반 각이나 더 지난 후였다.

두두두두두두!

푸룩푸룩푸룩!

"이랴! 이랴! 이랴!"

철썩! 철썩! 철썩!

이제는 말발굽 소리가 시끄러울 정도로 또렷이 귓가에 울려 퍼지고 있었다.

말발굽이 대지를 박차는 소리, 헐떡이는 말들의 몸 위로 떨어지는 다급한 채찍 소리, 마부의 광기 어린 독촉, 그 인정사정없는 채찍질에 지친 말들의 투레질 소리가 너무도 생생하게 그의 귀에 잡혔다.

화려하진 않지만 고급스런 사두마차가 거칠게 흙먼지를 일으키며 관도를 질주해 오고 있었다. 건장한 마부가 통나무처럼 굵은 팔뚝으로 쉴 새 없이 채찍을 내려치며 말들을 재촉했다. 그리고 그의 입은 더욱더 거칠고 우악스럽게 호통을 치고 있었다.

"비켜! 비켜! 비켜!"

모양인즉슨 달리는 마차 앞에 느닷없이 미련한 궁둥짝을 들이민 소를 다급하게 쫓아내려는 것 같았다. 그러나 애꿎게 소 취급을 당한 것은 바로 길을 걷고 있던 초립의 사내였다.

그리 좁지는 않았지만 사두마차 하나면 가득 찰 만한 길이다. 한 가지 확실한 점은 이 마차가 결단코 행인의 안전을 우선적으로 염두에 두고 멈출 리는 없다는 것이었다. 피해갈 생각도 없다는 것은 이어서 튀어나온 거친 말만 보아도 확실했다.

"비켜! 비켜! 비켜! 어이, 거기! 앞에서 알짱거리는 새꺄! 빨랑 비켜!

죽고 잡냐!"

 우락부락한 마부는 가능하기만 하다면 지나가던 행인에게 따끔한 채찍 맛이라도 보여줄 기세였다. 그 거칠고 막돼먹은 기세는 사내의 기억 속에서 희미해진 단어 중 하나를 일깨워 주웠다. 꽤 익숙한 말. 음, 이런 것을 뭐라 부르더라? 잠시 후 그는 오른쪽 주먹으로 왼쪽 손바닥을 경쾌하게 탁 칠 수 있었다.

 '아참, 저런 게 무례(無禮)란 거였지?'

 마침내 기억이 돌아오자 그는 기억 상실에서 회복된 환자처럼 기뻐했다.

 "음음."

 사내는 연신 고개를 끄덕였다. 오랜만에 이런 취급을 받아보니 나름대로 신선했다. 그리운 느낌마저 들었다.

 이제 정지란 개념을 이해하지 못하는 질주 마차와 초립사내의 간격은 지척이었다. 저 사나운 말발굽 아래 깔릴 예정이라면 몸 성할 생각은 버려야 했다. 그러나 사내는 흥미로운 표정으로 연신 고개를 끄덕이면서도 계속 길을 걸어갔다. 결코 옆으로 비킬 생각은 없다는 듯이. 당연하다. 왜 무례하게 강요하는 일방적인 요구에 순순히 응해야 하는가?

 "이런 미친!"

 히이이이잉!

 마부가 마침내 말고삐를 힘껏 늦추었다. 본능적인 행동이었다. 사실 맘 같아서는 그냥 깔아뭉개고 지나가고 싶었다. 최후의 양심이 그의 행동에 최후의 최후에 가서 고삐를 채지만 않았더라도 그는 그리 행하였을 터였다. 그러나 멈추는 일에도 다 때라는 게 있는 법이다. 이렇게 막판에 가서 고삐를 늦춰봤자 엄청난 속도가 한순간에 사라지는 일은 적어도 이 세계 안에서는 일어나지 않는다. 사납게 달려오던 마차는 마부의 제지에도 불구하고 이미 사내를 깔고 지나간 후였다. 자욱한 흙먼지를 꼬리처럼 뒤로 남긴 채.

끼이이이익!

히이이이이잉!

십 장 정도 더 달려나가고 나서야 폭주마차는 겨우 멈춤이 뭔지에 대해 이해했다.

사두마차는 꽤나 훌륭한 제작 과정과 마감 과정을 거쳐 양질의 관리를 받은 물건이었지만 이처럼 갑작스런 변화에 견뎌내기에는 내구성이 약간 부족했던 모양이다.

쩌적! 쾅!

요란한 소리와 함께 왼쪽 바퀴가 축으로부터 튕겨져 나갔고, 마차는 자연의 이치에 따라 왼쪽으로 급격히 기울어졌다.

"워워!"

마부는 다급하게 마차를 제어하려 했지만 이미 그의 건장한 두 팔뚝으로도 사태를 어찌하기에는 불가능했다. 상황은 이미 그의 팔심이 감당할 수 없는 영역에 도달해 있었다.

"흐헉!"

이대로는 속도를 이기지 못하고 본체마저 산산조각날 절체절명의 위기였다. 그때 가녀린 손 하나가 마차의 창밖으로 불쑥 튀어나왔고, 이어서 '펑!' 하는 소리가 울려 퍼졌다. 땅이 한 번 진동을 하자 위태롭던 마차 역시 그 반동으로 거세게 들썩거렸다. 속도가 약간 떨어지면서 마차가 지면 위에 거칠게 내려앉았다. '우당탕탕' 하는 굉음을 대여섯 번쯤 토해내고 어지럽게 춤을 춘 뒤에야 마차는 겨우 안정을 되찾았다. 마차의 열렬한 춤사위에 흥분한 대지가 황토색 입김을 뿜어 댔다. 구름처럼 일어난 흙먼지가 자욱하게 주위를 뒤덮었다.

"크으으윽!"

자욱한 먼지 속에서 신음 소리와 함께 뒤통수를 부여잡고 걸어나온 사람은 건장한 체구와 철사 같은 수염이 인상적인 마부였다. 그는 허둥지둥 마차의 객실문 쪽으로 쩔뚝거리며 걸어가더니 다급한 목소리로 문을 두드렸다.

"아가씨, 괜찮으십니까? 아가씨!"

조금 전의 험악한 모습은 온데간데없다. 산적질에나 딱 맞을 그의 얼굴은 지금 걱정만이 가득했다.

잠시 후 마차 안에서 목소리가 들려왔다.

"…전 무사합니다. 소란 떠실 필요 없습니다."

이런 혼잡한 와중에도 의외일 정도로 의연한 목소리였다. 아직 앳된 목소리로 미루어보아 나이는 그리 많지 않을 텐데도 어지간한 어른들보다 침착했다. 특히 저 마부보다는 훨씬 더. 역시 철드는 것과 나이는 별 상관이 없는 모양이다.

마차 문이 열리고 새하얀 발이 스윽 뻗어 나왔다. 소녀는 우아하게 몸을 일으켜 깃털처럼 사뿐히 땅에 내려앉았다.

열여덟쯤 되었을까? 새하얀 피부, 오뚝한 코, 의지가 깃든 검고 맑은 눈동자, 가지런하면서도 윤기가 흐르는 머릿결, 적당하게 부풀어 오른 봉곳한 가슴, 호리호리한 몸매에 버들가지처럼 낭창낭창한 허리. 어리지만 확실히 눈에 확 띌 만한 미인이었다. 백의의 소녀는 금방이라도 꽃잎을 틔울 것처럼 농익은 꽃봉오리였다.

"무사하셨군요, 아가씨!"

'아가씨 덕분에 무사했습니다'를 잘못 말했다는 것을 깨달을 만한 지각(知覺)은 이 남자에게 없는 모양이었다. 그래도 그는 마차가 땔감이 되는 걸 필사적으로 저지하고자 했으니 그 노력의 가상함은 인정해 줄 만했다.

그때 또 하나의 목소리가 들렸다. 이번엔 남자 목소리였다.

"콜록콜록! 아야야! 아직 살아 있긴 살아 있는 건가⋯⋯."

마차에는 소녀 이외에도 한 명이 더 타고 있었다. 스무 살 정도로 보이는 젊은 청년이었다. 한 떨기 백합처럼 고아한 자태의 백의소녀에 비해 광채의 밝기 면에서 꿀리는 감이 없잖아 있지만, 그래도 꽤 준수한 얼굴이었다. 대중에게 통하는 얼굴이라고나 할까. 왼쪽 팔뚝에 가볍게 붕대를 감고 있는 것으로 보아 경미한 부상을 입은 듯했다. 두 사람 모두 허리에는 검을 차고 있었다. 적어도 두 사람의 검 모두 장식용은 아닌 것 같았다. 그리고 그러는 편이 두 사람의 신상에도 이로웠다.

"콜록콜록! 괜찮으십니까, 진 소저?"

청년은 자욱한 황토빛 먼지구름에 목이 간지러운지 연거푸 기침을 하며 소녀의 안부를 물었다. 평소라면 상당히 번듯하게 보였을 얼굴도 어느새 난민처럼 먼지투성이가 되어 있었다.

"전 괜찮습니다. 유 공자야말로 놈들에게 당한 상처는 괜찮으신지요?"

"아직 멀쩡합니다. 그런 쓰레기 같은 놈들에게 조금 베였다고 해서 끙끙거리면 체면이 말이 아니죠. 걱정 마십시오."

유씨 청년이 왼팔을 휘휘 휘둘러 보이며 씩씩하게 대답했다. 안 아플 리야 만무하지만 저 나이 때면 으레 여인 앞에서 허세도 부리고 싶은 법. 필경 속으로는 눈물을 삼키고 있으리라.

자욱했던 먼지가 조금 가라앉자 그제야 마차의 형태가 뚜렷하게 드러났는데 놀랍게도 여기저기가 상처투성이―의심할 여지 없는 칼자국―였다. 게다가 보란 듯이 심심찮게 꽂혀 있는 화살들은 장식용이 아닌 게 분명했다. 마치 전장의 한복판을 가로질러 오기라도 한 것 같은 모습이었다.

"죄, 죄송합니다, 아가씨! 달리는 마차 앞을 가로막는 미친놈만 아니었어도 일이 이렇게 꼬이지는 않았을 것을! 아가씨의 신변에 만에 하나 무슨 일이 생기면 어떻게 주인어른의 얼굴을 뵐 수 있을지… 크흑! 정말 원통합니다!"

철사수염의 마부가 분하다는 듯 바위만한 주먹을 움켜쥔 채 부르르 떨며 분통을 터뜨렸다. 이미 지나가던 미친놈의 생사 따윈 관심의 대상이 아니었던 모양이다. 마부보다는 산적이라고 하는 편이 사람들을 납득시키기에 더 설득력이 있었다.

"미친놈이라니… 그건 좀 심한 평이로군. 본인은 그저 길을 걸어가기만 했을 뿐인데 말일세."

어디선가 뜬금없이 들려온 한가로운 목소리.

격분을 이기지 못하고 부르르 몸을 떨던 마부는 화들짝 놀라 소리가 난 곳을 향해 경추 탈골의 위험에도 아랑곳하지 않고 고개를 홱 돌렸다. 소녀와 청년 역시 깜짝 놀라며 누가 시키지도 않았는데 마부와 같은 행동을 취했다.

이들 셋이 비록 함께 경악하기는 했지만 이유는 각기 달랐다. 산적같이 생긴 마부는 저 미친놈이 납작 포가 되지 않고 사지 멀쩡히 살아있다는 사실에, 청년은 이토록 가까운 곳에 저토록 편하고 느긋하게 사람이 앉아 있었는데도 전혀 기척을 알아차리지 못했다는 사실에, 그리고 소녀는 이에 더해 그토록 자욱한 황색 구름 속에서도 사내의 낡고 빛바랜 옷에는 먼지 한 톨 묻어 있지 않다는 사실에 놀랐다.

반경 십 보 안에 있는 사람의 기척조차 감지할 수 없는 안이한 수련 따위는 받아본 기억이 없다. 그런데 자신들의 감각에 혼란이 온 것인가? 불과 십 보도 떨어지지 않은 길가에 초립을 쓴 사내는 보란 듯이 앉아 있었다.

"당신은 누구요?"

청년이 경계하며 물었다. 그의 눈에 비친 사내는 이미 수상한 놈이라는 딱지를 이마에 달고 있었다. 그러니 질문에 예의 따위가 들어 있을 리 만무했다.

그렇게 해서 초립의 사내는 하루에 연속 두 번의 무례를 겪는 진귀한 경험을 하게 되었다. 사내의 입가에 가벼운 미소가 걸렸다.

"나 말인가?"

사내의 말에 청년은 고개를 끄덕였다.

"그냥 지나가던 행인일세."

그러자 마부가 발끈해서 꽥 고함을 질렀다.

"아가씨, 저 녀석입니다! 저 자식 때문에 저희 마차가 전복된 겁니다! 저놈이 길에서 피하기만 했어도 마차는 전복되지 않았을 겁니다! 저딴 망할 자식은 마차에 깔려 피떡이 되었어야 했다구요!"

얼마나 흥분했는지 마부는 사내를 향해 삿대질까지 마구 해대고 있었다.

"피떡이라니? 그것 정말 몰인정한 말이구먼. 뼛속 깊은 인명 경시 사상은 좋지 못해요. 사람의 생명을 존중할 줄 알아야지. 만수일리(萬

殊一理)라는 말도 못 들어봤나? 모두가 하나에서 나왔으니 한 형제가 아니겠는가?"

　초립의 사내는 고개를 절레절레 흔들며 설법하듯 말했다.
　그런데 뭔가 이상했다. 굉장히 아귀가 맞지 않는 일이 눈앞에서 버젓이 벌어질 때 느껴지는 특유의 위화감. 그 사실을 먼저 깨달은 사람은 소녀 쪽이었다.
　피하질 않아? 피하질 않다니?!
　"피하질 않았는데 어떻게 저리 멀쩡할 수 있죠?"
　초립을 쓴 사내의 사지는 온전히 다 붙어 있었고, 몸통에는 바퀴 자국도 나 있지 않았다. 사내가 입은 단정한 흑의는 백색에서 황색으로 변해 버린 마부의 마의와 무척 대조를 이루고 있었다.
　요모조모 신경을 써서 뜯어보았지만 안타깝게도 지극히 평안한 모습이었다. 아무리 봐도 말 네 마리가 신나게 짓밟고 지나간 사람 같지는 않았다.
　"음? 무슨 말인지 모르겠군. 난 그저 길을 가던 것뿐이네. 갑자기 예고도 없이 흉포하게 달려와서 자기들 멋대로 전복한 것은 자네들이 아닌가? 난 모르는 일일세."
　사내의 태평한 시침에 마부는 다시금 얼굴이 붉으락푸르락해져서 소리쳤다.
　"거짓말 마라!"
　당장이라도 달려들 기세인 마부를 바라보면서 사내가 한마디 했다.
　"저 사람이 자네들 하인인가? 정말 시끄럽군. 좀 조용히 시켜줄 수 없겠나?"
　사내가 태연한 어조로 말했다. 소녀는 당장이라도 폭주한 마차가 되어 인명 사고를 낼 준비가 끝난 마부를 진정시켰다.

"진정하세요. 제가 이야기하겠습니다."

마부는 너무 흥분하고 있었다. 흥분하면 상대를 가리지 않고 으르렁거리는 게 그의 문제점이었다. 소녀는 여기서 더 이상 위험이 늘어나는 것을 사양하고 싶었기에 직접 나섰다.

"왜 피하질 않으셨는지 여쭤봐도 될는지요?"

소녀가 물었다. 버르장머리없는 두 남자보다는 훨씬 더 나은 태도가 사내를 흡족하게 했다.

"아무래도 아가씨 때문인 것 같군."

사내가 대답했다.

"왜 저 때문이죠? 전 이해할 수가 없네요."

그녀는 흥분하지 않고 차분하게 반문했다.

"저 사람이 아가씨 아랫사람이 맞다면 예절 교육을 잘못 시킨 아가씨 자신을 탓해야겠지."

"그 말씀은……."

감이 빠른 아가씨군. 그는 고개를 끄덕이며 말했다.

"남에게 부탁할 때는 예의를 갖춰야 하는 게 당연한 도리 아니겠나? 사람의 마음을 움직이려면 그에 걸맞은 준비가 필요한 법일세. 기본적인 자세가 되어 있지 않은 말에 내가 먼저 길을 피해줄 필요는 없지."

그런 하찮은 이유로 질주하는 마차를 무시한단 말인가? 마부와 청년의 눈이 휘둥그레졌다. 그러나 소녀는 여전히 침착했다.

"아하! 그렇다면 저의 잘못 때문이 맞군요."

소녀는 시원시원하게 사내의 말을 받아들였다. 오히려 의문이 가셔서 개운하다는 그런 얼굴이었다.

"허허허! 시원시원한 아가씨로구먼. 마음에 들었네. 아가씨의 얼굴을 봐서 조금 전의 무례는 잊어주도록 하지. 애당초 없었던 일이면 더 좋았겠지만 그건 이미 불가능한 일이니 그저 넘어가는 수밖에."

매우 선심 쓰는 듯한 말이었다.

"그렇군요. 과거가 없어질 리는 없으니까요. 우리들이 스스로 그것을 만들어놓았더라도, 결국은 그것으로부터 고개를 돌려 외면하거나 언제 그런 일이 있었냐는 듯 편하게 망각해 버리는 것밖에 도리가 없겠네요. 요새 사람들이 과거 천겁혈세의 비극을 잊고 사는 것처럼 말이죠."

약간 의외라는 얼굴로 사내는 소녀를 바라보았다. 보면 볼수록 마음에 드는 아가씨였다.

"아가씨!"

"진 소저!"

억울하다는 듯 마부가 외쳤다. 청년도 덩달아 외쳤다. 소녀의 행동이 이해가 가지 않는 것이다. 그들은 그녀가 사내의 억지에 반박해 주길 바라고 있었다. 그러나 그녀는 순순히 사내의 말에 수긍해 버리고 말았다. 그리고는 한가로이 뜬구름 잡는 얘기까지 주고받고 있지 않은가. 그들이 지금 절체절명의 위기 상황에 처해 있음에도 불구하고 말이다. 솔직히 이렇게 한가한 문답 따위나 나누고 있을 여유는 추호(秋毫)의 끄트머리만큼도 없었다. 그들을 집어삼키려는 창칼의 폭풍은 이제 지척까지 다가와 있었던 것이다.

"아가씨, 지금 바쁜가 보군?"

"네, 쫓기고 있거든요."

쫓기는 사람의 말투에서 항상 느껴지는 다급함과는 거리가 먼 목소리었다.

"흐흠, 도망가지 않아도 되나?"

"아뇨. 이미 늦었는걸요."

소녀가 시무룩한 목소리로 대답했다. 무척 앙증맞고 귀여운 모습이었다.

"똑똑한 아가씨로군. 마음에 들었네. 게다가 대범하기까지 하고. 어지간한 남자 한 패거리보다는 백배 낫군 그래."

초립의 사내가 흐뭇한 미소를 지으며 소녀를 칭찬했다.

보면 볼수록 정감이 가는, 요즘 세상에 보기 드문 아가씨였다. 도망가는 게 이미 늦었다는 것을 깨닫고는 그 힘을 비축해 정면으로 부딪칠 생각인 모양이었다. 이 상황에서는 내리기 어려운 영특하고 현명한 결단이라 할 수 있었다.

"아미파가 좋은 제자를 거두었군."

흐뭇한 미소를 지으며 사내가 말했다. 소녀의 눈이 휘둥그레졌다.

"어머, 그걸 어떻게 아셨어요? 저는 아미파의 제자 진소령이라고 합니다만… 사문의 표식은 지금 아무것도 지니고 있지 않은데요?"

"뭘 그런 걸 가지고 놀라나?"

소녀의 의혹에 사내는 웃으며 대답했다.

"아가씨는 아미파의 가르침대로 먹고, 아미의 가르침대로 자고, 아미의 방식대로 걷고 서고 앉고 눕지. 또 아미의 가르침대로 체내의 기(氣)를 움직이고 무공을 익히지 않았나. 살아가기 위한 가장 기본적인 행위라 할 수 있는 호흡(呼吸)조차 아미의 방식대로 행하고 있지. 안 그런가? 아가씨의 모든 행위(行爲)와 동정(動靜)이 아미의 방식 그 자체를 대변하고 있는데 까막눈이 아니고서야 어찌 그걸 모를 수가 있겠는가?"

"그런가요? 선배님의 말씀대로라면 이 세상 사람 대부분이 까막눈이겠네요?"

"허허, 그걸 이제 알았나? 아가씨처럼 총명한 여인이라면 좀 더 일찍 그 사실을 깨달았을 거라 생각했는데."

초립의 사내가 웃으며 그녀의 말을 긍정해 주었다.

"여하튼 축하하네. 아가씨는 감추어진 세계의 비밀 중 하나를 지금 막 알게 되었다네."

"그럼 제가 어디 문파인지도 아신단 말씀입니까?"

두 사람의 대화에 청년이 느닷없이 끼어들었다. 저렇게 물었다는 것은 아직 믿지 못하겠다는 의미였다. 그의 두 눈에서 불신과 질시의 불꽃이 화르르 타올랐다.

초립사내의 눈이 청년의 머리에서 발끝까지를 한 번 훑었다.

"자네의 허리에 매달린 검은 얇고 가볍군. 하지만 그만큼 빠르겠지? 자네가 몸담고 있는 곳은 힘으로 대변되는 무거움(重)을 버리고 빠름(快)을 취한 곳, 사일(射日)의 이치를 추구하는 곳이 아닌가? 자넨 후예(后羿)의 후예(後裔)로군."

사내는 단박에 젊은이의 신분을 알아맞혔다.

"마, 맞습니다. 정확합니다. 전 점창(點蒼)의 제자 유은성이라 합니다."

한 번은 우연이지만 그것이 반복되면 더 이상 우연으로 치부하기 어렵다. 이렇게 된 이상 진소령과 유은성은 초립사내의 눈썰미를 인정하지 않을 수 없었다.

확실히 눈앞의 사내는 보통 사람이 아니었다. 대체 이 사람은 누굴까?

그때였다.

"오는군."

초립사내가 검지를 들어 올리며 말했다.

"오는군요!"

진소령이 대답했다.

두두두두두두두!

수십 마리의 말발굽 소리가 대지의 정적을 단숨에 깨뜨렸다. 자욱한 흙먼지와 함께 일단의 기마 무리가 그들이 있는 곳을 향해 달려오고 있었다. 죽음이 밀물처럼 밀려들어 오는 것 같은 광경이었다.

마부의 얼굴에서 핏기가 썰물처럼 빠져나갔다. 진소령과 유은성의 얼굴에서 긴장감이 파도치는 바다처럼 넘실거렸다. 진소령은 애써 태연한 척했지만 직접 맞닥뜨려야 하는 순간이 막상 다가오자 어쩔 수 없는 공포를 느껴야만 했다. 그녀는 아직 열일곱이었다.

"아, 아가씨, 천마보(千馬堡) 놈들입니다. 벌써 여기까지 쫓아오다니… 어떻게 돼먹은 놈들인지……. 이제 어쩌죠, 아가씨?"

초조한 목소리로 마부가 물었다. 그는 목이 아프지도 않은지 연신 뒤를 돌아보고 있었다. 대지의 천둥소리는 점점 더 높고 우렁차게 울리고 있었다. 저 정체불명의 사내놈과 노닥거리지만 않아도 훨씬 먼 거리를 도망칠 수 있었다는 생각이 들자 다시 한 번 저 초립의 사내가 원망스러웠다. 그는 여전히 그의 주인 아가씨가 도망을 포기하고 맞서 싸우기로 결심했다는 것을 알아차리지 못하고 있었다.

"진 소저!"

유은성도 그녀의 의견을 구하고 있었다. 나이는 비록 가장 적으나 이 일행의 중심은 소녀임이 명백했다. 사내는 흥미로운 시선으로 이들

일행을 바라보았다.

그들이 걱정하는 게 뭔지는 쉽게 짐작할 수 있었다. 아니, 확실히 느끼고 있었다. 아까부터 계속해서 그의 귀를 괴롭히는 소리의 근원에 있을 것이다.

"저들이 더 가까이 오기 전에 빨리 도망가야 합니다!"

유은성이 외쳤다. 그러나 진소령은 고개를 가로저었다.

"이미 늦었어요. 지금 도망가 봤자 체력만 낭비할 뿐이에요. 여기서 맞서 싸울 수밖에 없어요."

그녀가 택한 길은 그들의 생명을 지키는 데는 딱히 도움이 되지 않을지 몰라도 현재로서는 최선의 방법이었다. 안타깝지만 어쩔 수 없었다.

"칫, 조금만 더 가면 되었는데……."

진소령은 분한 듯 살짝 입술을 깨물었다. 손가락이라도 물어뜯고 싶은 심정이었다. 지금까지 계속해서 태연한 척 가장하고 있었지만 이제 슬슬 한계였다. 마음의 호수가 동요하고 있었다.

'나도 아직 수행이 부족하구나.'

그녀는 자조 섞인 웃음을 지으며 내심 중얼거렸다.

그래도 순순히 당해줄 생각은 없었다.

아직 그녀에게는 마지막 한 수가 남아 있었다.

천마보주(千馬堡主) 거력쌍부(巨力雙斧) 오마광은 확실히 분노하고 있었던 모양이다. 그렇지 않고서야 평소 엉덩이가 무겁고 부하 잘 부려먹기로 유명한 그가 고작 두 명의 어린애를 추적하기 위해 직접 거의 팔십 명 가까이 되는 부하를 이끌고 천 리를 달려오지는 않았을 것이기 때문이다. '일천(一千) 마리 말들이 있는 작은 성'이라는 명칭에도 알 수 있듯이 원래 업종이 말장사인지라, 천마보는 힘센 건각(健脚)을 지닌 준마들을 얼마든지 이용할 수 있었다. 때문에 말 그대로 말 걱정 없이 빠른 속도로 추적에 임할 수 있었다.

"멈춰라!"

선두에 앞장서 달리던 두목의 손이 올라가자 부하들이 일사불란하게 말을 멈추었다. 말장사를 하기 전에 한때 마적(馬賊) 떼로 영업했던 탓인지 그들의 기마술은 놀랍기 그지없었다. 그들이 마장(馬場)을 열 수 있었던 것도 다 그때 말 강도짓으로 모은 자금과 기술 덕분이었다.

진소령과 전[元] 마적 두목의 눈이 허공 중에 부딪쳤다. 오마광의 눈에 비웃는 기색이 짙어졌다.

"흥, 웬일이냐? 지금쯤 꽁지에 불난 개처럼 허겁지겁 도망갈 줄 알았는데 말이다!"

수십 년에 걸친 경험으로 미루어볼 때 지금쯤은 당연히 헐레벌떡거리며 한창 지쳐 가고 있을 것이라고 짐작하고 있었다. 그런데 도망은커녕 당당히 그들을 똑바로 바라보며 겁도 없이 기다리고 있다니, 오마광으로서는 참으로 의외가 아닐 수 없었다. 보통 그들은 남을 추격할 때마다 늘 허겁지겁 달아나는 등만을 보아왔다. 그리고 언제나 어김없이 그 등짝에 아낌없이 칼침을 놔주었던 것이다. 추격전에서 이렇게 얼굴을 보는 것은 매우 드문 일이었다.

"흥, 도망갈 필요가 더 이상은 없으니까요."

진소령은 당찬 목소리로 대답했다. 뭔가 획기적인 타개책이라도 생각해 낸 걸까?

"호오, 그러신가?"

허세가 분명한데 넘어갈 만큼 오마광은 어리석지 않았다. 여전히 침착하고 능글능글하던 그의 얼굴이 갑자기 급변했다. 진소령의 품에서 나온 화통을 본 이후였다.

"그것은 설마……!"

오마광의 물음에 대답도 하지 않은 채 진소령은 화통의 도화선을 힘껏 잡아당겼다.

피이이이이이잉!

붉은 연기가 긴 꼬리를 그리며 하늘로 솟아올랐다.

그녀의 입가에 회심의 미소가 맺혔다. 추적자의 무리 속에서 웅성거림이 들렸다.

'동요하고 있다!'

그것이 바로 그녀가 노리는 바였다. 그녀는 가슴을 편 채 자신감 넘치는 목소리로 당당히 외쳤다.

"흥, 이런 일이 있을까 싶어서 준비했죠! 강호의 물을 좀 먹으신 분이니 방금 올라간 붉은 신호가 무엇을 의미하는지는 아시겠죠? 아미파 독문의 비상 신호탄인 '홍련삭(紅蓮索)'이에요! 아미파의 제자가 위급한 상황에 처했을 때 쏘아 올리는 것이죠! 당신들이 그 더러운 발로 딛고 있는 곳은 이미 아미파의 영역, 곧 신호를 본 아미파의 제자들이 몰려올 겁니다! 봉변당하기 전에 그만 돌아가시는 게 어때요? 그럼 지금까지의 무례는 못 본 척해 드리죠! 애당초 없었던 일이면 더 좋았겠지만요."

그러자 천마보의 진영 측에서 술렁임이 전해졌다. 역시 구대문파라는 이름은 언제나 사파에게 상대하기 껄끄러운 존재였다. 구대문파를 적으로 돌리고 좋은 꼴을 본 인간이나 조직은 아직까지 아무도 없었다.

이미 공포의 상징이 된 딱 한 집단을 제외하고는.

진소령은 초조한 마음으로 상대의 반응을 기다렸다.

'부디 성공하기를…….'

그 순간 술렁거림이 뚝 멎었다. 진소령은 시선을 꼿꼿이 한 채 그들을 노려보았다. 가장 선두에 서 있던 우두머리 거력쌍부 오마광이 정중한 어조로 말했다.

"음, 좋소. 소저께 그간의 무례를 사과하며 우리들은 이만 물러가도록 하겠소."

진소령이 안도의 한숨을 내쉬려 하는 바로 그때였다.

"…라고 말할 줄 알았냐, 이 건방진 계집애야?"

정중함으로 치장한 가식적인 목소리는 어느새 예의와 품격하고는 담을 쌓은 거친 목소리로 돌변해 있었다.

"아직 대가리에 피도 안 마른 어린 년이 감히 어르신을 희롱하려 들다니, 시건방지기 짝이 없구나! 안 그러냐, 얘들아?"

오마광이 부하들을 돌아보며 물었다.

"푸하하하하하하하! 그렇습니다요! 저런 계집애의 조잡한 농간에 넘어가면 천마보의 이름이 울죠, 울어!"

여기저기서 요란한 광소(狂笑)가 터져 나왔다. 시답잖은 농담을 지껄이는 놈들도 있었다.

"그래도 보주님, 꼬마 계집애의 재롱을 보고 있으니 귀엽긴 합니다. 그냥 이대로 델꼬 가서 이런 저런 차마 입에 담지 못할 것들을 잔뜩 시험해 보며 듬뿍 귀여워해 주는 게 어떻겠습니까?"

"아, 그거 좋구먼."

탐욕과 욕정이 일렁거리는 모욕적인 언사 세례에 진소령의 얼굴이 시뻘겋게 달아올랐다. 그녀의 가녀린 어깨가 분노로 인해 부들부들 떨렸다. 이제껏 한 번도 당해보지 못했던 취급에 어떻게 반응해야 할지 몰랐다.

"주둥아리 닥쳐라!"

그때 앞으로 나서며 대갈일성을 터뜨린 이는 바로 점창파 제자 유은성이었다.

"이 더러운 놈들! 감히 누굴 모욕하려 드는 거냐! 더 이상 진 소저를 모욕하면 내 검이 가만히 있지 않을 것이다!"

분노에 몸서리치며 고함치는 그의 얼굴은 달구어진 쇠처럼 시뻘겋게 달아올라 있었다. 사모하는 여인이 바로 코앞에서 모욕을 당하고 있는데 가만히 있으면 남자라 할 수 있으랴. 세불리(勢不利)고 뭐고 다 무시하고 저 무도한 불한당들의 한가운데로 달려들어 미친 듯이 검을 휘두르고 싶은 심정이었다. 그런데 그의 활화산 같은 분노가 이들에게는 아무래도 눈앞에서 날아다니는 파리 날개 바람 정도의 자극밖에 주지 못한 모양이었다.

"어라? 이게 누구신가? 얼마 전 본인 앞에서 깜짝깜짝 깝치다가 칼침 맞은 풋내기 소공자 아니신가? 어떻소? 본인의 거치도(鋸齒刀)에 당한 왼쪽 팔뚝은 괜찮소?"

능글거리는 목소리로 사정없이 청년을 농락한 이는 천마보의 부두목 격이라 할 수 있는 혈치도(血齒刀) 오경이었다. 사죄나 유감 표명을 기대한 것은 아니지만, 그렇다고 희롱을 바란 것도 아니었다.

"닥쳐라! 그땐 방심했을 뿐, 어디 감히 네놈의 더러운 칼을 내가 두려워할 줄 아느냐!"

그때의 수치가 다시 떠올랐는지 유은성의 얼굴이 다시 벌겋게 달아

올랐다.

"쯧쯧쯧, 아직 젊군, 젊어! 가벼운 도발 정도에 저토록 쉽게 마음이 흔들려서야. 혈기 왕성한 것도 좋지만 저래서야 어찌 상황을 타개해 나가려고……."

구경하고 있던 사내가 초립 밑으로 혀를 찼다. 아직 반숙(半熟)이었다. 설익은 부분을 익히려면 앞으로도 부단하게 절차탁마(切磋琢磨)해야 할 것이다.

"당신들은 아미파가 두렵지도 않나요? 방금 하늘로 올라간 홍련삭을 보고도 그렇게 느긋하다니요? 이제 곧 사문의 동료들이 몰려올 거예요."

그러나 진소령의 목소리는 이미 심하게 떨리고 있었다. 천마보주 오마광의 넓적하게 째진 입에서 광소가 터져 나왔다.

"푸하하하하하! 고년 참 맹랑하구나! 그런 얄팍한 허장성세에 어르신이 넘어갈 거라 생각했느냐? 엉? 아미파라는 이름에 이 거력쌍부 어르신네가 비루먹은 개처럼 꼬리를 말고 도망칠 거라 생각했느냐 말이다! 모를 줄 아느냐? 이곳에서는 신호가 아미파까지 도달하지 못한다는 사실을! 그러니 맹랑한 연극 따윈 집어치우고 껍질 벗겨질 준비나 하거라! 이 어르신네의 두 도끼가 곧 네년의 껍질을 하나둘씩 벗길 테니깐 말이다!"

진소령은 휘청 몸이 무너지려 하는 것을 가까스로 막을 수 있었다.

"어, 어떻게… 그걸……."

조금 전까지만 해도 자신만만하고 당차던 기색이 온데간데없이 사라지고, 그녀의 얼굴은 어느새 핏기가 빠진 것처럼 창백하게 변해 있었다.

그의 말은 사실이었다. 홍련삭, 즉 그들의 생명을 구해줄 붉은 봉화도 이곳에서는 바람과 거리 때문에 헛되이 사라져 버리고 만다. 저 정체불명의 남자만 아니었어도. 손해 배상이라도 청구하고 싶지만 지금은 그것마저도 불가능했다.

"조금만 더… 조금만 더 가면 되었는데……."

진소령이 안타까운 어조로 중얼거렸다. 조금만 더 죽어라 달렸으면 아미파의 영역 내에 들어갈 수 있었다. 그렇게만 되면 하늘에 던져 올린 홍련삭의 붉은 밧줄이 이내 그들의 구명줄로 탈바꿈할 수 있었을 것이다.

최근 들어 그 성세가 욱일승천(旭日昇天)하고 있는 강남사패(江南四霸)의 하나인 천마보라 해도 감히 그녀를 건드릴 수 없을 터였다. 그녀는 아미파의 직전제자이고 그녀의 사부는 현 아미파 장문인인 혜명 사태였다. 자신들이 애지중지 키워온 장문 후계자가 살해당하는 걸 보고도 가만히 있을 문파는 없었다. 그것은 명예 문제이기도 했다. 그러나 분하고 원통하게도, 저 악적의 말대로 이곳은 아직 진정한 아미파의 영역이라 보기 힘들었다. 물론 이곳 역시 넓게 보면 아미파의 영역이지만, 제자들의 안전이 절대적으로 보장될 만큼 확실한 장소는 아니었다.

저 간악한 놈의 말대로 여기서 아무리 비상 신호를 올려봤자 사문의 문전에 다다를 확률은 전혀 없었다. 먼 거리와 바람이 붉은 신호를 허공 속에 흩어버릴 것이기에. 붉은 연꽃 줄기를 구명삭으로 삼기에는 길이가 짧았다.

"이런 폭거가 용서될 거라 생각하나요?"

대답은 즉각 돌아왔다.

"모른다! 그리고 알고 싶지도 않다! 내가 알고 있는 건 네년이 내 아들의 원수라는 것뿐이다!"

오마광이 짙은 살기가 감도는 목소리로 고함쳤다.

'어떻게 된 일일까? 저 아이는 남의 원한을 사고 다닐 유형은 아닌 것 같은데?'

지켜보고 있던 초립사내의 머리 속에 의문이 떠올랐다. 자식을 살해한 자에 대한 복수라면 그에게도 확실히 대의명분이 있다.

"흥, 부녀자를 희롱하는 그런 파렴치한은 죽어도 싸요!"

진소령이 앙칼지게 소리쳤다. 생사의 문턱에 서 있으면서도 아직 기세가 완전히 죽지는 않은 모양이었다.

"흠, 그렇게 된 건가?"

소녀의 한마디 대답만으로도 대충 상황이 짐작 갔다.

사건의 전모는 다음과 같았다.

사부의 엄명에 의해 시작한 석 달간의 폐관 수련이 끝나고 진소령은 오랜만에 긴 휴식을 허락받았다.

같은 구대문파의 제자로 평소 친분이 있었던 점창파의 유은성을 포함해 몇몇 친구와 함께 조금 멀리 가보기로 했다. 그들이 선택한 곳은 항주였다. 항주에서도 평판이 자자한 주루인 금란객잔(金蘭客棧)에서 함께 모여 어울리고 있을 때, 그녀의 미모에 혹해 감히 수작을 걸어오는 쓰레기 같은 놈팽이 하나가 있었다. 탐욕으로 번들거리는 눈빛과 금방이라도 침을 질질 흘릴 것 같은 그 시뻘건 입술을 떠올리면, 지금도 생리적인 혐오감에 소름이 오싹 돋을 지경이었다.

그 빌어먹고도 망할 놈의 무뢰배는 자신의 뒤를 받쳐 주는 뒷배경을 굳세게 믿고 있는 것이 분명했다. 구대문파와 팔대세가의 이름을 듣고도 세상 물정 어두운 그놈은 물러나려 하지 않았다. 그 놈팽이의 아버지는 항주의 어둠을 지배하는 천마보의 보주였고, 놈팽이 자신은 무려 삼대독자이기까지 했다. 천마보라는 것도 앞에서는 거대한 말 상인 집단이지만, 뒤로는 무력을 통해 항주의 밤을 좌지우지하고 있는 무력 조직(武力組織)이었다. 비록 장사를 시작했지만 전직(前職)에서 남은 버릇이 어디 따로 가지는 않았다.

　당연히 그의 아버지는 아들의 말이라면 간이라도 빼줄 정도로 애지중지했고 어떤 무리한 요구도 오냐오냐하며 다 받아주었다. 부모의 자식 사랑은 무조건적이라는 말이 있는데 오마광의 자식 사랑은 무조건적인 것은 물론이요, 무절제하고 무개념적이기까지 했다. 부모의 사랑은 하해(河海)와 같다는데 하늘의 광활함도 바다의 깊음도 오마광의 자식 사랑에는 비할 바가 아니었다.

　아들이 나이 일곱에 처음으로 몇몇 친구들의 이빨을 부러뜨리고 이마를 깨뜨려 피투성이를 만들고 돌아왔을 때, 오마광은 장하다며 머리를 쓰다듬어 주었고, 아들 나이 열에 버릇없이 선생을 개무시하다가 급기야는 글 선생이 항의하러 집으로 찾아오게 만들었을 때, 오마광은 망설임없이 선생의 다리몽둥이를 분질러 입을 닥치게 했다. 공자(孔子)님이 학문에 뜻을 두었다는 나이 열다섯에 아들이 부녀자 다섯을 집단으로 희롱하고 겁탈했을 때는 그 사내다움과 용맹함에 엄지손가락을 치켜세워 주었으며, 아들이 나이 열여덟에 유부녀와의 치정 문제로 인해 그 남편과 문제를 좀 해결해야겠다는 말을 하자, 엄하게 다스리기는커녕 살인멸구가 전문인 유능한 부하 둘을 붙여주기까지 했다. 아들의 앞길을 가로막는 것이라면 그는 그 무엇 하나 용납하지 않았다. 그러니 그 끝없는 사랑의 대상인 아들은 얼마나 천진난만하게 자유를 누릴 수 있었겠는가. 아들내미가 개념과 상식을 망각의 저편으로 영원히 던져 버린 것은 어찌 보면 당연한 이치였다.
 무절제의 극치라 할 수 있는 이러한 교육 방식은 언제나 그랬던 것처럼 한 아이의 버르장머리를 송두리째 상실케 하는 결과를 가져왔다. 한마디로 싸가지가 없는 놈이 또 하나 이 세상에 탄생함과 동시에, 구제 불능이란 말은 자기 쓰임새를 찾게 되었다. 그 비극적인 무뢰한의 이름은 오대광, 별호는 날뛰는 미친 종마[狂種馬]였다. 그래도 이 무분별한 부모에게도 최소한의 이성, 아니, 본능의 한 조각은 남아 있었는지 그가 권장하지 않은 것이 딱 하나 있었으니 그것은 바로 '근친 살해'였다. 하지만 이쯤 되면 이미 다 배웠다 해도 큰 무리는 없었다. 다만 아직 마땅한 기회를 찾지 못했던 것뿐이었는지도 모를 일이었다.
 한 번도 자신의 뜻대로 이루어지지 않은 적이 없다는 사실은 한 아이를 정신적인 불구로 만들었다. 그래서 그는 이번에도 자신이 마음먹은 대로 일을 벌이고 나면 자신의 의지를 거스를 존재 따위 존재하지 않는다고 굳게 믿고 있었다. 천마보의 배경은 언제나 그에게 무소불위의 권력을 안겨주었다. 그러니 아마 그 이름이 제대로 통하지 않는 인물을 만난 것은 처음이었을 것이다.
 이쪽은 이쪽대로 뒷세계의 사정에는 어두웠다. 그래도 감히 구대문파를 건드리겠느냐고 생각했다. 이런 사고의 차이는 자연스럽게 충돌을 야기했다.
 천마보의 삼대독자라는 남이 만들어준 위치에 오대광은 너무 깊게 몰입해 있었다. 그러나 배경으로 치면 그녀와 그녀의 동료들도 만만치 않았다. 시비가 붙었고, 검이 뽑혔다.
 자기 자신이 지닌 일신의 능력보다 아버지의 뒷배경에 더 관심이 많았던 쓰레기한테 질 만큼 허접하고 녹록한 단련 같은 것은 진소령의 사전에 존재치 않았다.

　석 달의 고독 속에서 정련(精練)된 진소령의 검이 바람을 가르며 상대를 압도했다. 숨 돌릴 틈도 주지 않고 쉴 새 없이 번뜩이는 검광에 오대광은 연신 도망치기에 바빴다. 항상 그의 곁을 그림자처럼 붙어다니며 지금까지 수많은 악행과 폭력을 대행하고 동조해 왔던 그의 믿음직한 호위역들도, 유은성을 비롯한 동료들의 공세에 속수무책일 수밖에 없었다.

　언제나 자랑이었던 배경은 물론이요, 저열한 폭력의 든든한 후원자였던 호위무사들마저 아무짝에도 쓸모가 없는 상황이 되자 그의 진가는 바로 나타났다. 상수학적인 가치로 평가하자면 '십초미만지적(十招未滿之敵)'이었다.

　평가 그대로 결판이 나는 데는 십 초도 걸리지 않았다. 그나마 삼 초는 상대의 실력을 파악하기 위한 견제였고 나머지 육 초는 무례에 대한 징벌이었으며, 마지막 일 초는 그의 숨통을 끊어놓기 위한 마무리였다. 표현은 그렇게 했지만 실제로 죽일 생각까지는 없었다. 하지만 제구초째 허벅지 사이로 날아든 비겁한 암수에 그녀는 분노했고, 이성을 잃은 검날에 인정이 실릴 리 만무했다. 그렇게 해서 일개 소녀의 검끝에 한창 잘나가던 사파 조직 천마보의 대는 또까닥 끊겨 버렸다. 명백한 자업자득임에 틀림없었지만 삼대독자를 잃은 채 지극히 비논리적이고 감정적인 상태에 빠진 천마보의 주인 거력쌍부 오마광에게 그딴 논리가 통용될 리 없었다.

　추격이 시작됐다. 아무리 구대문파의 잘나가는 후기지수라 해도 백여 명에 달하는 천마보 무인들의 총공세를 막아낼 재간은 없었다. 그래서 그들은 작전상 유연한 대처를 결의했다. 도망치기로 한 것이다.

그곳에서 가장 가까운 구파의 영역은 아미파였다. 그리고 그곳은 천마보주 오마광이 일단 가죽을 벗겨 내장에 매달아 널어놓겠다고 선언한 진소령의 사문이기도 했다.

쉽지 않은 도피행이었다. 마차 여기저기에 박혀 있는 화살의 흉흉함이 그들의 도피행이 결코 편하지만은 않았음을 쓸쓸히 증명해 주고 있었다.

"다시 한 번 생각해 보는 게 어떠세요?"

진소령이 다시 입을 열었다.

"절 죽이면 아미파가 가만히 있을 거라 생각하나요? 아무리 바보라도 그 정도는 알 수 있을 텐데요? 게다가 이쪽 유 공자는 점창파의 기명제자예요. 이 사천에서 아미와 점창을 적으로 돌리고도 무사할 문파가 있을 거라고는 생각할 수 없는데요? 당신이 '그의 후예들'이 아니라면 말이죠?"

그녀의 마지막 말에 초립사내의 몸이 잠시 움찔거렸다. 짧은 미동이었고 그것으로 끝이었다. 그는 저들이 이곳에 도착한 이후 마치 조각상이라도 된 듯 계속해서 침묵을 지키며 사태를 관망하고 있을 뿐이었다.

"헹, 그걸 누가 알겠느냐?"

오마광이 비릿한 웃음을 흘리며 말했다.

"뼈 한 조각도 남아 있지 않을 텐데! 걱정 마라, 가루를 내서 갈아 마셔줄 테니! 이 세상에 흔적이 남을 걱정일랑은 안 해도 괜찮다!"

무시무시한 협박이었다.

"하늘과 땅이 보고 있을 거예요."

입술을 깨물며 진소령이 말했다.

"흐흐, 하늘과 땅 따위의 증언은 효력이 없지!"

옛날에도 수많은 악행을 저질렀지만 천벌 따위는 떨어지지 않았다. 거친 황야에서 그의 쌍부가 수백 명의 피를 머금었을 때도, 그리고 그의 말 한마디에 수십 명이 죽어나가는 지금도 그는 멀쩡히 살아 있었다. 그 자신 자체가 하늘의 무의미함을 상징하고 있었다.

"분명 목격자가 있을 거예요."

"다 죽여주마!"

추호의 망설임도 없는 단호한 대답 속에서 그가 증거 인멸에 성실한 자세로 기꺼이 최선을 다할 용의가 담겨 있음을 직감할 수 있었다.

"그렇지. 너희 두 연놈은 물론이고 저기 저놈까지 포함해서!"

오마광의 굵직한 손가락이 살벌한 장내의 한 켠에 태연히 앉아 있는 한 사내를 가리켰다.

졸지에 목격자 갑이 되어버린 초립사내는 머리를 긁적거렸다.

"그건 좀 곤란한데……."

목격자 갑(甲)의 역할은 상관없지만 '살인멸구대상자 을(乙)'은 사양하고 싶은 역할이었다. 그는 아직 갈 길이 많이 남아 있었다.

"천마팔위(天馬八衛)는 앞으로 나와라!"

"존명!"

말에서 내린 여덟 명의 사내가 반월형으로 자리를 잡은 채 서서히 세 사람을 향해 다가왔다.

"저 망할 년을 산 채로 내 앞에 잡아와! 껍질을 벗겨 산 채로 기둥에 매달아 하늘로 올라간 죽은 아들의 영혼을 위로하겠다!"

저질스럽지만 무시무시한 협박에 진소령은 소름이 쫙 끼치는 게 느껴졌다. 저자라면 그런 야만적인 행동도 충분히 취할 수 있을 터였다.

"훙, 이미 무간도(無間道)에 떨어졌을 텐데 헛수고가 아닐까요?"

진소령은 기세에 눌리지 않기 위해 일부러 큰 소리로 외쳤다.

"닥쳐라! 발가벗겨져 능욕당한 뒤에도 그 주둥이를 나불댈 수 있는지 보겠다!"

광견처럼 붉게 빛나는 두 눈에서 흉흉하고 음습한 살기가 넘쳐흘렀다.

"훙, 당신들은 내 시체도 가져갈 수 없을 거예요."

모욕당하느니 죽는 게 차라리 나았다. 게다가 저런 악적들이 시체에 대한 예의가 있으리라 기대하기보다는 차라리 해가 서쪽에서 뜨는 걸 기대하는 게 나았다.

"천마팔진(天馬八陣)을 펼쳐라!"

그가 상처투성이의 오른손을 활짝 펴며 앞으로 내밀었다. 동시에 천마팔위가 일사불란한 움직임을 보이며 산개하기 시작했다.

여덟 명의 중앙에 위치한, 얼굴에 다섯 개 이상의 상처가 나 있는 거도의 사내가 아무래도 이 집단의 우두머리인 모양이었다. 그가 명령을 내리자 팔위라 불린 나머지 일곱 명이 진을 형성하기 위해 그들을 둥그렇게 둘러싸기 시작했다. 위(衛)란 것은 지키는 자란 뜻인데 그들은 먼저 공격하려 들고 있었다.

네 명은 장창을, 나머지 네 명은 같은 모양, 같은 길이의 도를 꼬나들고 있었다. 사실 진법을 펼치는 데 있어 각기 다른 간격을 지닌 무기를 사용한다는 것은 매우 어려운 일이다. 무기는 그 형태와 길이에 따라 모두 다른 특성을 지니게 되는데 이런 다양한 개성을 한곳에 녹여 넣기란 결코 쉬운 일이 아닌 것이다. 자칫 진법의 구성을 잘못 짜면 서로 상극의 성질을 지닌 무기가 변식 도중에 충돌할 수도 있었다. 그리고 골머리를 싸매고 여덟 개의 각기 다른 무기들이 조화롭게 움직일 수 있을 만한 진법을 만들었다고 해도 그 진법은 당연히 복잡 난해해지기 때문에 그것을 실질적으로 수행하기 위해서는 상당한 공력(功力)이 뒷받침되어야 한다.

 겨우 두 가지 성질의 무기로 이루어진 진법이라면 이들의 능력이 그렇게 높지는 않다는 뜻이 된다. 하지만 반면 무기의 수를 줄이고 통일을 할수록 그 긴밀함과 짜임새는 높아지기 때문에 진의 발동시 일류고수가 아니더라도 막강한 위력을 발휘할 수 있게 된다. 그렇기에 함부로 얕볼 수 없다. 그들은 자신들의 쪽수를 믿는 것인지 천천히 느긋하게 포위를 좁혀왔다.

 진소령과 유은성은 검을 중단에 겨눈 채 꼼짝 않고 그 행동을 바라보고 있었다. 긴장하고 있음이 역력히 느껴졌다.

 특등석에서 이 대결을 관람하고 있던 초립사내의 눈살이 살짝 찌푸려졌다.

 "이보게, 아가씨. 잔소리를 하려는 것은 아닐세. 하지만 나 같으면 포위망이 완성될 때까지 느긋하게 손가락 빨며 기다리지는 않을 것 같네만. 자신의 위치를 어디에다 둬야 유리한지를 파악하고 그곳을 먼저 장악하는 자가 유리하지 않겠나?"

 초립사내의 말에 진소령은 벼락이라도 맞은 듯 휘청거렸다.

 '맞아. 내가 왜 이렇게 기다리고 있는 거지, 멍청하게?'

 일부러 지리적인 이점을 넘겨주려 하다니, 이렇게 어리석을 수가!

 관계란 혼자만으로 성립되지 않는다. 관계망 안의 역학 구조는 언제나 상대적이다. 일상에서의 인간관계와도 유사하다. 상대와 나 사이에서 어떤 위치에 자신을 놓아둘 것인가? 어떤 위치에 어떤 형태로 자신을 놓아두면 유리한 고지를 선점할 수 있을까? 싸움에서도 마찬가지다. 다만 생사를 가르는 결투는 바둑이 아니다. 상대는 장고를 기다려주지 않는다. 때문에 상대를 파악하는 안목과 재빠른 판단력, 그리고 찰나(刹那)에 번쩍이는 순발력과 민첩성이 요구된다. 상대의 변화에 맞추어 가장 적절한 형태로 자신을 변화시키는 수시응변(隨時應變)의 묘리(妙理). 그 중요한 이치를 까맣게 잊고 있었던 것이다.

싸움의 흐름이 상대를 중심으로 돌아가게 만든다면 그것은 스스로를 옭아매는 어리석은 행위였다. 자신을 살해하기 위한 상대방의 복잡한 장례 준비에 동참해 줄 필요는 세상 어디에도 없는 것이다.

이럴 때는 선공(先攻)이 최고였다. 진소령은 영특했고 이해가 빨랐다. 그녀는 그 즉시 유은성에게 신호를 보냈고, 두 사람은 서서히 좁혀 오는 포위의 그물망을 찢어발기기 위해 검을 날카롭게 휘두르며 달려들었다.

"어, 어라?"

느닷없이 막무가내로 달려들 줄 몰랐던 여덟 졸개는 순간 당황했다.

'어, 이게 아닌데?'

그들의 장기는 언제나 그렇듯 공포에 압도되어 공황에 빠져 옴짝달싹 못하는 소수를 압도적 다수로 핍박하는 것이었다. 핍박받아 마땅할 소수가 이렇게 당돌하게 덤벼온 적은 그들이 기억하는 한 한 번도 없었다. 아무리 이성보다 폭력을 선호하는 그리 좋지 않은 머리통이라도 여덟 개가 한데 모이면 그나마 사정이 나을 법도 한데도 역시 이런 경우는 기억 속에 존재조차 하지 않았다.

하물며 쥐도 궁지에 몰리면 고양이를 문다고 했는데 이 두 사람은 생쥐보다 훨씬 유능하고 용감했다.

마음의 흐트러짐은 언제나 그렇듯 빈틈을 제공했다.

진소령과 유은성은 그 틈을 놓치지 않고 검을 무찔러 들어갔다. 시리도록 푸른 검기가 두 사람의 검끝에서 폭사되어 나왔다.

"진법을 파훼(破毀)하는 가장 좋은 방법은 진법이 완성되지 못하도록 미연에 방지하는 것이지. 아직 어린 아가씨인데 다행히 귀가 어둡지 않군 그래. 아니… 아직 젊어서 그런 건가?"

사내는 그녀의 돌발적인 행동에 만족한 듯 고개를 끄덕이며 말했다.

이제 대결 구도가 좀 볼 만할 것 같았다.

관습에 절어 있는 나태한 정신의 의표를 찌른 두 사람의 기습은 매우 효과적이었지만 생각만큼 큰 재미를 보지는 못했다. 기습만으로는 수적 열세를 만회하기가 역부족이었던 것이다. 그러나 성과가 전혀 없는 것도 아니었다. 그들이 얻은 가장 큰 이득은 바로 적들의 진법을 여전히 미완(未完)의 상태로 묶어두고 있다는 것이었다. 진소령과 유은성은 집요할 정도로 그들의 연계를 방해했다. 압도적인 무력 차를 보이지 못하고 있는 이상 진법이 완성되면 세불리는 극복하지 못할 만큼 커질 가능성이 있었다. 때문에 그들은 필사적이었다.

진소령의 검끝에서 아미의 절기가 쉴 새 없이 뿜어져 나왔다. 그녀의 움직임은 제비처럼 날쌔고 구름처럼 부드러웠다. 이런 격전의 와중에도 저 정도 상태까지 심신을 제어할 수 있는 것으로 보아 그녀의 기량을 미루어 짐작할 수 있었다.

초립사내는 흡족한 미소를 지으며 고개를 끄덕였다.

"아미는 좋은 제자를 두었군. 장래의 대들보라는 건가?"

반면 머슴아 쪽은 영 마음에 들지 않았다. 저 한심한 꼬락서니는 뭐란 말인가?

유은성은 자신을 향해 교대로 달려드는 네 명의 적을 향해 쉴 새 없이 검을 휘두르고 있었다. 매서운 검풍이 그의 주위를 휘감고 있는 모습이 꽤나 용맹스럽게 느껴졌다.

그러나 초립사내는 여전히 불만인 모양이었다. 저 풋내기의 출신 성분으로 미루어볼 때 있을 수 없는 일이었던 것이다.

언뜻 보면 요란하고 화려해 보이지만 실속은 하나도 없는 공격이란 것을 그는 이미 파악하고 있었던 것이다.

"이보게, 거기 총각! 자네 지금 뭐 하고 있나?"

보다 못한 그가 여전히 난전에 정신이 팔려 있는 청년을 향해 불만 가득 섞인 목소리로 말을 걸었다.

"예?"

나직한 말이었음에도 바로 귓가에서 말하는 것처럼 생생하고 똑똑하게 울려 퍼졌다.

"자네, 점창파의 제자 아닌가?"

"마, 맞습니다."

열심히 검을 휘둘러 적들의 공격을 막아내며 유은성이 대답했다. 아직 그 정도 정신은 있는 모양이었다.

대화 도중에도 적은 기다려 주지 않는다. 오히려 옳다구나 하고 딴데 정신이 팔린 틈을 타 더욱 맹렬하게 파상 공세를 펼치기 시작했다.

"그런데 자네, 지금 뭐 하는 건가?"

"예? 무, 무슨 말씀이신지……?"

그는 이 말을 하기 위해 일곱 개의 허초를 간파하고 두 번의 찌르기를 신형을 틀어 피한 다음 세 번의 베기를 연달아 막아내야 했다.

조금 전보다 더욱 불리해진 유은성의 어리둥절한 대답에 사내가 혀를 끌끌 찼다. 대답하면서도 도합 여덟 번의 연환 공격을 막아내야만 했다. 치사하게시리. 대화 도중에는 정중하게 기다려 줘야 하는 것이 아닌가? 현실은 몽상보다 확실히 냉엄했다.

"쯧쯧쯧, 점창의 제자란 자가 검을 휘두르고만 있다니! 무슨 짓거린가?"

이해할 수 없다는 듯 사내가 되물었다.

"자네, 점창파 독문비전인 사일검법(射日劍法)을 익히긴 익혔나?"

"물론 이, 익혔습니다."

다시 그는 세 번의 찌르기와 다섯 번의 베기를 막고, 흘리고, 피했다.

"익혔으면 제대로 써야 할 것 아닌가? 배워놓고 쓰지 않으려면 뭣하러 힘들여 배웠는가? 시간 낭비하고 싶어서?"

사내의 비판은 통렬했다.

"여전히 무슨 말씀이신지 이해하지 못하겠습니다."

그가 신경질적으로 대답하자 그의 마음은 더욱 흐트러졌고, 결국 적중 하나의 공격이 그의 어깨를 스치고 지나갔다. 옷이 찢어지고 가느다란 혈선이 그어졌다. 다행히 큰 상처는 아니었다.

"점창파의 제자 주제에 검을 휘두르고 있다니, 무슨 짓거린지 묻고 있는 거네. 장점을 버리고 단점을 취하고자 하는 게 아니라면 그런 어리석은 행동을 해서는 안 되지. 안 되고말고!"

그리고 사내는 마지막 일격을 가했다.

"천돌관일(天突貫日:하늘을 넘어 태양을 꿰뚫는다)의 검을 익혔다는 자가 그 무슨 추태인가?!"

사내의 호령은 빛보다 빠르게 유은성의 심장을 관통했다. 그는 벼락을 맞은 듯 몸을 부르르 떨었다.

―점창의 검은 가볍지만 저 하늘의 해도 꿰뚫는다.

호사가들이 점창의 검을 칭송할 때 자주 입에 올리는 단골 대사였다.
원래 검이란 휘두르고 찌르는 물건이긴 하지만 사일검법에 있어서 휘두르기는, 즉 베기는 어디까지나 보조 수단에 불과하다. 주역은 언제나 찌르기. 사일검법의 정수(精髓)는 마치 쏘아진 화살 같다고까지 칭해지는 무시무시한 속도의 초고속 찌르기였다.
파바밧!
그는 자신의 피부를 스쳐 지나가는 칼날의 무리들에 눈길 하나 주지 않고 있었다. 심지어 그의 신변을 걱정하는 진소령의 목소리도 들리지 않았다. 그런 그를 다시 현실로 끌어내 준 것은 초립사내의 목소리였다.
"자네의 화살은 몇 개의 태양을 떨어뜨릴 수 있나?"
"어, 어떻게 그걸?"
청년은 한 번 더 놀라고 말았다. 그런 질문을 할 수 있는 사람은 오직 점창 문하뿐이었던 것이다. 도대체 저 사람의 정체는 무엇이란 말인가?
"다섯 개입니다."
유은성이 정직하게 대답했다.
"그런가? 젊은 나이에 성취가 대단하군. 그걸 실전에서 전혀 써먹지 못했다는 점만 빼고 말이야. 그러다가 죽을 뻔한 것도 빼는 게 좋겠군. 게다가……."

사내가 말했다.

"저들은 넷이군."

사내의 말은 그걸로 끝이었다. 그러나 그걸로 충분했다.

유은성은 하늘의 계시를 받은 신관처럼 부르르 전율에 몸을 떨었다.

유은성의 움직임이 눈에 띌 정도로 확연하게 달라졌다. 공격보다는 방어에 치중하던 소극적인 자세는 온데간데없이 사라지고 한 자루의 날카로운 송곳 같은 예기를 온몸에서 발산하기 시작했다.

검을 든 자세도 바뀌었다.

우선 힘줄이 돋아 나올 정도로 꽉 쥔 손아귀가 느슨하게 풀렸다. 손목이 유연해지고 검을 든 자세가 가벼워졌다. 몸을 살짝 틀고 오른팔을 앞으로 내민 다음 버드나무 가지처럼 가볍게 든 검을 앞으로 내밀며 수평보다 약간 위를 향하게 자세를 잡는다. 검끝이 향하는 곳은 적의 장기 중에서 불을 상징하는 심장이었다.

그의 육체가 힘차게 당겨진 강궁처럼 팽팽해졌다. 호랑이가 먹이를 잡기 전 도약을 위해 힘을 비축하는 것처럼.

그는 이제 당장이라도 용수철처럼 튀어나갈 준비가 되어 있었다.

활은 언제나 공격을 위한 물건, 방어는 염두에 두지 않는다. 쏘아진 화살이 적을 꿰뚫지 못하면 죽는 쪽은 자신이다.

일격필살(一擊必殺)! 문자 그대로 한번 쏘아지면 둘 중 하나는 반드시 죽는다. 적중(的中) 관통(貫通)하면 상대가, 실패할 경우 자신이! 둘 중 하나는 반드시 죽기에 진정한 일격필살이라 할 수 있으리라. 점창파 비전인 사일검법의 찌르기 역시 이러한 철학 위에 만들어진 무공이었다.

급변한 분위기에 천마팔위 중 넷은 감히 함부로 접근하지 못하고 경계 태세를 갖추었다. 그러나 그것이 패착이었다.

"제일사!"

푸슛!

유은성의 검이 한 자루의 화살이 되어 침묵 너머로 쏘아져 나갔다.

소리의 경계를 뛰어넘는 초고속의 찌르기. 그것이 관통하지 못할 것은 어디에도 없었다.

"큭!"

'삼(三)'이란 숫자가 새겨진 무복을 두르고 있던 칼잡이 사내가 짧은 비명을 질렀다. 다음 순간 그의 오른쪽 견정혈 부근에서 피보라가 솟아올랐다. 유은성의 찌르기가 정확히 그곳을 관통한 것이다.

파바바바밧!

또다시 그의 검이 화살처럼 퉁겨 나갔다. 이번에는 다섯 갈래로 갈라진 연속 찌르기였다.

"큭! 컥! 캑! 헉! 윽!"

점창의 검은 태양조차 꿰뚫는다. '사일(射日)'이란 명(名)은 그저 아무런 근거도 없이 주어진 것이 아니었다.

유은성이 제 몫을 해주자 진소령 쪽에 걸리던 부담이 상당 부분 줄어들게 되었고, 압박이 줄어든 만큼 그녀의 움직임 역시 훨씬 가벼워지고 또 재빨라졌다.

형세가 역전되기 시작했다.

"그만!"
 추태는 지금까지 본 것만으로도 오마광의 뇌 속을 부글부글 끓어오르게 하기에 충분했다.
 "물러나라!"
 천마팔위는 그 즉시 이미 여러 번 무의미를 경험한 공격을 거두고 재빨리 물러났다. 그들에게 보주의 명령에 감히 거역할 만한 용기는 없었다. 게다가 그럴 만한 상태도 아니었다.
 중간에 무슨 일이 일어났는지 알 수는 없지만 한 꺼풀 벗은 유은성의 찌르기는 쾌속하고 집요했다. 그의 예리한 검봉은 그들의 몸을 벌집으로 만드는 것에 매우 집착하고 있었고, 그 의도는 곧 성공할 것처럼 보였다. 진소령의 검 역시 아직 스무 살도 채 되지 않은 소녀의 검이라고 생각할 수 없는 현묘함이 깃들어 있었다. 또한 그녀 역시 그의 검봉이 지향하는 의지에 적극적으로 찬동하며 조력을 아끼지 않았다.
 채 완성도 되지 못한 진법으로 이 두 사람의 기량을 막아내기에는 역부족이었다.
 때문에 그들 여덟 명의 표정은 어두웠다. 보로 복귀하게 되면 이번의 추태와 무능에 대한 책임을 철저히 물을 것이기 때문이다.
 진소령은 확신했다.
 '저자가 직접 손을 쓸 생각이구나!'
 강남사패(江南四覇)란 강남에서 가장 패도적인 네 집단을 지칭하는 이름이기도 했지만 또한 그 집단을 거느리고 있는 수장들을 가리키는 명칭이기도 했다.
 그중 가장 거칠다고 소문난 사람이 지금 두 사람에게 패도적인 살기를 내뿜으며 다가오고 있는 거력쌍부 오마광이었다.

저벅저벅!

그가 한 걸음 한 걸음 내디딜 때마다 그의 몸에 휘감겨 있는 검은 쇠사슬이 철그렁철그렁 위협적인 비명을 내지르고 있었다. 그의 도끼와 도끼 사이를 잇는 단단한 쇠사슬은 특히 마상에서 돌풍 같은 위력을 발하며 사람들을 압도한다.

그 뒤를 그의 오른팔이라 알려진 혈치도 오경이 뒤따르고 있었다. 주인의 수고를 조금 덜어줄 작정인 모양이었다.

'과연 강남사패의 이름은 거저 얻은 것이 아니구나. 이토록 패도적인 기운이라니……. 숨이 막히려고 한다.'

전신의 신경이 경고성을 보내고 있었다. 곁에 서 있던 유은성 역시 잔뜩 몸에 힘을 주며 긴장했다.

마침내 폭군의 진군이 정지했다.

"십 초 안에 끝내주마!"

주절주절 한가하게 떠들고 있기에는 축적된 분노가 너무 컸다.

부웅!

경고도 없이 그의 팔이 휘둘러졌다. 아무런 사전 준비 동작도 없었다.

쐐애애애애액!

굵은 쇠사슬에 달린 거대한 양날 도끼가 바람을 갈랐다. 족히 십 척은 되어 보이는 거대한 도끼가 마치 질풍처럼 두 사람을 덮쳤다. 그의 장기인 '질풍도살인(疾風屠殺人)'이었다.

진소령과 유은성은 감히 정면으로 받아낼 엄두를 내지 못하고 몸을 피했다. 자신들의 얇은 검은 저 사나운 질풍 앞에서 장난감처럼 부서질 것 같았다. 그들의 판단은 옳았다.

"흥! 그런다고 도망칠 수 있을 것 같으냐?"

오마광이 입가에 비릿한 비웃음을 지으며 오른손에 들린 쇠사슬을 휘둘렀다.

부우우우웅!

거대한 검은 박쥐가 양 날개를 활짝 편 듯한 기괴한 모양의 편복월이 수직으로 하늘을 향해 솟구쳐 올랐다.

벽력단지(霹靂斷地)!

통나무처럼 굵은 오른손이 세차게 쇠사슬을 아래로 잡아당겼다.

하늘로 솟구쳤던 도끼가 마치 벼락처럼 대지를 때렸다.

진소령과 유은성은 급하게 뒤로 몸을 날렸다.

"그렇게 큰 동작에 걸려들 것 같나요?"

위력은 있지만 맞지 않으면 소용이 없었다.

그러자 그가 쇠사슬을 사정없이 휘돌렸다.

쿠콰콰콰콰콰!

대지를 때린 도끼에서 두 가닥의 충격파가 땅을 파헤치며 달려갔다. 노림수는 이것이었다. 화려하고 무식한 공격은 허초였다. 단단한 마음을 비틀어 열어 빈틈을 만들기 위한.

진소령과 유은성은 서둘러 검을 정면으로 옮겨 해일처럼 덮쳐 오는 황토빛 충격파를 막아냈다. 그러나 반 호흡 정도 늦고 말았다.

"크윽!"

"꺄악!"

두 사람의 입에서 비명이 터져 나왔다. 순간의 방심이 승부 전체를 좌우하는 법. 제때 막아내지 못했는데 제대로 힘을 흘려버릴 수 있을 리가 없었다. 흘리기에 반감되지 못한 여력이 두 사람의 몸을 덮쳤다.

두 사람 모두 지면을 긁으며 삼 장 정도 물러난 후에야 겨우 몸을 멈출 수 있었다.
울컥!
내상을 입은 것인가. 진소령의 입가에 붉은 선혈이 흘러내렸다.
'이 무슨 엄청난 힘이란 말인가! 아직도 내장이 진동하는 것 같구나.'
진소령은 간담이 서늘해지는 게 느껴졌다.
'충격파만으로 이 정도라니? 만일 저 도끼에 직격당하면……'
감당할 수 있을 리가 없었다.
유은성 역시 더욱더 경각심을 품지 않을 수 없었다. 손아귀가 얼얼하고 내장이 진탕된 듯했다. 조금 전 맞붙었던 천마팔위와는 격이 다른 강함이었다.
게다가 그의 간합(間合)은 자신들보다 훨씬 길었다. 그리고 생각 이상으로 그의 거대한 편복월은 영활하고 재빨랐다. 오마광은 자신들을 완벽하게 자신의 영역 안에 가둬두고 있었다.
이 상황을 변화시키지 못하면 그의 검은 도끼날이 그들의 허리에 찍히는 것도 시간문제였다. 문제는 간격이었다.
'모험을 할 수밖에 없어!'
그나마 위안이 되는 것은 그가 수족처럼 부리는 편복월의 움직임이 크고 화려하다는 것이다. 그리고 이쪽은 두 명이었다. 혈치도 오경이 그의 뒤에 버티고 있지만 함부로 나설 것 같지는 않았다. 사실 그의 장기인 질풍도살인은 타인과 함께 호흡을 맞추는 게 거의 불가능에 가까운 무공이었다. 함부로 끼어들었다가는 동료나 부하들까지 함께 휩쓸고 가버리는 인정사정없는 무공인 것이다. 동작이 크고 위력적인 만큼 세밀한 제어는 힘들었다. 거기에 승기(勝機)가 있었다.

진소령은 그 의견을 눈짓과 함께 유은성에게 보냈다. 구체적인 계획을 위해 두어 번의 전음이 오갔다. 그들은 수십 년 된 지기도, 생사의 경계를 함께 넘나들던 전우도 아니었고, 그렇다고 해서 뜨거운 사랑을 나누던 연인(戀人)도 아니었다. 그렇다고 만나자마자 마음이 통하는 지음(知音)도 아니었다. 그러니 이심전심(以心傳心)처럼 두루뭉술하고 불명확하며 무책임한 말에 함부로 목숨을 걸 생각은 없었다. 서로를 이해하기 위해서는 일단 대화가 필요했다.

이번에는 시위라도 하듯 오마광이 그의 머리 위에서 커다랗게 원을 그리며 그의 거대한 검은 도끼를 풍차처럼 돌리고 있었다.

먼저 움직인 쪽은 미끼 역을 맡은 유은성이었다. 그는 단전에 축적되어 있던 진기를 몽땅 끌어올려 검끝의 한 점에 주입했다. 좁쌀보다도 추호지말(秋毫之末)보다도 작은 한 점에 대량의 검기가 흘러들어 갔다.

"폭우산사(暴雨散射)!"

우렁찬 기합 소리와 함께 그의 검끝에서 수십 줄기의 검기가 오마광을 향해 쏟아져 나갔다. 그의 역할은 되도록 요란하고 화려하게 상대의 시선을 잡아매어 놓는 것이었다. 그것도 멀리서.

"소용없다!"

그의 무모한 공격을 비웃으며 오마광이 쇠사슬을 두어 번 교차해서 휘두르자 날아오던 검기의 소나기가 씻은 듯이 사라졌다.

"죽어라!"

재빨리 유은성의 공격을 무마시킨 오마광은 그에 대한 응징을 잊지 않았다. 다시 한 번 그의 오른손이 퉁기듯 움직였고, 쇠사슬이 민첩한 채찍처럼 영활하게 움직이며 그 끝에 매달린 묵빛의 도끼를 쏘아 보냈다.

'어차피 무모한 건 알고 있었다!'

쏘아진 검기는 어차피 일정 거리 이상을 지나면 자연 소멸되기 마련이다. 신체의 그릇을 떠난 기는 그 특성상 허공 중에 오래 머물러 있지 못한다. 우주(宇宙)라는 거대한 기의 전체 집합에 녹아들어 가기 때문이다. 수련의 정도와 내공의 화후에 비례해 그 거리는 늘어나거나 줄기는 하지만 영원히 지속되는 법은 결코 없다. 아직 유은성의 수준은 십 장 거리를 무(無)로 만들 만큼 그 성취가 높지 못했다. 그걸 알면서도 그는 있는 힘을 다 짜내 그의 시선을 끌었다. 그러자 의도했던 대로 그의 도끼가 그를 향해 날아들었다.

십 장이란 간격은 결코 짧은 거리가 아니었다.

이때를 놓치지 않고 진소령이 신형을 박찼다. 아미파 비전보법인 수련보(水蓮步) 중에서도 가장 빠르다는 '섬련(閃蓮)'이었다. 태어나서 딛는 가장 빠른 한 걸음이었다. 그녀는 마치 쏘아진 화살처럼 거리를 순식간에 좁혔다.

"탄검일시(彈劍一矢)!"

날아오는 도끼의 날카로운 이빨을 피하는 유은성의 손에서 사일검법의 비장삼절초 중 하나가 펼쳐졌다. 그의 손을 떠난 검이 신의 활에서 쏘아진 빛의 화살처럼 빠르게 오마광의 미간을 향해 일직선으로 날아갔다. 그가 현재 펼칠 수 있는 최고의 절초이자 마지막 초식이었다. 이 초식이 실패하면 그 역시 죽는 것이다. 필살기(必殺技)란 이 일격에 적을 죽이지 못하면 자신이 죽는 기술이기에 비로소 필살기라 불리우는 것이다. 어느 한쪽은 반드시 죽게 되는 것이 필연이다. 적이든 나든.

"좋구나!"

지켜보던 초립사내의 입에서 감탄사가 터져 나왔다.

"끝이다, 흉적(凶賊)!"

외침과 동시에 진소령의 검에서도 아미파의 독문절초인 섬영연화(閃影蓮花)가 화려한 꽃을 피우며 허공을 수놓았다.

그러나 그들은 한 가지 중요한 사실을 망각하고 있었다. 그의 별호에 왜 쌍부가 들어가 있는지를 말이다.

이번만큼은 패기 넘치는 오마광도 안색이 변할 만큼 놀랐다. 새파란 애송이들이 이렇게까지 자신을 몰아칠 줄 몰랐던 것이다. 그만큼 이번 합공은 정교하고 예리했다.

그러나 그의 별호는 거력쌍부였다. 양날 달린 편복월을 사용하기 때문에 그렇게 불리는 게 아니었다.

"차압! 얕보지 마라!"

오마광 역시 사파의 거두답게 숨겨진 한 수가 있었다. 그의 나머지 도끼는 등 뒤 허리춤에 꽂혀 있었다. 그만큼 작았고, 그런 만큼 빨랐다. 쾌검술(快劍術)은 있어도 쾌부술(快斧術)이라는 말은 없다. 도끼란 게 원래 생겨먹기부터가 무식하고 둔하기 짝이 없는 둔중한 물건이다 보니 속도 면에서는 언제나 불리했던 것이다. 그러나 지금 오마광의 왼손이 선보인 도끼질은 쾌부술이라는 말 이외에 다른 말을 찾기 힘들었다.

십 척이 넘는 편복월을 자유자재로 다루는 팔심이었다. 그 손에 작고 가벼운 소부가 들리자 그 속도와 변화는 실로 놀라웠다.

"파바바박!"

질풍처럼 휘둘러진 그의 도끼가 맨 먼저 그의 미간을 향해 날아오는 유은성의 검을 쳐냈다.

"챠앙!"

정확하게 측면을 얻어맞은 유은성의 검이 태양을 향해 튕겨 올라갔다. 튕겨 나간 검이 다시 바닥에 떨어지기도 전에 그의 도끼는 이미 진소령의 전신에 쇄도하고 있었다. 피처럼 붉게 변한 그의 안광이 마치 지옥의 무저갱에서 기어오른 악마를 연상케 했다.

매서운 도끼질의 난타에 그녀의 검초가 유리 조각처럼 산산이 부서져 나갔다.

"아악!"

그 힘을 이기지 못한 진소령이 검을 놓치고 말았다. 손아귀가 찢어져 선혈이 흘러내렸다. 오장육부가 진탕되자 눈앞이 어질어질해졌다. 정신이 멍해졌다.

그의 도끼는 뽑혀져 나온 만큼 재빨리 그의 등 뒤로 사라졌다. 그 다음 순간 진소령의 가녀린 목은 어느새 오마광의 투박한 마수에 사로잡혀 있었다.

금방이라도 그녀의 가녀린 목은 악동들의 손아귀에 들어간 화초처럼 꺾어질 것 같았다.

허공 중에 떠올라 바둥거리는 진소령의 고통스러워하는 표정을 바라보는 오마광의 두 눈이 빨갛게 불타올랐다. 원래 천천히 시간을 들여 죽여줄 생각이었지만 싹 가셔 버리고 말았다. 지금 죽이지 않으면 직성이 풀리지 않을 것 같았다.

"안 돼애애애애애! 진 소저!"

유은성의 입에서 다급한 비명이 터져 나왔다. 그러나 최후의 의지처라 할 수 있는 검조차 들고 있지 않은 그가 무엇을 할 수 있겠는가?
"죽어라!"
수많은 인간의 피를 들이마신 오마광의 마수가 다시 한 번 생명을 거두기 위해 움직였다.
유은성의 눈이 질끈 감겼다.

어둠 속으로 도망쳤던 유은성이 이상함을 느낀 것은 조금 지나서였다. 가장 먼저 이상하게 느껴진 것은 진소령의 최후의 단말마가 들려오지 않았다는 것이다. 두 번째는 한 꽃다운 여인의 생명을 거두었을 악적들의 포악한 웃음소리가 들리지 않았다는 것이다.
현실을 직시하는 것은 매우 두려운 일이었다. 그러나 유은성은 용기를 가지고 한쪽 눈을 빼꼼히 떠서 앞을 바라보았다. 불행이었던 것은 진소령이 아직까지 저 간악한 야수의 손아귀에 잡혀 있다는 점이었고 다행인 것은 그녀의 목이 아직 그녀의 어깨에 붙어 있지 않다는 것이다. 직감적으로 아직 그녀가 숨을 쉬고 있다는 것을 느낄 수 있었다.
"이… 이……."
오마광의 얼굴은 붉으락푸르락 시뻘겋게 달구어져 있었다.
그의 팔뚝은 힘줄과 핏줄이 징그러울 정도로 툭툭 불거져 있었다. 그는 진소령을 잡고 있던 왼쪽 손아귀를 쥐기 위해 안간힘을 다 쓰고 있었다. 그러나 그의 손아귀는 마치 시간의 그물에 사로잡히기라도 한 듯 옴짝달싹하지 않았다.
이게 무슨 농간이란 말인가! 이유를 알 수 없어하던 그의 눈이 휘둥그렇게 떠졌다. 눈이 밝은 유은성도 그걸 발견할 수 있었다.

"서, 설마 비침?"

그의 굵다란 왼쪽 손목 바깥에 삐죽 튀어나온 검은색의 가느다랗고 긴 뭔가를 발견할 수 있었다.

"누구냐, 이 어르신에게 이런 비침을 날린 자식이?"

그러나 그건 비침이 아니었다. 독침은 더 더욱 아니었다. 저건 그런 잡스러운 물건이 아니었다.

유은성의 눈이 크게 떠졌다. 오마광도 마찬가지였다. 그것은 지나치게 뻣뻣하다는 점만 빼면 항상 많이 보던 물건이었다. 특히 머리통 위나 바람 부는 날 펄럭이는 시야 안에서.

"서, 설마 머리카락?"

혹시나 눈이 잘못된 건가 하고 몇 번 비벼보았지만 아무런 이상이 없었다.

그것은 한 올의 머리카락이었다.

짝짝!

"거기까지!"

조용하고 온화하지만 단호한 목소리와 함께 초립사내가 자리를 털며 일어났다.

그 다음은 무슨 일이 벌어졌는지 유은성은 물론이고 모두가 어리둥절해야만 했다. 그것은 너무나 순식간에 벌어진 일이었기에 인식 영역 안에서 정보가 처리되고 재처리된 정보가 다시 입력되고 이해되기까지 한참이란 시간이 소요되었던 것이다.

"네놈은 또 뭐냐? 곧 죽을 새끼가!"

부자유한 왼손과 달리 아직 멀쩡한 오마광의 오른손으로부터 사나운 질풍이 사내를 향해 날아갔다. 그 다음 순간 장내가 싸늘하게 얼어붙었다. 마치 시간이 정지하기라도 한 것 같았다.

거대한 암석도 단번에 분쇄시킬 수 있는 위력의 검은 편복월이 사내의 손 안에 정지해 있었다. 초립사내는 아무렇지도 않게 한 손을 슬쩍 들어 너무나 수월하게 도끼의 공세를 완전히 무로 돌려 버렸다.

"이런 장난감으로 뭘 할 수 있나?"

와자작!

가볍게 손아귀를 움켜쥐자 도끼는 까만 쇳조각이 되어 바닥으로 떨어지기 시작했다. 다음 순간 사내는 오마광과의 거리를 무로 만든 다음 사내의 오른팔을 비틀었다. 철심을 박아놓은 것처럼 억세 보이던 팔뚝이 물기 짠 빨래처럼 비틀렸다.

"으아아아악!"

항상 남의 입에서 비명이 터져 나오게 하던 천마보주의 입에서 피를 토하는 듯한 처절한 비명이 터져 나왔다.

이때까지만 해도 아직은 약간의 정신이 남아 있던 부보주 혈치도 오경이 선혈이 뚝뚝 흐를 것 같은 거치도를 꼬나 들고 보주를 돕기 위해 달려들었다. 톱날 같은 날이 달린 한 자루의 흉악스런 칼을 휘두르며 항상 가장 앞서 살육을 자행해 왔기에 붙은 별호가 '혈치도'였다. 그러나 수많은 이의 원념이 서려 있던 그의 거치도는 사내의 가벼운 소맷바람에 수수깡처럼 부러졌고 그의 전신은 사나운 야수의 발톱에 당하기라도 한 것처럼 갈기갈기 찢어졌다. 그리고 선혈을 뿜으며 뒤로 날아갔다. 허공에 잠시 떠올랐던 진소령의 몸이 마치 깃털처럼 천천히 초립사내의 품 안으로 떨어져 내렸다. 보이지 않는 손이 그녀의 몸을 받쳐 주고 있는 듯했다.

"괜찮니, 꼬마 아가씨?"

두 손을 펼쳐 부드럽게 소녀를 받아 든 사내가 인자한 미소를 지으며 물었다. 진소령은 발그레해진 얼굴로 대답도 제대로 못한 채 고개를 두어 번 끄덕였다. 생사의 저편에서 급격히 빼내온 탓인지 그녀는 무척 혼란스러워하고 있었다.

두근거리는 가슴을 부여잡은 채 진소령은 조심스레 생명의 은인을 올려다보았다. 그러나 초립의 그림자와 머리카락 때문에 잘 알아볼 수 없었다. 약간 낙심한 진소령이 대답했다.

"전 꼬마 아가씨가 아니에요."

"허허, 이거 내가 실수를 했나 보군. 미안미안. 나이가 들다 보면 가끔 그런 실수를 저지르곤 하지. 많은 시간을 보냈다는 것과 그 안에서 무엇을 얻었는가는 아무런 상관관계가 없다는 것을 가끔 잊어버릴 때가 있거든. 평생 눈에 진흙을 덮고 사는 불쌍한 치들도 넘쳐흐르는데 말이야. 용서해 주겠니?"

평생을 무의미하게 소모하는 사람들이 다수의 위치에서 끌어내려진 역사는 지금껏 한 번도 없다. 진소령은 얼굴을 붉히며 이내 고개를 끄덕였다.

"하지만 적어도 당신께서는 무의미하게 시간을 흘려보내는 분은 아니시겠지요. 실수는 용서해 드리겠습니다. 또한 구해주신 것에 감사드립니다. 이만 절 내려주시겠어요?"

여전히 사내의 품에 안겨 있던 진소령이 얼굴을 붉히며 말했다.

"미안. 아직은 안 되겠구나. 끝까지 방관자로 남았으면 모를까 일단 나선 이상 매듭은 확실히 지어야겠지. 저쪽은 아직 자기 자신을 되돌아볼 생각이 없는 듯하니까 말이야. 그렇지 않다면 자신이 어떤 존재인지 금방 알 수 있었을 텐데."

같은 곳에 시선을 옮긴 두 사람은 미친 말처럼 푸르렁거리는 한 인간을 목격할 수 있었다.

"죽여! 죽여! 죽여!"

육체적 고통과 정신적 충격이 가져다준 일순간의 방심 상태에서 빠져나온 오마광이 절규하며 외쳤다. 복수의 화신으로 변한 그의 분노에 뒤에서 말을 타고 대기 중이던 칠십칠 명의 부하가 편자를 박차고 앞으로 달려왔다. 말발굽의 해일이 초립사내와 그의 품에 안긴 작은 새를 피떡으로 다지기 위해 밀려왔다.

"쓸데없는 짓을!"

초립사내가 소녀를 안은 채 걸음을 한 발짝 떼며 조용히 말하기 시작했다.

"나는 왜 너희들을 도와주지 않았을까? 나에게는 처음부터 너희들을 위험에 몸담지 못하도록 지켜줄 힘이 있었는데? 위기의 순간에서 너희를 빼내줄 수도 있었는데? 너희들을 이렇게 고생시키지 않을 수도 있었는데? 왜 난 지금에 와서야 너를 구해주었을까?"

진소령은 묵묵히 고개를 저었다. 그가 말을 계속 이었다.

"나는 너희 자신이 아니기 때문이란다. 자신의 삶을 헤쳐 나가는 것은 결국에는 언제나 자기 자신의 몫이지. 이 존재의 세계에 던져진 너희 자신이 스스로 발버둥 치지 않으면 안 돼. 그게 삶이지. 그것이 너 자신의 인생이고. 삶이란 자기 자신을 자기 스스로 규정해 가는 행위야. 난 너희들의 삶에 있어서는 그저 타인일 뿐이지. 덮쳐 오는 운명의 파도를 넘기 위해 조언해 주고 도와줄 수는 있지만 언제나 마지막에 남겨진 몫은 너희들 거야. 나는 보모가 아니고, 언제 어디서나 나타나

너희들을 구해줄 수는 없단다."

 소녀는 그저 가만히 귀를 기울였다. 수십 마리의 말이 지축을 흔들며 달려오고 있었지만 부드럽고 온화하며 힘이 깃든 말이 그녀를 감싸주고 있었다. 그녀는 그 말 속에서 힘과 자신감과 확신을 느꼈다.

 "지금 이런 건 우연이지!"

 아주 단호한 목소리로 그가 말했다.

 "아주아주 특별하고 희귀하고 별로 기대할 수 없는 우연, 필연이 아닌 것. 내가 우연한 순간에 너희들을 만나 우연찮게 너희들에게 힘을 빌려준 것은 그런 하고많은 우연 중의 하나야. 우연 중의 우연. 이런 걸 아마 억세게 운이 좋다고 하는 걸 거야. 하지만 이런 운에 기대서는 안 돼. 필요할 때마다 때맞춰 일어나는 우연 따위는 없으니까. 스스로의 힘을 길러라. 그리고 운명의 파도와 맞서 싸워 이겨라. 그래서 난 너희들을 여태껏 도와주지 않은 것이란다. 네 자신의 삶에, 그 치열한 투쟁에 경의를 표하기 위해서. 너의 의지가 나아가는 길에 나의 의지가 개입되는 것을 최대한 막기 위해서. 그러니까 이런 우연은 그냥 없었던 일이거니 하고 잊어버리도록 해라."

 그는 소녀를 '두.팔.로' 안은 채 마치 산책이라도 하듯 느긋하게 말을 향해 걸어갔다.

 "만물유전(萬物流轉). 만물은 언제나 변화를 거듭한다. 끊임없이. 이 세상에 변화가 멈추는 법은 없다. 무궁한 변화야말로 이 세상의 참 본질. 변화가 계속된다는 사실 하나만이 불변할 뿐. 끝나지 않는 춤, 영원히 이어질 흐름, 끊임없는 상호 작용의 변역(變易) 속에서 이 세상은 유지된다. 싸움도 마찬가지야. 변화와 변화가 서로의 우위를 다투며 한 점에서 맞부딪치는 것일 뿐이지."

이제 쇄도하는 군마 무리들과의 거리는 겨우 지척이었다. 제대로 훈련된 말은 인간을 짓밟는 데 아무런 거리낌도 없다. 그러나 이런 인간들을 쓰러뜨리기 위해 말들을 베는 것은 말에게 미안한 일이었다. 차라리 말은 인간에게 도움이라도 되지만 이 인간들은 해만 끼칠 것이기 때문이다.

사내도 말을 어쩔 생각은 없었다. 도구는 그저 그것을 사용하는 인간의 본성을 반영하는 거울일 뿐이기에. 거울을 깬다고 해서 인간이 변하는 것은 아니기 때문이다.

"물론 관계 사이에서 일어난 변화는 일반적인 것보다 훨씬 복잡하지. 아무리 복잡한 변화라도 그 중심을 꿰뚫으면 그 변화의 전체 상을 지배할 수 있지. 그걸 바로 치중화(致中和)라고 한단다. 바로 이렇게 말이지."

그것을 쓸모있고 유효하고 교육적인 시범이었다고 말하기는 어려울 것이다. 왜냐하면 소녀는 무슨 일이 자신의 주위에서 일어났는지 전혀 인식할 수 없었다. 꽃을 꽃이라 부르기 전에는 꽃이 아니듯 인식되기 전에는 존재하지 않는 것과 마찬가지다.

어떤 기마술도 그의 몸에 해를 끼치지 못했다. 그는 여전히 명랑하고 온화했으며 그의 발걸음은 여유가 넘쳤다. 또한 그의 두 팔은 여전히 그녀를 포근하게 감싸주고 있었다. 그녀를 지켜주기라도 하듯이. 그리고 그녀는 깨달았다. 그가 지금 자신에게 말하고 있는 것이 단순한 삶의 지혜가 아니라는 것을. 그것은 자신의 무를 한 단계 더 높은 경지로 이끌어줄 상승의 무리(武理)와 일맥상통하는 하나의 비전이라는 것을. 지금 자신이 보고 있는 것은 말로서 죽어 있던 비전이 생명을 가지고 체현(體現)되는 부활의 광경이었다. 그의 말대로 이것은 필연의 결여가 가져온 우연 중의 우연, 기연(奇緣)이었다.

그가 한 명의 소녀와 함께 칠십여 필의 말 사이를 가로질러 짧은 산책을 끝냈을 때 말 위에 타고 있는 이는 아무도 없었다. 각종 흉악하게 생긴 무기란 무기는 몽땅 뽑아 들고 단 한 명을 난자하기 위해 달려들었던 전직 마적들은 모두 안장에서 떨어져 바닥을 기고 있었다. 개중에는 말발굽에 밟혀 갈비뼈가 부러지거나 정강이가 부러지거나 발목이 으스러지거나 내장이 터지거나 심지어 고환이 짜부라진 이들—삼가 명복을—까지 있었다.

두 눈을 부릅뜨고 있었지만 어떻게 손을 썼는지는 전혀 알아볼 수 없었다. 그것은 마치 현실과는 다른 차원에서 벌어진 한순간의 꿈처럼 느껴졌다.

"어버… 어버… 어버……."

천신의 권위가 지상에서 찰나 동안 휘둘러진 듯한 광경에 얼이 빠져 버린 오마광은 호흡 곤란에 빠진 잉어처럼 입을 뻐끔거렸다.

싸늘한 정적이 주위를 살포시 뒤덮었다. 오직 한 사내만이 그 침묵의 중심에 조용히 서 있었다. 품에 무한한 가능성을 지닌 작은 새를 안고서.

"저… 이제는 내려주실 수 있나요? 볼일은 끝나신 것 같은데."

얼굴을 푹 수그리고 소녀는 조그만 목소리로 말했다.

"물론이죠, 소저!"

다시 인자한 미소를 지으며 사내는 충실하게 소녀의 말을 들어주었다.

조금 전의 짧았던 산책이 남긴 잔상을 돌아보며 사내는 씁쓸하면서도 슬픈 마음이 들었다. 무엇보다 슬픈 것이 자신이 그 광경에 결정적인 원인으로 작용했다는 것이었다.

'아직도 이 세계에는 다툼이 끊이지 않는구나. 재앙의 도래가 그토록 명확하게 그들 앞에 기다리고 있음에도 불구하고 인간은 그 시련에 대항하기 위해 서로 힘을 합치기보다 서로 다투기를 더 즐겨 한다.'

좀 더 먼 곳을 바라보는 예지의 힘을 인간은 잃어버리고 만 것일까? '예지력'이란 인간들이 상상하는 것만큼 그리 초자연적인 힘은 아니다. 그것은 논리적인 추리력과 직관력, 통찰력이 합쳐진 능력이며 학습과 사유 훈련을 통해 충분히 얻어질 수 있는 현실적인 능력이다. 어느 날 하늘에서 갑자기 떨어지는 일은 매우 드물며 그렇게 주장하는 이의 주장은 받아들이는 것보다 받아들이지 않는 쪽이 더 현명하다. 특히 신의 이름을 판매 대상으로 삼고 내세의 공포를 영업 전략으로 내세우는 놈들은 백이면 백 거짓 선지자이다.

예지력의 토대는 상상력이다. 주어진 바 그대로 받아들이면 껍데기밖에 얻을 수 없다. 현상의 안을 들여다보고 그 진수(眞髓)를 얻고 싶다면 그 껍질의 이면을 들여다볼 상상력과 통찰력을 함양해야 한다.

특히 이 경우 그렇게 많은 양의 상상력이 필요한 것도 아니다. 그저 한 호흡 정도 쉬면서 생각해 보면 얼마든지 알 수 있다. 지금 서로 너 잘났네, 내 잘났네 다투어봤자 거대한 겁난 앞에서는 의미가 없다는 것을.

앞으로 다가올 예고된 재앙은 거대한 해일이 되어 이 모든 어린애 장난질 같은 놀음을 휩쓸고 지나가 버릴 것이다. 거대한 해일이 아직 아슬아슬한 평화를 유지하고 있는 이 세계를 덮치는 것을 막기 위해서는 하나로 모아진 마음의 결정이 필요하다. 그것은 남의 일이 아니라 그 자신과 그 자신의 후예, 미래와도 직결된 문제이다. 그런데도 대부분의 사람들은 이에 대해 전혀 이해할 생각을 하지 않고 있었다. 자신의 미래에 전혀 흥미를 보이지 않고 있는 것이다. 마치 그들이 세계의 일부라는 사실을 부정하기라도 하는 듯 말이다.

그때 또다시 그들의 뒤편에서 자욱한 흙먼지가 일었다. 기마 소리는 아니었다. 그것은 강호인 특유의 움직임을 나타내는 소리. 바로 경공을 펼칠 때 나는 소리였다.

설마 증원(增員)인가? 지금 바닥에 나뒹굴고 있는 일흔아홉 명이 천마보의 전체 인원은 물론 아니었다.

진소령과 유은성, 마부 사이에 다시 긴장감이 감돌았다. 이미 그들의 몸은 혹독한 싸움으로 인해 지칠 대로 지쳐 있었다. 더 이상 싸울 힘은 남아 있지 않았다.

그러나 진소령의 얼굴은 곧 환하게 밝아졌다. 경공을 펼치며 달려오는 일단의 무리들 중에 아는 얼굴들이 끼어 있었던 것이다. 너무나 기쁜 마음에 눈물이 쏟아질 것만 같았다. 교수대의 밧줄처럼 그녀의 사지를 옥죄어오던 긴장이 일순간에 풀어지는 것이 느껴졌다. 그러나 곧 의문이 들었다.

'하지만 어떻게? 신호는 산문까지 닿지 않았을 텐데?'

게다가 당도한 시간도 예상 이상으로 빨랐다.

'게다가 저분은?!'

선두에 앞장서서 약 오십여 명의 제자를 이끌고 질풍처럼 달려오고 있는 할머니는 매우 낯이 익었다. 아미파 오대장로 중 한 명이자 일부 제자들 사이에서는 백발노괴라 불리우며 공포의 대상이 되고 있는 '혜월(慧月)'이었다. 그녀는 천겁혈세의 생존자였다. 그러니 그녀의 나이가 얼마나 많은지는 능히 짐작할 수 있으리라.

혜월 장로는 백 살이 넘은 것치고는 시력이 좋았다. 그래서 멀리서도 진소령의 신분을 알아볼 수 있었다.

아미에서 가장 촉망받는 제자 중 한 명이 위급한 지경에 처했다고 생각하니 절로 마음이 다급해졌다. 그녀는 자신이 구해준 한 사내와 제자들에게 외쳤다.

"먼저 가겠다!"

일단 남자들은 다 믿을 수 없다는 것이 평소의 지론인 그녀의 눈에 맨 먼저 밟힌 것은 소령의 바로 곁에 서 있는 정체불명의 남자였다. 일단 그놈부터 먼저 떼놓을 필요가 있었다. 그녀의 경공은 더욱더 빨라졌고, 돌개바람처럼 몸을 회전시키며 두 사람의 사이를 비집어 튼 다음 그 가운데로 끼어들었다. 그리고는 냅다 외쳤다.

"웬 놈이냐? 무엇이 목적인지 모르지만 이 아이에게서 떨어져라, 이 늑대야!"

일단 모든 남자는 늑대 내지는 승냥이 후보라고 생각하고 있는 그녀의 가치관이 곧바로 드러나는 말이었다. 어처구니없는 것은 물론 남자 쪽이었다. 초립사내는 고개를 절레절레 흔들며 말했다.

"혜월, 그 남성 기피증은 여전하구나!"

진소령은 발목을 삐끗했고, 유은성은 딸꾹질을 했다.

"혜월~?"

말꼬리가 하늘 높은 줄 모르고 치솟았다.

"아니, 이런 썩을 놈을 봤나! 내가 네 친구냐? 어따 대고 감히……!"

노발대발하던 그녀의 목소리가 사내의 얼굴을 확인하는 순간 쏙 들어갔다.

"히에에에에에에에… 캑캑캑!"

느닷없이 터져 나온 기겁성. 그러다가 비명이 목에 걸렸는지 사레가 들려 버리고 말았다. 폐까지 목구멍 바깥으로 외출할 듯한 기침이 멈추질 않았다. 체면이 말이 아니었지만 지금은 그런 것을 돌볼 계제가 아니었다.

그녀의 혼백은 육체가 감당할 수 없는 한계치 이상의 정신적 충격으로 인해 육신을 빠져나가 염라전까지 도달했으나 염라대왕과의 상담을 통해 생사부에 기록된 날짜와 다르다는 것이 발견, 저승사자 두 명이 업무 태만으로 중징계를 당하고 그녀의 혼백은 다시 본래의 육신으로 돌아올 수 있었다. 유체 이탈의 후유증 때문인지 얼굴이 새파래진 혜월이 얼른 땅에 몸을 던지며 오체복지했다. 본 파 장문인조차 받아보지 못한 예였다.

"아, 아미의 혜월이 조, 존안을 뵈옵니다!"

아미파 내에서도 성격 꼬장꼬장하고 심술궂기로 유명한 장로 혜월의 목소리가 부들부들 떨리고 있었다.

진소령과 유은성은 다시 한 번 화등잔만하게 커진 자신의 눈을 세차게 비벼야 했다.

"박력있는 인사, 고마웠네. 오랜만이구나."

초립사내가 웃으며 말했다. 그러자 혜월의 몸이 황공함을 감당 못하겠다는 듯 더욱 쪼그라들었다.

"용서해 달라고는 하지 않겠습니다. 이, 이 천한 것의 무례는 죽음으로써 갚겠습니다."

혜월의 목소리는 사시나무 떨 듯 떨리고 있었다.

"허허, 오랜만에 만난 인사치고는 너무 살벌하군. 죽다니? 게다가 자네 스스로 자신을 천하다고 하면 어떻게 하나? 한 번 실수했으면 다음에 안 하면 그만 아닌가? 그 정도 일로 마음 상하지 않네. 그만 일어나게."

"아, 아닙니다. 감히 일어설 수 없습니다."

그러나 어느새 그녀의 몸은 보이지 않는 손에 들려 땅에 수직으로 서 있었다. 그녀는 얼른 고개를 수그렸다. 감히 마주 볼 면목이 없었던 것이다.

"내가 불편해서 그래. 자넬 내려보고 말하려니 목도 아프고 말일세. 그런데 어찌 된 일인가? 저 아이 말로는 여기서는 홍련삭의 신호가 아미까지 닿지 않았을 거라 하던데."

그러자 혜월이 자초지종을 설명하기 시작했다. 이유인즉슨 이러했다.

요 며칠간 이 주변에 아미파의 얼굴을 무시하는 눈먼 도적 떼들이 날뛴다는 소문을 듣고 한참 몸이 근질근질하던… 이 아니라 정의감과 사명감에 불타는 모범적인 장로라 할 수 있는 자신이 몸소 아이들을 이끌고 도적 떼들을 토벌하러 갔다는 것이다. 그 와중에 사내 녀석도 한 명 구해주었다고 한다. 이름이 장씨라고 하는데 불쌍하게 도적 떼들에게 다 털려 빈털터리가 되려는 찰나에 그녀에게 구원을 받았다고 한다. 명색이 표사 나부랭이 주제에 강도에게 홀랑 털린 그 꼴이 하도 한심해서 한 수 지도해 주기도 했다고 자랑했다.

"그래서, 오랜만에 몸을 푸니 좀 상쾌해지던가?"

"아, 예. 물론입니다. 한동안 산문 안에 틀어박혀 있었더니 어찌나 좀이 쑤시… 헉!"

무심결에 대답하던 혜월이 황급히 입을 막았다. 그 와중에도 혀는 두어 번 더 움직였다. 진소령은 갑자기 자신이 아미파의 제자라는 사실에 대해 회의하기 시작했다.

초립사내가 웃으며 말했다.

"허허허, 너는 여전히 씩씩하구나."

"부, 부끄럽습니다."

그가 은거한 지 어언 오십여 년. 죽었다는 이야기까지 돌던 인물이 다시 눈앞에 나타난 것이다. 혜월 사태는 진심으로 감격했다. 직접 다시 한 번 전설과 조우할 수 있었다는 사실에.

이때 진소령과 유은성, 마부, 이 세 사람은 꽁꽁 얼어붙은 채 안절부절못하고 있었다.

자신들이 하늘처럼 여기고 있는 사천무림의 최원로 중 한 사람인 혜월이 저처럼 경외시하는 인물이 도대체 누구란 말인가? 그 정도의 거물에게 자신들은 그런 무례를 범했단 말인가?

처음 만났을 때는 경황이 없어 마차로 피떡을 만들 예정이었습니다 라고 말하면 혜월은 어떻게 돌변할까? 한때 '피보라'라고까지 불리웠던 과거의 명성에 덮인 먼지를 다시 한 번 털어내려 할지도 몰랐다.

"곧장 장문인에게 연락해 영접 나오도록 하겠습니다."

의당 해야 할 의무라는 듯 말하는 혜월의 말에 초립사내는 손을 들어 그것을 제지했다. 더 이상 자신의 여행이 번거로워지는 것은 피하고 싶었다. 원래 이들과의 만남도 예정 외의 것이었다.

'하지만 그것이 인연이라는 것이겠지? 그렇다면 우연이 빚은 이 인연의 씨앗이 좋은 싹을 틔우기를 바랄 뿐.'

"그럴 필요 없네. 목적지는 그곳이 아니니 말일세. 장문인에게 그런 번거로움을 끼칠 수야 없지."

"아닙니다. 번거롭다니요. 감히 어찌 그런 불경스런 생각을 품을 수 있겠습니까? 저희 아미파를 방문해 주신다면 삼생에 다시없는 영광으로 여길 것입니다. 또한 묵으실 방은 영구히 보존되겠지요. 그렇지. 기념관으로 만들어 후대에 물려주는 것도 좋을 것 같습니다. 이 일이 알려지면 아마 사천의 제문파들과 구파의 나머지도 부러워서 미치려 하겠지요. 그러니 부디 사양한단 말은 하지 마시고 며칠만이라도……."

혜월이 입에서 침을 튀기며 열렬히 그의 왕림을 염원했다. 그녀의 두 눈망울은 소녀의 그것처럼 약동(躍動)하고 있었다. 그러나 사내의 뜻은 완고했다.

"미안하네. 나에겐 시간이 얼마 없다네. 여기서 헤어지도록 하세."

혜월의 얼굴에 실망의 기색이 역력히 떠올랐다. 하늘이 무너지는 것을 목격하기라도 한 듯한 그런 얼굴이었다. 그녀는 정말 낙심한 것 같았다.

"……알겠습니다. 부디 뜻대로 하십시오."

마지못해 한 대답이란 것에 의심의 여지는 없었다.

"고맙네. 그리고 저 사람들도 좀 잘 처리해 주고."

"예, 걱정 마십시오. 두 번 다시 이런 잡짓을 못하도록 쓴맛을 보여 주겠습니다."

혜월이 붉은 혀로 윗입술을 살짝 핥으며 말했다. 무의식 중에 튀어나오고 만 오래된 습관이었다.

'쯧쯧, 저 버릇은 여전하군. 천마보 간판이 내려가는 날도 며칠 남지 않았구나.'

갑자기 천마보 사람들이 조금 불쌍하게 느껴지기도 했지만 그것도 잠시 잠깐의 연민일 뿐 남에게 해를 끼치려면 자신이 해코지당할 각오 정도는 하고 있어야 하는 것이다. 그래야 공평하지 않겠는가?

"이제 나이도 있으니 너무 피를 많이 보지는 말게."

소용없다는 걸 알면서도 한마디 덧붙이고 만다. 그리고 며칠 후 천마보는 강호상에서 사라졌다.

그러나 아무도 죽은 이는 없었다.

당연했다. 고래(古來)로부터 많은 논쟁이 있어왔지만 반죽음이 진정한 죽음으로 인정받은 적은 단 한 번도 없었다.

다만 많은 학자들이 인정하듯 때때로 사는 것보다 죽는 것이 더 나은 상황이 현실상에 존재하는 것은 사실이다. 불타(佛陀)께서도 이미 일체개고(一切個苦)를 설파하시지 않았는가. 천국와 지옥 둘 모두 지상에 있지 지상 이외의 곳에 있는 것이 아니다.

천국에 거할 것인가, 지옥에 거할 것인가? 선택은 언제나 신의 심판이 아니라 인간의 몫인 것이다.

"구, 구해주셔서 감사합니다… 에… 저… 대협!"

정식으로 고마움을 표해야겠다고 생각한 진소령은 이 정체불명의 사내를 호칭할 말을 뭘로 해야 할지 한참 고민해야만 했다. 소협, 대인, 노야, 노선배, 오라버니, 오빠, 그 외 기타 등등. 그러다가 그녀가 선택한 것은 가장 무난한 느낌의 명칭인 대협이었다.

그는 고개를 가로저었다.

"너를 구한 건 너 자신이다. 너의 포기하지 않는 행동이 나의 마음을 움직인 것뿐이다. 그러니 고마워할 필요는 없다. 그저 최후의 최후까지 포기하지 않은 자신을 칭찬해 주도록 해라. '애썼다, 분발했구나,

참 잘했다, 장하다, 나 자신아' 라고 말이다."

"저… 그, 그래도 감사합니다. 아무리 포기하지 않는 마음이 있다 해도 능력이 따라주지 않는다면 현실에 변화를 일으킬 수 없겠지요. 만일 대협의 도움이 없었다면 소녀는 저 악적들에게 능욕당하고 말았을 겁니다. 수천 번을 감사해도 베풀어주신 이 은혜에 보답하기에는 턱없이 모자랄 것입니다. 당신께서는 저의 현재와 가능성으로 남아 있는 미래 모두를 구해주신 것입니다. 감사합니다. 감사합니다. 정말 감사합니다."

진심이 담긴 감사의 말은 언제나 기분 좋은 울림을 지니고 있다. 사내는 소녀의 진실 어린 모습에 미소 지었고, 마지막 충고도 잊지 않았다.

"하지만 이번 일은 정말 우연 중의 우연에 불과하다는 사실을 잊지 말거라. 운이란 스스로의 의지를 움직여 그 능력만큼 만들어내는 것이다. 자기를 극복하고 지고(至高)의 하나를 깨달을 수 있도록 노력해라."

"금과옥조 같은 말씀, 소녀의 마음속에 깊이 새기고 잊지 않겠습니다. 아무리 오랜 시간이 흘러도 당신의 말씀은 사라지지 않고 소녀의 가슴속에 남아 있을 것입니다."

"너의 말이 지켜지길 기대해 보마."

이제 시간이 되었다.

"그럼 이만 이별이구나."

"저……"

진소령이 우물쭈물하며 입을 뗐다.

"또 뵐 수 있을까요?"

소녀의 붉게 달아오른 볼은 매우 앙증맞아 보였다. 사내의 입가에 인자한 미소가 그려졌다.

"인연이 닿는다면."

진소령이 활짝 웃으며 고개를 끄덕였다. 마지막으로 사내가 그녀의 머리를 쓰다듬어 주며 말했다.

"엄마를 많이 닮았구나. 하지만 더 아름다워지고 또 강해졌어. 그럼 작별이다."

진소령의 고개가 번쩍 들렸다.

"저희 어머니를……."

짧은 순간이었음에도 불구하고 그의 모습은 이미 벌써 길의 저편으로 멀어져 가고 있었다.

그는 대답 대신 한 손을 흔들어주었다. 그리고는 곧 그녀의 시야에서 사라졌다.

그렇게 두 사람은 헤어졌다.

그러나 두 사람이 다시 만나는 일은 두 번 다시 없었다.

사내는 떠났다. 사람들은 마치 주술에 걸린 것처럼 한동안 그의 뒷모습을 멍하니 바라보았다. 그중 특히 감격에 겨워 몸을 부들부들 떨고 있는 이가 있었으니 바로 혜월이었다. 아직도 감동의 물결이 가시지 않은 노장로를 붙잡고 진소령은 조심스럽게 질문했다.

"저… 장로님?"

진소령은 지금의 과정을 다섯 번 정도 반복한 후에야 겨우 반응을 얻어낼 수 있었다. 그 반응마저도 상당히 건성이었지만 혜월이 다시 사적인 망상의 세계로 돌아가 버리기 전에 얼른 질문해야 했다.

"저분께서는 대체 누구십니까?"

도저히 인간의 것이라 여겨지지 않는 신위였다. 사천의 최고령자 중 한 명인 혜월이 오체투지가 모자라다 할 정도로 예를 표하고 자진해서 본 파 장문인까지 끌고 와 인사를 시키겠다고 벼른 인물이 어찌 보통 인물일 수 있겠는가.

"허참, 저분이 누구신지도 모르고 함께 있었단 말이냐?"

"네……."

마지못해 고개를 끄덕였다. 장로님도 처음에는 멋모르고 무례를 범하지 않으셨습니까라고는 차마 말하지 못했다. 더불어 수차례의 무례를 범했다는 사실도 밝히지 못했다. 겨우 살았는데 다시 죽고 싶지는 않았던 것이다.

"쯧쯧, 너희들은 오늘 운이 좋았다. 저분을 두 눈으로 직접 배견할 수 있었으니… 자손 대대로 자랑거리로 삼을 만한 이야기지. 너희는 전설을 보고 전설과 함께 잠시 같은 공기를 마시고 같은 이야기를 공유했으니까 말이다. 운이 좋다면 기나긴 전설의 한 켠에 이름을 올려놓을지도 모르지. 뭐, 오늘 일은 그렇게 되기에는 너무 빈약하지만 말이다."

그리고는 여전히 동경과 선망이 반짝이는 소녀 같은 눈으로―백 살 넘은 마귀할멈의 눈이 그렇게 변하니 그건 그것대로 상당히 공포스러웠다―혜월은 진소령의 귀에다 대고 조용히 속삭이듯 말했다.

"저분이 바로 현 무림을 지탱하고 움직이는 변화의 두 축 중 하나를 만드신 분이시다."

두둥!

순간 머리가 멍해졌다. 아직도 귓가에 남아 기억에 있는 목소리. 인자하고 온화한 미소. 자신을 보호해 주던 울타리가 된 두 팔.

"괜찮니, 꼬마 아가씨?"
"엄마를 많이 닮았구나!"

아직도 기억의 한 켠에 남아 있는 거대하지만 따뜻한 그림자. 나무에서 떨어지던 어린 자신을 구해준 굳센 두 팔. 그것은 십 년도 더 전의 이야기. 그러나 그는 그때 그 사람이 누군지 알고 있었다. 백도와 흑도를 떠나 모든 이의 추앙을 받은 무림의 전설이자 신화, 강호의 구세주, 무(武)의 신(神).
"그, 그렇다면 저분이 바로 그······. 헉!!!"
"헉!"
찌링!
진소령은 그대로 얼어버렸다. 그리고는 정신을 놓아버렸다. 선 채로 기절해 버린 것이다. 그녀를 둘러싼 얼음의 관은 백만 년이 지나도 녹지 않을 것 같았다.

*　　　*　　　*

혼돈의 추종자들이 질서에 전면적으로 완벽하게 굴복한 적은 유사 이래로 단 한 번도 없다. 그들은 어느 시대에나 매번 존재해 왔다. 바퀴벌레보다 더 끈질긴 생명력을 자랑하면서. 상식적으로 봐서도 질서를 유지하는 것보다 혼돈을 불러일으키는 것이 더 쉽다. 질서의 유지가 조금 흐트러져도 질서는 바로 혼돈으로 돌변한다. 그만큼 이 만물

유전의 세계에서 질서만큼 어색한 존재는 사실 없다. 질서를 찾고자 하는 것은 단지 불멸성을 거부하는 이 세계의 본질에 대한 반발에 불과한 것일까?

드디어 한 산봉우리의 그림자가 그를 완전히 집어삼켰다. 잠시 발걸음을 멈춰 선 초립사내는 오른손으로 초립을 살짝 들어 올린 다음 앞을 바라보았다. 시야 가득히 우뚝 솟은 산봉우리 하나가 눈에 들어왔다. 그 등 뒤로 석양과 함께 황혼이 밀려오고 있었다.
"여길 나간 나는 이토록 변했는데 이곳은 하나도 변하지 않고 그때 그 모습 그대로구나……."
사시사철 끊임없이 변하는 것이 자연의 본성일 텐데도 그의 눈에는 그날 그가 이곳을 나가면서 새벽의 여명 속에서 바라본 그때의 풍경과 똑같아 보였다.
다시 초립을 눌러쓴 사내는 멈췄던 발걸음을 다시 뗀 후 산의 품 안으로 묵묵히 걸어 들어갔다. 이제 곧 목적한 곳에 도착한다. 어떤 또 다른 힘이 작용하는 것은 아닐 텐데도 목적지에 가까이 가면 가까이 갈수록 발걸음이 무거워진다. 마음이 그의 몸을 무겁게 짓누르고 있었다.
왜 하필이면 하고많은 길 중에 이 길을 걸어가지 않으면 안 되는가? 아무리 불타께서 일체개고의 법문을 전하며 이 세상의 모든 것이 고(苦)라고 설파하셨다고 하지만 이건 해도 해도 너무한 것 아닌가? 운명을 주관하는 하늘의 부서가 있다면 항의 서한을 산더미처럼 전달할 용의도 있었다.
재수 옴 붙은 셈치고 그냥 돌아갈까? 자신의 마음이 내면에 뿌리내린 지워지지 않는 미련을 기반으로 급조해 낸 제안이긴 했지만 실로 매력적이 아닐 수 없었다. 자의식 깊숙한 곳으로부터 달콤한 유혹에 몸을 던지고 싶어하는 주체할 수 없는 욕망이 분출되고 있었다.

편한 길은 언제나 달콤하다. 다만 가능성을 포기하기만 하면 된다. 희망은 그것이 지적하는 미미한 결과에 비해 언제나 보다 과한 괴로움을 강요한다. 수지 타산이 맞은 적은 한 번도 없다.

그러나 사내는 곧 고개를 절레절레 저었다. 가다가 멈추면 아니 간만 못하다는 말이 괜히 있는 게 아니다. 왜 갈 것도 아니면서 가느냐 말이다. 그 간 거리만큼 손해막심이다. 그냥 출발조차 하지 않았으면 얼마든지 다른 목적지를 설정할 수 있었을 것 아닌가!

"이곳을 떠난 지도 벌써 몇 해인가……."

감개무량한 표정으로 사내는 황혼으로 덧씌워진 녹옥빛 세계를 바라보았다. 사람은 변했지만 자연은 그때 그대로 불변의 영원으로 자신을 반기고 있었다.

날씨는 화창했고 유유하게 하늘을 떠다니며 푸른 하늘을 하얗게 가리는 구름 무리는 적었다. 광대한 자연은 무한했고 자신은 혼자였다.

그는 갑자기 고독을 느꼈다.

거느리고 있던 많은 이들이 죽었다. 자신을 믿고 따르며 신뢰하던 맹우들이었다. 그러나 이제 그들은 없다. 자기 자신과 같은 곳을 바라보던 사람들은 이미 그의 곁을 떠났다. 그를 혼자 남겨둔 채. 오직 그 중 가장 신뢰할 수 있는 하나만 남았을 뿐이다. 그는 자신보다 먼저 죽은 이들의 넋을, 신념에 불타던 그 의기를 평생 가슴에 묻고 살아야 한다는 사실을 잘 알고 있었다.

이제 그 친구와 자신은 다른 길을 간다. 이 길이 언젠가는 하나로 이

어지길 바라지만 그때가 과연 올 것인지 알 수 없다. 그것은 자신의 시야가 미치는 지평의 저 바깥쪽에 존재하고 있었다. 그의 앞에 펼쳐진 시간의 지평은 이제 그가 측량할 수 있을 만큼 가까운 곳까지 다가와 있었다.

"이제 얼마 남지 않았어."

초립사내의 입가에 처연한 웃음이 맺혔다.

현 상태로는 절대 다음의 위기에 적절하고 효과적으로 대처할 수 없다는 사실을 사내는 팔십 년 전에 이미 깨달았다. 그의 상상력은 그렇게 빈곤한 축에 속하지 않았던 것이다. 그렇다고 포기할 수도 없었다. 아무 행동도 하지 않는데 매우 좋은 결과가 올 만큼 세상의 법칙 체계는 만만하지 않았다.

그래서 그는 그의 신뢰하는 맹우와 함께 그 다음 백 년을 바라보며 장대한 계획을 수립했다. 당시의 허약했던 무림을 겁난에 대비할 수 있을 만큼 강하게 변화시키기 위해. 그것은 체계적인 교육에 대한 비전이었다. 그에게는 그것을 실행할 의지와 각오와 능력이 겸비되어 있었다. 그리하여 두 개의 교육 기관이 강호에 그 모습을 드러냈다.

천무학관과 마천각의 등장이었다.

강호의 질서는 이 두 개의 양 축을 중심으로 재편되었다. 세계가 뒤바뀐 것이다. 그제야 사람들은 자신을 단련하고 남을 가르치는 행위에 대해 본격적으로 숙고해 보기 시작했다. 이 이전에는 그럴 건덕지조차 없었으니 형편이 많이 나아졌다고 즐거워해야 할 것이다.

양(陽)만으로 변화는 일어나지 않는다. 그렇다고 음(陰)만 있어서도 안 된다. 음과 양이 조화를 이룰 때 비로소 변화는 면면부절히 일어나는 것이다.

"씨는 뿌려놓았다. 남은 것은 그것들이 장대한 꽃을 만개하길 기원할 뿐."

세상에 대해 해야 할 일은 다 했다. 이제 자신의 일을 할 때였다. 원래 수신제가(修身齊家) 치국평천하(治國平天下)라 했는데 그는 그 과정을 역으로 밟아나가고 있었다. 그전의 자신 역시 하나의 자기 극복을 이룩한 존재였지만 어차피 이 한계지평은 무한히 확장된다는 아주 얄미운 성질을 지니고 있었다.

다시 한 번 자신을 뛰어넘어야 할 때였다. 그는 그래서 두 번 다시 오지 않으리라 여겼던 이곳에 다시 발을 들여놓은 것이다.

자기 자신을 극복하기 위해.

숲이 열리며 태양이 자신을 반겼다.

마침내 그는 자신이 흘러나왔던 원류에 도착한 것이다.

그곳은 아주 자그맣고 초라한 초옥이었다. 초옥에 비해 넓은 마당의 한 켠에 놓여진 탁상에 새하얀 수염을 탐스럽게 기른 한 명의 노인이 앉아 있었다. 손에는 술잔 하나가 들려 있었다. 맞은편의 잔은 보이지 않았다.

혼자 주거니 받거니 자작 중이던 노인이 고개를 돌려 그를 바라보았다. 사내의 심장이 쿵쾅거렸다. 입술이 바짝 말라왔다. 목이 탔다. 그러나 반응은 짧았다.

"응? 너냐?"

그게 다였다. 노인은 다시 술병을 술잔에 기울였고, 넘치지 않을 만큼 찰랑찰랑 담은 다음 단숨에 목 안으로 비워 넣었다. 술잔은 여전히 그의 손에 들린 그대로였다.

"예, 접니다."

사내가 대답했다. 지금 자신은 어떤 얼굴을 하고 있을까? 사물을 보기 위해 만들어진 눈이 정작 자기 자신은 볼 수 없다니 알 수 없는 괴리감이 느껴졌다.

"오랜만입니다, 스승님."

다시 사내는 왼손으로 오른 주먹을 감싸쥐었고, 정중하게 고개를 숙여 예를 취했다.

"그럭저럭 오랜만이긴 하구나."

잠시 하나둘 손가락을 꼽아보던 노인은 이내 그 행위의 무의미함을 깨닫고는 세는 것을 그만두었다. 어차피 다른 손에 든 술잔을 놓을 생각은 없었고, 설혹 그것을 내려놓는다 해도 부족하긴 마찬가지였다.

"…거의 구십 년 만이니까요."

"흠, 그랬냐? 그러고 보니 그랬던 것도 같구나."

"벌써 치매십니까?"

"네놈이 자다가 이불에 오줌 싸고는 무서워서 덜덜덜 떨던 건 기억나는구나."

"그런 건 망각의 저편에 흘려보내셔도 상관없습니다."

"아니면 밥 쫄쫄 굶고 꾀죄죄한 몰골에 어느 객잔 뒷문 앞 쓰레기통에 쓰러져 있었던 거라던가 말야."

"……"

갑자기 가슴이 뭉클해졌다. 정작 그 자신은 잊고 있었던 일이었다. 아니, 망각하기 위해 필사적이었다고 해야 옳으리라. 자신이 그 지옥에서 빠져나올 수 있었던 건 모두 이 사람 덕분이었다.

"웬일이냐? 우리의 인연은 이미 끝난 것으로 아는데. 아니면 죽을 자리가 필요한 거냐? 푼돈도 안 되는 장의사가 돼라고 강요하면 좀 곤란하구나. 죽을 자리라면 딴 데 가서 알아봐라. 난 일없다."

노인이 퉁명스럽게 말했다.

그러자 사내의 입가에 햇살을 머금은 듯한 엷은 미소가 서렸다.

"변함없으시군요, 스승님."

정말 자신이 떠났을 때와 똑같은 모습, 똑같은 행동이었다. 그 점이 가장 그를 놀라게 하고 있었다.

"또 잊어버렸나 보구나. 뭐, 헤어진 지 꽤 오래되었으니 잊을 수도 있겠지. 그렇게 이해해 주마."

"……."

"그러니 여기서 다시 한 번 수고스럽지만 네가 잊고 있는 것을 상기시켜 주마."

노인이 분명한 어조로 다시 한 번 말했다.

"나는 네 스승이 아니다!"

그는 한때 무림의 정점으로서 신의 권좌에 올랐다고 칭해지던 사람이었다. 무신이라고까지 불리운 적도 있었고, 아직도 부끄럽지만 그렇게 불리우고 있다.

정점에 선 자는 무엇이 다른가? 인간의 한계를 뛰어넘어 고금 미증유의 경지를 개척했다고 칭송되어지는 초인들, 고금 유일, 전무후무, 고금제일, 천하제일, 극한의 경지에 도달한 자, 깨달은 자, 신의 경지에 들었다고 말해지는 역사상의 초인들이 느끼는 공통된 감각이 두 가지 있다.

하나는 자신과 그가 얻은 것을 함께 나눌 벗이 없다는 데서 오는 고독감이고 또 하나는 이것이 아직 끝이 아니라는 사실을 그들이 알게 된다는 사실이다. 그들은 안다. 아니, 깨닫는다. 필연적으로, 의심의 여지없이 완전하게.

이 위에 또 다른 단계, 또 또 다른 경지가 존재하고 있다는 사실을 그들은 안다. 범속한 범인(凡人)들이 그들을 보고 끝이라 말할 때 그들은 자신의 눈앞에 광활하게 펼쳐진 새로운 지평을 보고 있는 것이다. 오직 정상에 오른 사람만이 다음 단계를 볼 수 있다.

세계지평은 완결될 만하면 언제나 그 다음에 펼쳐지는 또 다른 존재지평을 지적한다. 그렇게 세계는 자신을 확장해 나간다.

우리가 몸담고 있는 이 존재의 세계는 끝이 없다. 세계는 결코 존재를 뛰어넘을 수 없다. 공(空)의 허(虛)는 그 끝 자락이 보이지 않는다. 그것이 행인지 불행인지는 관점에 따라 다르리라.

이를 가리켜 진무한(眞無限)이라 한다.

* * *

회색빛 장삼을 몸에 두르고 창가의 빛을 등진 채 서 있는 노인의 고개는 천장을 향해 들려 있다.

"역시 그 친구는 자신이 나왔던 곳으로 돌아갔던가……."

지그시 두 눈을 감은 혁중 노인의 입에서 나직한 탄식이 터져 나왔다.

"이제 속세에서는 두 번 다시 만날 수 없는 곳으로 가버리고 말았단 말인가……."

노인은 비감한 표정으로 이십 년 동안 묵묵히 가슴속 가장 깊은 곳에 봉해두었던 슬픔을 토해냈다.

직감적으로는 느끼고 있었다. 영혼과 의지를 함께 공유하던 유일한 지음(知音)이 이 세상에서 사라졌다는 사실을. 하지만 그 친구가 남긴 후예들에게 확답을 받고 나니 감회가 새로웠다. 확인 사살당하는 기분이 이런 기분이려나? 이제 그의 유지는 자신 혼자서 떠안을 수밖에 없게 되었다.

'박정한 친구……'

세계를 혼자 짊어지기엔 나이가 너무 들었다. 허리가 상할지도 모른다. 그러나 이제 그 짐을 함께 나눠 지던 친구는 돌아오지 않는 길을 떠났다. 이제 자신의 옆 자리는 언제나 텅 빈 채 남아 있을 것이다.

염도와 빙검은 고개를 숙인 채 침통한 표정으로 침묵했다. 감히 말을 이을 수 없었다.

자신과 같은 곳을 바라보던 유일무이한 최고의 지음(知音)이 사라졌다. 이제 누구랑 벗하여 인생을 연주할 수 있단 말인가? 지금 그가 느끼는 상실감을 실감할 수 있는 이는 아무도 없을 것이다. 그와 같은 곳에 서보지 않고서 함부로 떠드는 것은 주제넘은 짓이자 오만의 극치일 뿐. 아무리 그 대상이 친구의 제자라는 특이한 위치라 할지라도, 아니, 자신의 친혈육이라 할지라도 세상의 절반이 소멸한 듯한 이 공허함을 완전히 이해하지는 못하리라.

"사인(死因)은?"

노환으로 사망했다는 농담 따위는 사양이었다. 자신이 이토록 멀쩡한데 그와 같은 위치에 있는 그가 수명이 다한 자연사일 리 없었다.

"잠시 나갔다 오시겠다며, 반드시 매듭지어야 할 일이 있다며 한동안 긴 여행을 떠나셨다가 돌아오셨을 때는 이미…….”

"이미?"

"회복하지 못할 상처를 입고 돌아오셨습니다. 넝마처럼 찢어발겨진 가슴에는 거미줄 같은 미세한 혈선들이 무참하게 그분의 육체를 종횡으로 가로지르고 있었습니다.”

그때의 끔찍한 기억이 다시 떠오르자 빙검의 얼굴이 저절로 찌푸려졌다. 얼음처럼 차갑다는 평을 듣고 있는 그의 마음도 당시의 기억을 완전히 동결(凍結)시키지는 못했다. 아직도 그는 그때의 악몽을 꾸고 때때로 잠에서 벌떡 일어나곤 했다.

'거미줄 같은 혈선? 설마 '그' 인가?'

그러나 노인은 이내 고개를 가로저었다.

있을 수 없는 일이다. 게다가 '그'가 이십 년 동안 얌전히 있었을 거라고는 생각하기 힘들었다.

"뭐라 하더냐?"

마지막으로 남긴 말이 있을 터였다. 그것이 지금 의지할 수 있는 유일한 단서였다.

"이것은 자신이 원했던 일이라고… 반드시 해야만 했던 일이라고… 또한 각오했던 일이니 복수는 꿈도 꾸지 말라고 하셨습니다.”

"복수하지 말라고?"

"예."

"그 녀석은 후회하고 있었느냐?"

"아닙니다. 후회하지 않는다고 하셨습니다. 원하는 것을 얻었다고… 이것은 그 대가라고… 다만 아쉬울 뿐이라고 하셨습니다.”

"원하는 것을 얻었다라……. 너희들에게 남긴 심득(心得)이 있었겠

시(始) 85

구나.”
 염도와 빙검은 품에서 반쪽의 거울을 꺼내 혁중에게 내보였다. 건곤 조화경이었다.
 “이것을 반으로 나누어 저희들에게 하나씩 나눠 주셨습니다.”
 “그 친구의 의지가 그 안에 고스란히 담겨 있겠구나. 그리고 마음 씀씀이도. 그런데…….”
 잠시 뜸을 들인 후 노인은 염도와 빙검을 번갈아가며 한번씩 쳐다본 후 물었다.
 “…그것이 합쳐진 적은 있느냐?”
 “…….”
 대답은 돌아오지 않았다.
 “왜 대답이 없느냐? 있느냐, 없느냐?”
 노인의 질책은 사부의 책망이 되어 그들의 심장을 후려쳤다.
 '사부님…….'
 그들의 몸은 현재에 놓여 있었지만 그들의 눈은 과거를 바라보고 있었다.
 평생이 가도 절대 잊을 수 없는 그날의 광경을.
 그날 그들의 망막 안에 새겨진 그 광경은 장대한 세월의 격류에도 결코 씻겨 나가지 않을 터였다.

*   *   *

 “너희들, 왜 우느냐? 슬프냐?”
 사부님의 자상한 물음에 두 청년과 한 소녀는 하염없이 눈물이 흘러내리는 눈을 연신 훔치며 오열하고 있었다. 천신과도 같이 위대했던 사부가 지금은 차디찬 바닥에 누워 있었다. 호흡이 거칠고 안색이 창백했다. 두 청년 역시 느낄 수 있었다. 언제나 자신들의 앞에 찬란히 빛나고 있던 태양의 불이 곧 꺼질 것이라는 것을. 황혼의 끝이 다가오고 있다는 것을.

"아쉽긴 하지만 슬프진 않구나. 언젠가 이런 날이 올 줄 알고 있었다. 팔십 년 전 그날부터 내 안에 심어진 시한폭탄이 터질 날만을 기다리고 있었다. 팔십 년이나 살았으니 의외의 행운이라고 해야겠지. 덕분에 너희들도 만날 수 있지 않았느냐?"

"아빠, 돌아가시면 안 돼요! 엉엉!"

소녀가 사내의 가슴에 얼굴을 파묻고 오열했다. 소녀의 예쁘장한 얼굴은 눈물 범벅이 되어 있었다.

"…그것이 나에겐 무엇보다 기쁜 일이었다."

사부는 간헐적인 숨을 내쉬며 계속해서 말을 이어나가고 있었다.

"다만 걱정이라면 너희 둘이 사이가 좋지 않은 게 마음에 걸리는구나. 영희야, 너는 너무 마음이 여리다. 눈물을 감출 줄도 알아야지. 철수야, 너는 언뜻 보면 이성적인 것 같으나 때때로 불같이 화를 잘 내니 걱정이다. 둘 모두 이걸 받거라!"

품속에서 나온 것은 하나의 매끈한 청동거울이었다. 그 거울의 면에는 어떤 경문과도 같은 글씨가 빼곡히 적혀 있었다.

"내가 너희들에게 줄 건 한 쌍의 도검과 이 거울뿐이구나. 철수야!"

"예, 사부님!"

양 볼에 흐르는 눈물을 지우지 않은 채 푸른 옷의 소년이 대답했다.

"나의 왼손과도 같았던 이 얼음의 속성을 지닌 보검 '빙백(氷魄)'을 너에게 주마. 내가 너에게 전수해 준 검술을 익히는 데 도움이 될 것이다. 영희야!"

"예, 사부님! 저 여기 있습니다."

폭포수처럼 쏟아지는 눈물에 범벅이 된 붉은 옷의 소년이 대답했다.

"너에게는 나의 오른손과 같았던 이 불꽃의 속성을 지닌 이 보도 '홍염(紅焰)'을 주마. 내가 너에게 전수해 준 도법을 익히는 데 도움이 될 것이다."

"가… 감사합니다, 사부님! 흑흑!"

"그리고… 소련아!"

"예, 아빠!"

"미안하다. 너에게는 줄 만한 것이 없구나. 대신 이 '옥소(玉簫)'를 너에게 주마. 너는 음률에 재능이 있으니 나보다 더 이것을 잘 쓸 수 있을 것이다. 심심풀이로 가르친 검법을 응용하면 몸을 지키는 데는 문제없을 것이다."

"아빠~ 돌아가시면 안 돼요. 절 두고 가시면 안 돼요."

옥소를 받아 든 소녀가 울면서 아버지의 품에 얼굴을 묻었다. 그는 조용히 미소 지으면서 딸아이의 머리를 쓰다듬어 주었다. 그리고는 조용하지만 위엄있는 목소리로 말했다.

"철수와 영희는 듣거라!"

"예, 사부님! 하교하십시오."

"이제 나는 더 이상 너희들을 가르칠 수 없다. 아직 완성되지 않은 너희들을 두고 떠나는 것은 아쉽지만, 너희와 나 사이에 이어져 있던 사제 간의 인연은 오늘로서 끝인 모양이다. 그러나 걱정이 하나 있구나. 너희들 각자는 내가 지닌 무공의 반쪽밖에 익히지 못했다. 그것만으로도 강호에서 이름을 떨치기에는 부족함이 없지만 그것만으로는 앞으로 다가올 겁난에 대비할 수 없다. 너희 둘이 힘을 합치지 않으면 안 될 때가 올 것이다. 그런데 너희들은 물과 불처럼 사이가 좋지 않으니 그 점이 걱정이구나. 나는 너희들에게 내 마지막 심득이 담긴 이 '건곤조화경'을 반씩 맡기려고 한다."

사내가 거울을 잡고 조금 힘을 주자 거울이 각기 태극 문양으로 갈라졌다.

"음양(陰陽)이 태극(太極)에서 나왔지만, 그것은 여전히 둘이 아니라 하나라는 것을 잊지 말거라. 건곤과 음양이 조화를 이루지 않으면 변화는 일어나지 않는다는 것을. 너희들은 서로 돕고 서로 격려하며 정진하도록 하거라. 그리고 언젠가 그 안에 담긴 심득을 체현할 수 있을 만한 자질을 지닌 인재를 만난다면 너희 둘이 함께 힘을 합쳐 그 아이에게 나의 심득과 너희들이 얻은 심득 전부를 전해주기 바란다. 약속할 수 있겠느냐?"

"명심하겠습니다, 사부님!"

그는 만족스러운 듯 고개를 끄덕였다.

"나의 역할은 여기까지구나. 너희들에게는 미안하지만 강호에 나가면 너희가 누구의 제자인지 밝히지 마라. 또한 내가 죽었다는 사실도 알려지게 하지 말거라. 아직 나는 살아 있을 필요가 있다. 죽은 공명이 사마중달을 쫓아 보냈다더니… 나도 그 꼴이구나. 그 친구에게 너무 큰 부담을 지우게 되었어……."

그의 입가에 씁쓰레한 고소가 맺혔다.

"나의 육체는 사라지지만 나의 정신은 남아 있을 것이다. 태극의……. 쿨럭쿨럭!"

심한 기침과 함께 또 한 번의 각혈이 이어졌다.

"사부님!"

"스승님!"

"아빠!"

"괜찮다. 나는 괜찮아. 잠시 성질 급한 친구가 날 재촉한 것뿐이다. 잠깐 정도야 뭐 문제가 되겠느냐."

그는 한 손을 들어 보이며 아이들을 진정시켰다. 어느새 그의 호흡도 안정되어 있었다. 얼굴에 괴로워하는 표정도 씻은 듯 사라져 있었다. 그는 무척 편안해 보였다. 죽음의 안개가 그를 포근히 감싸고 있었다.

"나의 정신을 이어갈 자, 태극의 인재를 찾아라. 너희 둘이 힘을 합한다면 나의 정신을 다시 부활시킬 수 있을 것이다. 나의 의지의 빛이 너희 대에 다시 한 번 찬란하게 빛을 발할 수 있기를 기원하마. 그리고……"

그는 마지막 숨을 몰아쉬었다.

"소련이를 부탁한다."

그리고 마침내 그는 자신이 나왔던 곳으로 돌아갔다.

무림의 가장 찬란했던 쌍성 중 하나가 떨어졌다.

절대라 생각했던 신이 죽은 것이다.

     *   *   *

마침내 침묵으로 일관하던 노인의 입이 열렸다.

염도와 빙검은 고개를 가슴에 파묻었다.

"그런가? 한 번도 없었더냐? 그 녀석이 슬퍼하겠군……."

노인은 그들을 비난하지 않았다. 하지만 그것이 둘에게는 어떤 비난보다도 가슴이 아팠다. 목이 메어 말이 나오지 않았다.

"그래도… 제자들이 지켜보는 가운데서 숨을 거두었다니 쓸쓸하지는 않았겠구나. 그만큼 너희들을 믿고 있었다는 이야길 게다. 자신의 의지를 반드시 이어줄 이가 있다고 믿었던 것이지."

염도와 빙검은 감히 고개를 들 수 없었다. 그들의 알량한 자존심 때문에 그들은 하늘 같은 사부님의 유지를 거역했던 것이다. 죄책감 때문에 가슴이 터질 것만 같았다. 상심한 불꽃의 열기가 비 맞은 모닥불처럼 시들해지고 비통함, 얼음의 투명함은 슬픔에 물들어 잿빛 안개가 낀 것처럼 탁하게 변했다.

그런 둘의 의기소침한 모습을 흘겨보며 혁중이 말했다.

"쯧쯧, 뭐냐, 지금 그 힘없는 낯짝들은? 네 녀석들의 꼬락서니를 보아하니 아직 후천기(後天技)밖에 익히지 못했겠구나! 안 그러냐?"

불꽃과 얼음이 화들짝 놀라며 고개를 번쩍 들었다.

"그, 그것을 어떻게……?"

"뭘 그리 불똥 맞은 병아리마냥 화들짝 놀라느냐? 그 정도야 척 보면 삼천리인 것을."

대수롭지 않은 어조로 혁중이 대답했다. 그러나 염도와 빙검은 결코 평정을 유지할 수 없었다. 아니, 될 리가 없지 않은가! 자신들의 성취를 한눈에 알아보다니……. 아무리 사부의 절친한 맹우라 할지라도 그들의 독문무공의 체계를 훤히 꿰뚫고 있다는 것은 결코 가볍게 여길 수 없는 문제였다. 그러나 그들은 너무 서둘러 경악한 감이 없잖아 있었다.

"그뿐만 아니라 그것이 반쪽짜리라는 것도 알고 있지. 그러니 자네들이 아직 선천기(先天技)를 익히지 못했다는 것은 기정사실이 되겠군."

"서, 선천기까지 아신단 말씀이십니까?!"

눈이 튀어나올 만큼 경악한 후인데도 아직 더 경악할 것이 남아 있었다는 사실이 경이롭기까지 했다. 두 눈은 조금 전에 경악하느라 이미 써버렸기 때문에 다른 걸 이용해야 했다. 그래서 이번에는 입이 쩍 벌어졌다. 턱이 빠지지 않을까 염려될 정도로.

"앞이 없는 뒤도 있단 말이냐, 이 상대계에서? 앞이 있으니 뒤가 있고 뒤가 있으니 앞이 있는 것 아닌가? 좌와 우가 한 쌍이듯, 음과 양이 하나이면서 둘이 아니듯, 둘이면서 하나이듯!"

태극신군의 절학은 알려져 있기로 '건곤태극무상기'이다. 하지만 그것은 사실과 다르며, 엄밀히 따져서 정밀하게 표현하고자 한다면 빙산의 일각이라는 말을 쓸 수 있을 것이다. 그 어느 누구도 자신의 절학이 지닌 가장 깊은 곳을 보여주는 이는 없다. 무림인에게 그것은 가장 큰 비밀이며 최후의 최후까지 감춰진 마지막 한 수이기 때문이다. 무공이란 것은 그 특성상 타인에게 많이 알려지면 알려질수록 오히려 해가 될 뿐 득이 될 건 없었다. 적에게 미리 대비하게 해서 무슨 이득이 있단 말인가? 생명의 위협과 고생이 좀 더 늘어난다는 것 이외에 말이다. 그래서 알려지는 것은 언제나 절학의 일부분뿐이었다. 때문에 그들이 배운 독문무공의 최고 비전에 속하는 '선천기'를 안다는 것은 공부(功夫)의 전체 상(像)을 알고 있다는 것과 같은 말이었다. 그들이 놀라는 것은 당연했다. 상대 앞에서 벌거벗겨진 느낌을 받고서 좋아할 사람은 오직 변태뿐이었다.

염도와 빙검은 각각 염의 속성과 빙의 속성을 지닌 무공을 전수받았다. 그들은 사부가 바라던 그릇에 모자랐다. 그들은 '태극의 인재'가 아니었다. 하지만 그렇다고 싹수가 노랗다고 내치지는 않았다. 그랬다면 천하오대도객은 사대도객으로, 천하오검수는 사검수로 이름을 바꿨어야 할 것이다. 그들이 둔재였던 것은 아니다. 다만 그들 사부의 재능이 금세에 보기 드물게 너무 뛰어났을 뿐이다.

어쨌든 그들은 선천기를 익히기에는 아쉽게도 자질이 모자랐다. 그러나 그들의 사부는 그들을 내치는 대신 그들의 특성과 개성에 맞는 무공을 전수해 주기로 결정했다. 그래서 이 둘은 이(離:☲)와 감(坎:☵)이 변화(易)의 중심을 이루는 '후천기'를 익히게 된 것이다.

하도(河圖)에서 나온 복희 팔괘도에서는 건(乾:☰)과 곤(坤:☷)이 음양의 두 축을 이루지만 낙서(洛書)에서 나온 문왕팔괘도에서는 음양의 중심, 즉 변화의 중심을 이(離)와 감(坎), 즉 간단하게 말해 불과 물이 두 개의 축을 형성하게 된다. 하도는 체(體)의 세계이고 낙서는 용(用)의 세계이지만 복잡하니 넘어가고.

원래 후천의 변화(變化), 동(動)을 통해 선천의 무변(無變), 정(靜)을 깨달아가는 것이 '건곤일월신공'의 수련 과정이었다.

양(陽)의 속성이 현상계에서 가장 두드러지게 나타나는 게 이(離), 음(陰)의 속성이 현상계에서 가장 두드러지게 나타나는 게 바로 감(坎)이었다.

'이'와 '감'의 속성을 토대로 그 상(象)을 무리로 풀어낸 것이 바로 염도의 '진홍십칠염(眞紅十七炎)'과 빙검의 '빙령수류검(氷靈水流劍)'이었다. 그러니 후천의 '양의(兩儀)' 중 한쪽만 익힌 그들은 본래 위력의 사분의 일도 채 익히지 못했다는 것을 의미하는 것이기도 했다. 후천기에서만 그렇고 선천기로 넘어가면 그 위력 차가 얼마나 될지는 추량조차 불가능하다.

　신으로까지 추앙받는 하늘 같은 스승의 광휘(光輝)에 그림자를 드리우고 태산보다 높은 명성을 더럽히고 있는 자신들이 한없이 부끄러워졌다. 보라. 지금 자신들의 형편없는 몰골을! 사부님의 유지를 계승하기는커녕 겨우 어린 소년의 제자 노릇이나 하고 있었다. 저승에 계신 사부님을 뵙기가 두려워 자살조차 할 수 없었다. 죽은 다음에 저승에서 우연찮게 뵙기라도 하면 무슨 낯짝으로 감히 떠벌릴 수 있겠는가!

　입이 백 개라도 할 말이 있을 수 없었다.

등가(等價)의 잣대
―손가락으로 가리키다

'아차, 내가 너무 심했나?'
 혁중은 조금 곤란한 마음이 들었다. 그는 두 사람의 마음속에 가장 깊숙이 새겨진 상처를 건드리고 말았던 것이다. 물론 그것은 다분히 의도적인 것이었지만, 눈물까지 쥐어짜 낼 생각은 애당초 있지도 않았다. 이대로 그냥 내버려 뒀다가는 동시에 눈물이라도 콸콸 쏟을 분위기였다. 마흔이 넘은 남정네의 눈에서 쏟아지는 눈물의 폭포수를 본다는 것은 그리 썩 행복한 경험은 아니었다.
 "자자, 분위기가 너무 침울해졌군 그래. 가볍게 기분 전환이라도 하는 게 어떻겠나?"
 "기분 전환이라시면……?"
 "일단 자네들이 그 친구한테서 얼마만큼이나 뽑아냈는지 그 성취를 한번 보도록 할까? 미리 알아둘 필요도 있고. 어라? 자네들 표정이 왜 그런가? 꼭 소태 씹은 표정 같지 않은가? 설마 싫다는 건가? 아, 거부하는 건 아니라고? 아, 미안하네. 난 또 자네들이 반항(反抗)하는 줄 알았지. 그렇게 식은땀 흘릴 필요는 없다네. 좀 덥나? 괜찮다고? 그럼 다행이고. 환절기 때는 특히 더 건강에 신경 쓰게나. 감기도 조심하고."

염도와 빙검은 거부를 표명할 기회조차 없었다. 강호에서 공히 일가를 이루었다 평가되는 두 사람이었지만, 혁중 노인 앞에서는 아장아장 이제 막 걸음마를 떼는 어린애나 다름없었다.

"어흠, 뭐, 자네들도 흔쾌히 동의했으니 잠시 잠깐 간단한 시험을 해 보도록 하겠네. 그러니 그리 긴장하지들 말게나. 별거 아니니까. 내가 자네들을 튀겨 먹기를 하겠나, 찜 쪄 먹기를 하겠나, 아님 볶아 먹기를 하겠나? 그래도 최소한 누군가를 가르치고자 한다면 먼저 자기 자신에 대해 제대로 파악해야 하지 않겠나?"

"누굴 가르치다니요? 누구를 말씀하시는지……?"

"그 아이 말일세. 왜 있잖나. 굉장히 깨끗한 거 좋아할 것 같고 먼지 한 톨, 머리카락 한 올도 싫어할 것 같은 바른생활 결벽증 아이 말일세. 아마 정천의 손자 녀석이었지?"

"그걸 어떻게……?"

물론 두 사람은 그가 누구인지 알고 있었다. 알다 뿐인가. 그들 역시 삼 년 전 있었던 삼성대전 준결승전에서 삼절검 청훈을 향해 펼쳐진 '은하류(銀河流) 개벽검(開闢劍)'의 최종비의(最終秘義)인 은하성시(銀河星始)를 본 이후로 그를 눈여겨보고 있었던 것이다. 비록 양패구상해 결승전에 올라가지 못하고 비류연에게 어부지리를 안겨주기는 했지만, 두 가지 서로 다른 기운을 다루는 그 능력의 특출남에는 의심할 여지가 없었다. 노인이 대수롭지 않게 대답했다.

"뭘 그 정도 가지고 놀라냐? 겨우 그 정도 가지고."

자신들의 일거수일투족이 모두 이 노인의 손바닥 안에 있는 게 아닌가 하는 의문이 들었다. 아니, 사실 저 노인이 자신의 운명을 의도적으로 조작하고 있는 건 아닌지, 자신들은 사실 저 노인이 쓴 각본에 따라 연기하고 있는 일개 배우에 불과할지도 모른다는 생각까지 들었다.

혁중은 잠시 생각에 잠겼다가 다시 말을 이었다.

"음, 시험을 하긴 해야겠고… 그러려면 잣대가 필요하겠지?"

잣대란 대상에 대한 판단의 도구를 말한다. 두말할 필요 없이 거대한 신상을 재기 위해서는 그에 걸맞은 큰 재(尺)가 필요하고 큰 무게를 달기 위해서는 등가(等價)의 추(錘)가 필요한 법이다.

소 잡는 데는 소 잡는 칼이, 닭 잡는 데는 닭 잡는 칼이, 용 잡는 데는 용린(龍鱗)도 뚫을 만한 신검(神劍)이 필요한 법. 반대로 닭 잡는 데 용 사냥용 신검을 쓸 필요는 없는 것이다. 그건 지독한 낭비일 뿐이기에.

꿀꺽!

긴장으로 염도와 빙검의 몸이 딱딱하게 굳어졌다. 마른침이 넘어갔다. 어떠한 상황에서도 평정심을 유지할 만큼은 수행했다고 자부했건만, 지금 그들이 연마했다 여긴 부동심은 찻집 이층에서 떨어진 유리로 만든 다기(茶器)처럼 산산조각난 후 이리저리 흩어져 버려 그 형체조차 찾을 수 없었다.

오랫동안 잃어버렸던 감각이 그들의 심령을 제압하기 시작했다. 그들의 내면 가장 깊숙한 곳에 묻어두었던, 두 번 다시 떠오르지 않으리라 여겼던 감정의 편린, 내면의 명경지수를 사정없이 휘젓고 호수의 물빛을 탁하게 흐려 버리는 그것의 이름은 바로 '공포(恐怖)'였다.

"그럼 일단 이걸로 해볼까?"

잠시 매우 심각하고 진지한 고려를 마친 노인은 많이 생각해 줬다는 얼굴로 검지 하나를 치켜들었다.

띵!

"에게? 겨우 그거 하나로 말입니까?"

갑자기 팽팽하게 당겨졌던 활시위가 활에서 홀라당 벗겨져 버린 듯한 느낌에 두 사람은 당황했다. 팽팽히 긴장됐던 시위는 흐느적 풀려 버렸고, 당연히 화살은 날아가지 않았다.

"이거 하나라니? 아직 자네들에게는 좀 과한 게 아닌가 하는 생각도 들지만 옛 친구의 체면도 무시할 수는 없지 않은가? 그 친구 얼굴도 생각해 줘야지. 새끼손가락이 아닌 걸 영광으로 여기게."

'끄응……'

아무리 상대가 상대라 해도 이건 역시 납득할 수 없는 일이었다. 그들에게는 비록 서로 사이가 나쁘고 견원지간 저리 가라 할 정도로 으르렁거리지만 한 가지 공통적으로 동의하는 부분이 있었다. 그 공유는 절대적인 것이라 모든 인과 관계와 감정을 뛰어넘는 것이었다.

그것은 바로 그들이 바로 무신(武神)의 유일무이한 제자라는 자부심을 가슴 깊이 간직하고 있다는 점이었다. 그 긍지만은 항상 잊지 않고 살아왔다. 재수없어 묻지는 않더라도 저쪽 역시 필경 그리 생각하고 있을 터였다. 그들이 또 언제 이런 취급을 받아보았겠는가? 이런 취급은 무려 그 비류연에게서조차도 받아보지 못한 것이었다.

노인이 넌지시 물었다.

"왜, 불만인가?"

"…예, 불만입니다."

잠시 뜸을 들이던 염도가 마침내 입을 열어 대답했다. 아무리 작고 하신 사부님의 맹우라 해도, 아무리 두 개의 하늘 중 하나라 해도 불가한 것은 불가한 것이고 납득할 수 없는 것은 납득할 수 없는 것이었다. 적어도 권위에 억눌려 할 말도 주워 삼킬 만큼 한심하지는 않았다.

"아무리 어르신의 말씀이지만 그 부분에 대해서는 동의할 수 없습니다. 저희 두 사람이 겨우 그 쪼그마한 검지손가락 달랑 하나만으로 잴 수 있는 그릇밖에 안 된다면 하늘에 계신 사부님을 뵐 면목이 없지 않겠습니까?"

그러자 잠자코 침묵을 지키고 있던 빙검이 나서서 말을 거들었다.

"전 이 친구 말에 동의하거나 긍정하거나 동조한 적이 한 번도 없었고 앞으로도 할 생각 따윈 눈곱만큼도 없었습니다만……"

"뭬야? 이 망할 얼음땡이가!"

발끈하는 염도의 성질머리를 빙검이 손을 들어 저지했다. 그리고는 못다 한 말을 계속했다.

말투도 바뀌었다. 차가운 회색빛 북풍처럼 감정이 느껴지지 않던 그의 목소리가 한여름의 열풍처럼 뜨겁게 달아오르기 시작했다.

"그러나… 아무래도 오늘 그 예상을 깨뜨려야 할 것 같습니다. 왜냐하면 저는 지금 이 친구의 말에 타당성을 느끼고 있기 때문입니다. 아무리 이리저리 다각도로 숙고해 봐도 평소 감정에만 휩싸여 욱욱거리던 이 불덩어리 친구의 말이 옳은 듯하니 말입니다. 거참, 있을 수 없는 일이라고 저 자신도 놀라고 있습니다."

"누가 네놈 친구야!"

평소대로라면 절대로 입이 찢어져도 쓰지 않았을 소름 끼치도록 닭살스런 표현에 염도가 발끈했다. 그래야 멋쩍은 표정을 감출 수 있다고 판단한 것이 틀림없었다.

함께 호흡을 맞추고 더불어 검을 들 일은 없을 거라 여겼는데 자신의 생각도 틀렸던 모양이다.

"호오, 그 친구가 심심풀이로 가르친 것은 아닌 것 같구먼. 제자를 잘못 가르치진 않은 모양이야. 좋아, 좋아! 아무리 반쪽짜리라도 합치면 하나라 이건가? 자네들의 그 단순한 덧셈 도식이 얼마나 잘못된 오산인지를 내 몸소 가르쳐 주겠네."

오만한 표정으로 노인은 태산처럼 우뚝 솟아 나온 검지를 까딱거렸다. 그 의미는 명명백백했다.

"자신의 가치를 증명하는 것은 누가 대신해 줄 수 있는 게 아니지. 자신들의 가치를 재평가받고 싶다면 어디 한번 보여줘 보게. 자네들의 진가를 말일세."

"바라던 바입니다!"

사양과 겸양의 절차 따위는 생략되었다. 구태여 본론 진입을 늦추고 싶은 생각 따위는 양쪽 모두 없었다. 어느 쪽 할 것 없이 모두들 의외로 성질이 급했다. 지금 이들이 바라는 것은 곧장 본론으로 들어가는 것뿐이었다.

필요한 건 말이 아니라 행동이었다. 언제나 세상이 가르쳐 주는 그 진실대로.

염도는 홍염을, 빙검은 빙백을 빼 들었다. 이 두 사람이 하나의 대상을 상대로 함께 어깨를 맞대고 검과 도를 뽑는 것은 이십 년 만에 처음 있는 일이었다. 그런 의미에서 오늘은 기념비적인 날이었지만 두 사람의 머리 속에 그런 달콤한 낭만 따위는 존재하지 않았다. 존재하는 것은 오로지 맹렬히 끓어오르는 붉은 용암 같은 투쟁심뿐이었다.

무림 최강의 강자라 칭송받는 강호무림의 신화, 이 두 개의 신화 모두를 직접 체험해 볼 수 있는 영광을 누릴 수 있었던 사람이 지난 백 년 동안 누가 있었을까?

정답은 전무(全無).

이제 자신들이 바로 최초이자 최후가 될 것이다. 하나의 신화는 이미 전설이 되어 하늘에 묻혔기 때문에.

"자네들은 방금 이걸로는 좀 부족한 게 아닌가 걱정했네만……."

검지 하나를 오롯이 치켜든 채 노인이 말했다.

"부족하다라……. 과연 그럴까?"

말보다는 몸소 보여주는 것이 빠르다고 생각한 노인은 아무렇지도 않은, 즉 자연스러운 동작으로 두 사람을 가리켰다. 다음 순간 미처 대비하기도 전에 무시무시한 도기의 물결이 해일이 되어 하찮은 그들의 존재를 집어삼켰다.

"헉!"

염도와 빙검은 기겁하지 않을 수 없었다. 그들을 가리키고 있는 손가락은 이미 손가락이 아니었다. 단 한 개의 손가락은 이미 손가락이라 부를 수 없는 손가락으로 화(化)해 있었다. 그것을 무엇이라 불러야 적절한지 알 수는 없었지만 그것이 무시무시한 힘으로 그들을 억압하고 있다는 것만은 확실했다.

'이, 이럴 수가……?'

온몸이 사시나무 떨리듯 떨렸다. 한겨울에 빙류천에 들어갔다 나왔다 해도 이 정도는 아닐 것이다. 등골이 서늘해졌다. 옴짝달싹도 할 수 없었다.

염도는 눈을 부릅떴다. 허공도 잘라 버릴 것만 같은 날카롭고 차가운 칼날의 끝이 그의 미간을 겨누고 있는 듯한 오싹한 느낌에 그는 전율했다. 모골이 송연해졌다. 죽음이 그와 찰나의 간격에서 춤추고 있었다.

빙검 역시 예외는 아니었다. 날카로운 검날의 끝이 그를 노리고 있었다. 그것은 그의 목젖 위에서 싸늘한 혀를 날름거리며 무시무시한 살기를 방출했다.

그들을 향한 검지는 단지 하나뿐이었지만 두 사람이 인지한 감각은 각기 달랐다. 하나의 사태를 직면했으면서도 두 가지 다른 해석과 이해가 생겨난 것이다. 하지만 그 서로 다른 두 가지 인식은 그들이 상정하고 있는 가장 두려운 사태와 맞물려 있었다. 그들을 겨누고 있고, 그들을 옭아매고 있는 것은 그 둘 자신의 마음속에서 자라난 공포였.

'이런, 맙소사!'

그제야 둘은 자신들이 얼마나 잘못 생각하고 있었는지 그들이 저지른 단순 사고의 치명적인 결함을 몸서리치게 깨닫지 않을 수 없었다. 그 잘못된 사고의 거대한 틈새를.

그들은 자신들의 눈앞에 우뚝 서 있는 존재가 어떤 존재인지 잠시 망각하고 있었다는 사실을 인정해야만 했다. 본 모습은 맛보기도 보여 주지 않았는데 물 위로 드러난 빙산의 일각을 보고 그 크기를 가늠하려 하는 우를 범하고 말았다. 자신들이 가지고 있는 잣대로 측량할 수 없는 존재를 앞에 두고 그딴 식으로 안이함의 극치를 달리는 생각을 했었다니……. 부끄러워 얼굴을 들 수 없었다.

눈앞에 태산처럼 버티고 있는 존재를 겨우 하찮은 도구 따위로 우위를 점하려 하다니. 이 얼마나 오만하고 무지하기 짝이 없는 행동인가.

애당초 칼이나 도 같은 쇠쪼가리를 깨작깨작 휘두르며 재롱 부릴 수 있는 상대가 아니었다. 그들을 억압하고 있는 것은 칼이나 검 따위의 도구가 아니었다. 자신들의 양 어깨를 천근만근 짓누르고 있는 중압감은 바로 절대적인 존재 우위에서 오는 압박감이라는 것을 직감적으로 느낄 수 있었다. 두 사람은 마침내 죽음의 문턱에 서서야 그 사실을 깨달을 수 있었다. 자신들이 얼마나 하찮은 존재인지도.

사방이 단 하나의 손가락으로 제압되어 있었다. 그들은 이렇게 큰 손가락을 보지 못했다. 부처님의 손바닥에 갇힌 제천대성 손오공의 심정이 이러했을까? 그래도 그 원숭이는 오줌이라도 갈겼으니 인간보다 나은 셈이었다. 그들은 오줌은커녕 손가락 하나도 까닥할 수 없을 정도로 강하게 속박당한 채 석상처럼 미동도 없이 굳어 있었다. 그나마 아직 심장이 뛰고 있는 게 신기할 지경이었다. 아니, 심장조차도 애초에 멈춰져 있었는지 모른다. 호흡과 마찬가지로. 아직 살아 있다는 것조차 착각일지 몰랐다.

마치 자신들이 날개가 잘리고 다리가 떼인 채 노인의 손가락 위에 올려진 파리처럼 느껴졌다. 살기 위한 발버둥조차 치지 못하는 모든 가능성을 빼앗긴 가련하고 미력하고 하찮은 벌레. 이대로 조용히 운명을 받아들이는 게 편할지도 몰랐다.

하지만…….

'이대로 포기해도 정말 좋은가? 후회하지 않을 자신이 있는가?'

염도와 빙검은 속으로 자문해 보았다. 그러자 사부님의 마지막 모습이 생생하게 떠올랐다.

"나는 후회하지 않는 삶을 살아왔다. 그러니 너희들도 그렇게 되기를 바란다. 무언가를 하고자 한다면, 무언가를 이룩하고자 한다면 결코… 결코 포기하지 말아라."

그러자 눈이 번쩍 뜨였다. 사지에 감각이 돌아왔다. 그들에게도 단 한 가지 장점이 있었다.
그것은 바로 이 감각이 미지의 그것이 아니라는 것이다.
정신이 아득해지는 압도적인 존재감, 그리고 그 존재의 내부에서 뿜어져 나오는 서릿발 같은 살기! 한때 수십, 수백 번 체험해 봤던 바로 그 감각이었다. 비록 그때는 시야가 좁아 그 전체를 본 것은 아니었지만 그것만으로도 그 압도적인 거대함을 절감하는 데 부족함은 없었다.
그렇다. 그들에게는 면역이 있었다. 과거의 시련에서 얻은 내성이 그들의 심신에 각인되어 있었다. 여기서 한 발짝도 떼지 못한다면 사부님을 뵐 면목이 없었다.
"하아아아압!"
사자의 포효 같은 기합이 터져 나왔다. 공기가 쩌렁쩌렁 울리는 우렁찬 외침 속에서 그들은 억압의 타파와 자유를 선언했다.
마침내 그들은 자신들을 옭아매고 있던 거미줄 같은 주박을 떨쳐 버릴 수 있었다.
까닥!
손이 움직였다.
움찔!
손가락 끝에서 시작된 미세한 움직임은 손목을 지나 팔꿈치를 넘어 어깨의 근육을 요동치게 하고, 가슴을 통해 내려가 허리를 지난 다음 허벅지를 두들기고 무릎을 친 다음 정강이뼈를 타고 발목을 지난 용천혈을 통해 빠져나갔다.

정이 동으로 변하는 것은 어렵지만 그 뒤로는 일사천리인 법이다. 한 번 구르기 시작한 돌은 멈추지 않는다.

"호오, 과연! 이대로 끝나면 재미없지. 아직 자네들이 보여준 건 하나도 없으니까 말일세. 그렇지 않나?"

　　　　　*　　　　*　　　　*

윤준호는 요즘 그를 둘러싼 세계가 어느 순간을 기점으로 완전히 변했다는 사실을 피부를 통해 확실히 느끼고 있었다. 길을 걸어갈 때면 언제나 그를 향하던 멸시의 시선도, 조롱의 말도, 가벼운 시비거리도 지금은 찾아볼 수 없었다. 모두 화산규약지회에서 생환한 이후였다. 화산지회는 비록 흉사로 끝을 맺었지만 오히려 그 시련을 치러낸 그의 성격은 많이 밝아져 있었다. 그것은 아마 자신감과 긍지라는 것이 자신의 마음속에서 싹튼 때문인 듯했다. 허리는 소나무처럼 꼿꼿해지고, 가슴은 대지를 품을 만큼 넓어졌으며, 눈동자에서 탁한 기운이 가시고 맑아졌으며, 걸음걸이 역시 당당해졌다. 조급한 마음이 사라지고 여유가 생기자 매사를 긍정적으로 생각할 수 있게 되었다.

그가 변한 것일까, 아니면 세계가 변한 것일까? 그 자신이 변했기에 그에 감응하여 세계가 변한 것인지도 모른다.

그는 요즘 꽤 바빴다. 그는 한 노인의 시중을 명받고 있었다. 그 노인은 화산지회 시험관들의 장을 맡고 있는 혁중이라는 이름을 지닌 사람이었는데 그 무서운 염도 노사와 빙검 노사조차도 그분 앞에서는 언행을 조심, 또 조심하는 것을 보니 보통 거물이 아닌 것이 분명했다.

지금 그가 이렇듯 발걸음을 재빨리 옮기고 있는 것도 다 심부름을 위해 그 노인이 머물고 있는 숙사로 가기 위해서였다.

똑똑.

"저 왔습니다, 노사님!"

몇 번 더 문을 두드려 봤지만 안에서는 응답이 없었다. 혹시 오수를 즐기고 있는 중인지도 모르기에 다시 한 번 조심스레 두드려 본다.

똑똑.

"……."

역시 반응이 없었다.

"들어가겠습니다."

고개를 갸우뚱거린 후 윤준호는 '들어가겠습니다'라는 말과 함께 방문을 조심스럽게 열었다. 그 순간 이상한 일이 일어났다. 투둑투둑, 온몸에서 소름이 돋아나기 시작했던 것이다.

'어? 왜 이러지?'

마음과 따로 노는 몸의 이상 반응에 잠시 의문이 들긴 했지만 그의 오감에 딱히 따로 잡히는 것은 없었다. 윤준호는 그냥 문을 열어젖혔다.

안에는 노인이 있었다. 자고 있지도 않았다. 게다가 염도 노사와 빙검 노사까지 와 있었다.

'모두들 계시잖아? 게다가 염, 빙 두 노사님까지. 그런데 왜 반응이 없었지?'

희한한 것은 그것뿐이 아니었다. 그가 들어왔음에도 불구하고 아무도 눈길 한 번 주지 않고 있었다.

세 사람 모두 가라앉은 침묵 속에서 묵묵히 서 있기만 할 뿐 아무 말도 주고받고 있지 않았다. 누구도 자리에 앉으려 하지 않고 있었다. 잠시 공기가 무겁다는 생각이 들었다. 그러나 그뿐이었다. 그 외에는 겉보기에 그다지 위험성을 느낄 수 없었기에 윤준호는 무심결에 디뎌서는 안 될 선을 넘어가고 말았다. 다음 순간, 그의 발이 문지방을 넘어섰다.

"어?"

순간 그는 자기 자신에게 무슨 일이 벌어졌는지 이해할 수 없었다. 사태가 그가 인지할 수 있는 가능 영역을 한참 벗어나 버렸던 것이다. 모든 감각이 갑작스레 사라졌다.

그는 갑자기 자기가 어디에 서 있는지조차 알 수 없게 되었다. 보이지 않는 마수에 공간 감각이 몽땅 박탈당하기라도 한 것 같았다. 시간 감각도 정상적으로 작동되고 있는지 장담할 수 없었다. 모든 감각이 빈대떡 반죽처럼 뒤죽박죽 뒤엉켜 있었다.

나는 지금 어디에 서 있는 거지? 지금 나에게 무슨 일이 일어나려고 하는 걸까?

역시 알 수가 없었다. 일찍이 한 번도 경험해 보지 못한 사태에 그는 직면해 있었던 것이다.

갑자기 목덜미가 서늘해졌다. 그것은 한 번 느껴본 적이 있는 감각이었다. 피비린내 나는 전장에서나 느낄 수 있는 살기 어린 칼날의 감촉, 죽음의 기운이었다. 그러나 그가 할 수 있는 것은 멍하니 서 있는 것뿐이었다.

"이 바보 멍텅구리가!"

사나운 일갈(一喝)과 함께 어떤 손 하나가 그의 뒷덜미를 잡아챈 후 사정없이 힘껏 뒤로 홱 잡아당겼다. 질식하는 게 아닌가 느껴질 정도로 거친 행동에 그는 아무런 저항도 할 수 없었다.

슈욱, 어떤 결계 안에서 강제로 끌어내어진 듯한 그런 느낌이었다. 돌연 모든 감각이 원 상태로 돌아왔다. 먹먹했던 청각이 회복됨과 동시에 호통 소리가 들려왔다.

"야, 이 얼간이 화상아! 죽고 싶어 환장했냐? 환장했어?"

들은 적이 있는 목소리였다. 아니, 귀에 인이 박힐 정도로 자주 들은 목소리였다. 저 성질머리 나쁜 목소리. 저런 싸가지없는 목소리의 소유자가 여럿일 리 없었다. 그건 사회를 위해서도 안 될 말이었다. 그는 불안한 마음으로 목소리 주인의 이름을 불렀다.

"류, 류연……."

그의 또 하나의 변화는 동기에게 존칭이 아니라 이름을 부르게 되었다는 것이다. 그런데 이 친구는 왜 이렇게 불같이 화를 내고 있는 걸까?

"이 바보 멍충아! 의지력의 집합체만으로도 사람을 죽일 수 있는 의형살인(意形殺人)의 경지, 즉 심검의 경지에 오른 사람들의 보이지 않는 격돌에 휘말렸다가 무슨 꼴을 당하려고? 뭐? 아무것도 안 하고 가만히 서 있었기 때문에 위험하지 않은 줄 알았다고? 아이구, 골치야! 넌 아직도 눈에 보이는 겉모습이 전부라고 생각하는 거야? 조용하다고? 가만히 있다고? 어디가? 내가 보기에는 금방이라도 터질 것 같은 화약고나 장마철에 금 간 둑처럼 보이는데? 저건 정중동(靜中動)이야! 눈에 보이지는 않지만, 일견 조용하고 얌전해 보이지만 그 정숙의 이면(裏面)에서는 무수한 격돌이 치열하게 반복되고 있다고! 지금은 저렇게 이마에 핏대나 올리며 교착 상태에 빠져 있지만 그것도 잠시 잠깐, 곧 '뻥!' 하고 폭발해 버린다고! 그 한가운데 멀뚱히 서 있다간 어떻게 되는지 알아?"

비류연의 말이 채 끝나기도 전에 팽팽하게 줄다리기하던 교착 상태가 무너졌다. 장마철 둑이 터지기라도 한 듯 강제로 고여 있던 기의 홍수(洪水)가 폭발적으로 분출되어 나왔다.

촤라라라락!

보이지 않는 무형의 검기(劍氣)가 윤준호가 서 있던 자리의 기물들을 갈가리 찢어발겼다. 토막 냈다라는 표현으로는 턱없이 부족한 광경이었다. 세밀하게 분쇄했다는 표현이 보다 정확했다.

그가 서 있던 자리뿐만이 아니었다. 방 안의 기물 모두가 보이지 않는 칼날의 사나운 회오리에 휩쓸려 사정없이 난도질당하고 있었다.

멍하니 정신을 빼앗기고 그 자리에 서 있었다면 자신 역시도 어김없이 같은 처지가 되어 지금쯤 볶음용 돼지고기보다 더 잔잔하게 수천 조각으로 나뉘어져 있었을 것이다. 심장을 얼어붙게 하는 섬뜩한 전율 속에서 윤준호는 그제야 자신이 얼마나 어리석은 짓을 저질렀었는지 깨달을 수 있었다. 서리 낀 심장으로부터 내보내진 식은 피가 혈관을 타고 전신으로 번져 나갔다. 너무나 현실감이 없는 일이었기에 그 사실을 실감하는 데는 시간이 필요했다.

털썩!

다리의 맥이 풀리고 만 윤준호는 그 자리에 주저앉고 말았다. 예전의 자신과는 다르게 바뀌었다고는 생각했는데 아직 수행이 한참 부족한 모양이었다.

지금 그의 눈앞에서는 일찍이 본 적은커녕, 상상조차 해본 적 없는 고도의 경지가 서로 격돌하고 있었다.

만 근의 암석이 짓누르는 듯한 엄청난 압력 속에서 염도는 침음성을 삼켜야만 했다.

"이, 이럴 수가? 모든 수가 낱낱이 읽히고 있다니."

태산처럼 그들의 앞을 가로막고 있는 자그만 체구의 노인은 그들이 펼치고자 하는 기의 모든 기조(機兆)를 읽어내고 있었다. 초식을 펼쳐 봤자 파훼당하는 것은 자명한 일이었다. 역습이나 당하지 않으면 행운이리라. 동등한 조건이라면 승산이 있을지 모르나 노인과 그들의 실력 차는 천양지차(天壤之差)라 해도 과언이 아니었다. 이 정도 실력 차에서 운을 기대하는 것은 어리석은 일이었다. 빙검 역시 그 사실을 깨닫고 있는지 계속해서 침묵으로 일관하고 있었다.

"둘 모두 왜 가만히 있나? 게다가 그 볼썽사나운 모습은 또 뭔가?"

혁중이 땀으로 흥건한 두 사람의 몰골을 가리키며 말했다. 이런 어마어마한 압력 속에서도 노인의 신색은 태연하기만 했다.

"쯧쯧, 음과 양은 서로서로 상쟁하지 않고 조화를 이루어야 하거늘… 도대체 뭔가, 자네들의 그 꼴불견은? 그 친구 보기에 부끄럽지도 않나? 양과 음, 수와 화가 서로 앞으로 나가려고 다투다니? 자네들은 조화가 뭔지도 모르나?"

혁중이 혀를 차며 말을 이었다.

"조화를 깨뜨리는 변화가 변화라 할 수 있나? 상생을 거부하고 상쟁에 몸을 맡기면서 어떻게 변화를 입에 담을 수 있겠나? 호위기근(互爲其根), 서로가 서로의 근원이 되어주어야 하거늘, 자네들처럼 음과 양의 기운이 서로를 거부하며 저 혼자 잘났다고 막 나가는 것은 그저 보는 이로 하여금 역겨움만 안겨줄 뿐이네. 그것은 추(醜)함, 그 자체일세."

비수 같은 말이 그들의 가슴속에 푹 섬뜩한 소리를 내며 박혔다.

"자네들의 지금 그 꼴을 보면 먼저 간 그 친구가 참으로 기뻐하겠구먼, 참으로 기뻐하겠어. 이런 늙어빠진 노인네의 손가락 하나 감당하지 못하니 말일세. 너무 기뻐서 눈물까지 흘리겠군 그래. 안 그런가? 더 이상 해봤자 아무런 의미도 없을 것 같네. 이만 끝내는 게 좋을 것 같군."

혁중이 나직이 한숨을 쉬며 말했다.

"아직입니다!"

염도와 빙검이 동시에 외쳤다. 평소 으르렁대기만 하던 그들의 목소리가 지금 이 순간만큼은 완벽한 하나의 화음을 만들어내고 있었다.

"아직 끝이 아닙니다. 저희들의 한계는 여기까지가 아닙니다."

염도와 빙검은 잠시 자신들을 잊기로 했다. 그리고 기의 흐름에 몸을 맡기기로 했다.

"아직 끝이 아니라 했나?"

"이제 시작입니다."

염도와 빙검이 한마음으로 대답했다.

"류연, 이제 저걸 어쩌나?"

가까이 다가가기만 해도 기의 폭풍에 휩쓸릴 위험 때문에 조금 멀찍이 떨어진 곳에서 비류연과 함께 세 사람의 힘 겨루기를 지켜보고 있던 윤준호가 안절부절못하며 물었다. 너무나 엄청난 일이기에 그로서는 감당이 되지 않아 조언을 구했던 것이었는데 그 조언을 구하는 대상에 문제가 있었다.

"뭘 어쩌긴 어째, 노인네들이 지칠 때까지 기다려야지. 뭐, 곧 결판이 날 거야. 저 할아버지가 그렇게 무능하다고 생각하지는 않거든."
비류연이 별거 아니라는 어조로 퉁명스레 대답했다.
"그러지 말고 좀 멈춰보면 안 될까?"
그러자 비류연이 터무니없다는 표정으로 피식 헛웃음을 터뜨렸다.
"멈춰? 어떻게? 저 안에 들어가서? 이보게, 윤준호 군. 그런 걸 우아한 말로 '자발적인 생명 납세 행위'라고 하는 거야. 그걸 네 자로 줄이면 자살 행위가 되지. 그럼 세 자로 줄이면 뭐가 될 것 같나?"
"그… 글쎄……."
"뭐긴 뭐야, '개죽음'이지!"
일말의 의구심도 섞여 있지 않은 단호한 대답이었다.
"그럼 어떻게 해야 하나?"
"어떡하긴 뭘 어떻게 해? 앉아서 구경이나 해야지. 상대가 도와달라고 요청도 안 하는데 도움을 주려고 애쓰는 건 오만의 소산이라구."
그러면서 비류연은 땅바닥에 털퍼덕 주저앉더니만 느긋한 자세로 대전을 관전하기 시작했다.
"뭘 해? 댁도 앉아!"
옆 자리를 호쾌하게 팡팡 두드리는 태도에 윤준호는 얼떨결에 '그… 그래'라고 대답하고 따라 앉고 말았다.
"우리 이래도 괜찮은 걸까?"
일단 앉고 보긴 했는데 마음은 여전히 빨다 만 속옷처럼 찝찝했다.
"물론 괜찮고말고! 게다가 난 입장이란 게 있어서 말이야."
"입장?"
윤준호가 되물었다.
"사부는 제자들의 싸움을 그윽한 눈으로 지켜봐 줄 의무가 있다 이 말이지."

어깨와 가슴을 펴며 비류연이 대답했다.

"어? 사부와 제자를 순서 바꿔 말한 것 같은데?"

윤준호가 말끝을 흐렸다.

"글쎄? 어떨까?"

씨익, 비류연은 의미심장한 미소만 지어 보일 뿐 더 이상 부연 설명하지는 않았다.

"두 눈 부릅뜨고 잘 보라구!"

비류연이 말했다.

"원래 이런 건 돈 주고도 못하는 구경거리라고. 날이면 날마다 오는 게 아니야. 게다가 가장 멋진 점은 이 희대의 볼거리가 공짜라는 거지. 이런 큰 유희를 땡전 한 푼 내지 않고 특등석에서 관람할 수 있는데 그런 절호의 기회를 놓칠 수야 없잖아? 너도 잘 봐둬, 도움이 될 테니."

"어… 알았어."

개미 기어가는 듯한 목소리로 윤준호가 대답했다.

"쯧쯧, 좀 더 허리를 세우고 가슴을 활짝 펴고 눈을 부릅뜨라고. 마음을 가두지 말고 넓게 확장시켜. 이런 볼거리를 구경할 때는 그 정도 자세는 가지고 있어야 하지 않겠어? 아무리 대단한 고수들의 수준 높은 대결이라고 해도 지켜보는 당사자 쪽에서 제대로 준비가 안 되어 있으면 아무것도 훔쳐 배울 수 없다고. 그러니 일단 마음의 준비를 갖춰. 저건 너한테 그만한 가치가 있을 거야. 누가 뭐라 그래도 천하에서 강하기로 열 손가락 안에 든다는 사람들의 대결이니까 말이야. 아무에게나 찾아오는 행운은 절대 아닐걸?"

비류연이 윤준호를 보며 말했다.

"자넨 한마디로 '삼' 본 거야."

비류연은 한때 자신도 입원한 전적이 있는 천무학관의 건강과 치료를 전담하고 있는 '의약전' 입원실의 문을 열고 안으로 들어갔다. 그때는 자칭 환자였지만, 지금은 문병객의 입장이었다. 그의 나이 많은 제자 둘이 이곳에 입원해 있었던 것이다. 인체 실험이 특기이자 취미라는 소문이 자자한 의약전주 천수신의 허주운의 모습은 보이지 않았다. 또 어디선가 특이한 증상의 환자를 주물럭거리고 있는 모양이다. 전에 입원했을 때 안면을 터둔 의원 한 명이 염도와 빙검 모두 천무학관에서 꽤나 지위가 높은 사람들인지라 안쪽에 있는 이 인용 특실에 누워 있다고 귀띔해 주었다. 고맙다고 말하고 특실을 향해 발걸음을 옮겼다. 문 앞에 덩그러니 걸려 있는 '면회 사절'이라는 팻말이 눈에 들어왔다. 문 저편은 죽음이 내려앉기라도 한 듯 침묵으로 감싸여 있었다. 비류연은 기별도 없이 문을 열었다. '면회 사절'이라 적힌 흰 팻말이 힘없이 덜렁거렸다.

"몸들은 좀 어때요?"

"……."

대답은 돌아오지 않았다. 염도와 빙검은 온몸에 붕대를 칭칭 감고 있었기 때문에 피 묻은 붕대가 그들의 입까지 몽땅 뒤덮고 있는 그런 심각한 상태는… 아니었다. 그렇다고 부러진 사지에 부목을 대고 있는지라 그 고통 때문에 이를 악물고 있었기 때문에 입을 열 수 없었던 것도… 아니었다. 단지 두 사람은 의무실 침상에 흰 이불을 덮은 채 서로 등을 돌리고 누워 있을 뿐이었다. 한마디 말도 나누지 않은 채. 무거운 침묵이 그들을 내리누르고 있었다.

비류연이 의자를 끌어다 앉으며 말했다.

"방금 부전주가 그러는데 가벼운 내상이라더군요. 외상은 긁힌 것 정도고. 내공을 한순간에 급격히 소비하는 바람에 일어나는 일종의 탈기(脫氣) 현상이라고 하더군요. 단순한 탈력 상태일 뿐이니 빈혈로 쓰러진 것이랑 비슷하다고. 한 이틀 정도만 잘 정양하면 거뜬하다고 하데요."

"그분은 어떻게 되었습니까?"

먼저 입을 뗀 것은 염도 쪽이었다. 빙검의 입은 여전히 얼어붙어 있는 그대로였다.

"아, 그 할배요? 아참, 두 사람은 그때 기절했기 때문에 그 이후의 일을 알 수 없겠군요. 깨어났을 때는 이미 침상 위였을 테니."

염도와 빙검의 얼굴이 수치심으로 붉게 물들었다.

"그래서 어찌 되었습니까?"

겨우겨우 빙검의 입도 열렸다.

"쌩쌩하던데요."

달리 표현할 말도 없었고, 굳이 숨길 일도 아니었다.

"그 할배가 세긴 세던 모양이데요. 보통 할배가 아닌 줄은 알고 있었지만, 설마 나의 최정예 제자 두 명을 이 모양 요 꼴로 만들 줄이야. 솔직히 의외였어요. 도대체 그 할배 정체가 뭐죠?"

"······."

또다시 이중의 침묵이 돌아왔다.

"말하기 싫다··· 이런 뜻인가요?"

"······."

사실 아무리 명색만 사부인 비류연에게라지만 그 노인의 정체에 대해 함부로 발설할 수는 없는 노릇이었기에 두 사람으로서도 무척이나 곤란했다.

"뭐, 좋아요. 억지로 입을 열게 할 생각은 없으니까요. 뭐, 차차 알게 되겠지요. 일단 정체를 알 수 없는 할아버지로 해두죠. 그건 그렇고, 왜 그렇게 둘 다 뚱해 있어요?"

"……"

"둘 다 벌집이라도 잡수셨나… 웬 꿀 먹은 벙어리 행셉니까? 오늘은 괜히 온 모양이군요. 제자 두 사람이 걱정돼서 들렀더니……."

"그건 고맙습니다."

염도가 건성으로 대답했다. 빨리 나가줬으면 하는 게 분명했다.

"알았어요, 알았어. 가면 되잖아요, 가면. 내가 나간 뒤 둘이서 무슨 재미를 볼지는 모르겠지만 말이에요. 뭐, 이틀이면 나갈 수 있다니까 편안히 누워서 그동안 밀린 회포라도 풀어요. 평소에 이렇게 차분히 대화할 일이라도 있겠어요?"

비류연이 의자에서 일어나며 말했다.

"누가 저런 놈이랑!"

"누가 저딴 놈이랑!"

염도와 빙검이 서로를 향해 세차게 몸을 돌리며 외쳤다.

"따라 하지 마!"

"따라 하지 마!"

둘이 동시에 발끈하며 외쳤다.

"너야말로!"

"너야말로!"

비류연이 서로 물어뜯을 듯 으르렁거리는 두 사람 사이를 밀치며 외쳤다.

"그만!"

계속 그냥 뒀다가는 영원히 끝이 안 나거나 아니면 곧바로 둘 다 끝장날 것 같았기 때문이다.

"이런이런!"

고개를 설레설레 흔들면서도 비류연은 한마디 하지 않을 수 없었다.

"애들도 아니고, 왜 그렇게 사이가 안 좋아서 맨날 싸워요? 물과 기름처럼. 아니, 얼음과 불인가?"

또 그렇게 보면 맨날 티격태격 으르렁거리는 것도 이해가 갔다.

"그래도 그건 멋졌어요. 마지막의 그 기술? 이름이 뭐였죠?"

비류연이 당시의 염도의 붉은 도와 빙검의 푸른 검이 마치 음양이 조화를 이루듯 한데 어울리며 혁 노인이 만들어낸 기의 장벽을 뚫고 노인을 향해 돌진하던 그 긴박했던 상황을 떠올리며 물었다. 그때만큼은 두 사람의 도와 검이 한마음 한뜻 아래 모여 있었다. 비록 끝나고 쓰러지긴 했지만 말이다. 비류연이 묻는 것은 바로 그 합격술의 명(名)이었다.

"빙염양의귀원합격(氷炎兩義歸元合擊)!"

"염빙양의귀원합격(炎氷兩義歸元合擊)!"

빙검과 염도의 입에서 동시에 한 가지 이름이 두 가지 방식으로 튀어나왔다. 떨어진 침대 틈바구니 위에서 두 사람의 눈이 격돌하며 보이지 않는 불꽃이 튀었다.

"흥!"

"헹!"

염도와 빙검은 서로의 낯짝이 안 보이는 안식처를 찾아 동시에 고개를 확하고 돌렸다. 결국 또다시 등과 등이 서로를 마주 보게 되는 형국이 되었다.

"이런이런!"

갑자기 두 사람의 정신 연령이 급전직하한 듯한 그 모습에 비류연은 졌다는 듯 양손으로 허공을 받치기라도 하듯 어깨를 한 번 으쓱하더니 고개를 설레설레 저었다.

"정말 어린애들이라니깐."

청부(請負)!
―검성을 죽여라!

"검성(劍聖)을 죽여라!"

용건은 짧고 간결했다. 그러나 말의 길고 짧음[長短]과 내용의 무게[輕重] 사이에는 어떤 비례 관계도 성립하지 않는 것이 분명했다.

부복한 채 공손히 듣고 있던 청년의 얼굴이 새하얗게 탈색됐다. 마치 생명이 빠져나가기라도 한 듯이.

백 보, 아니, 한 천 보나 만 보 정도 양보해서―내키지는 않지만―언제 어디서나 시대를 막론하고 지극히 미덥지 못하게 평가되고 있는 개인의 자유 의지란 것에 전적으로 일임되어 있는 인간의 언행(言行)이란 것이 지닌 특성상 인간의 입에서도 이런 무례하기 짝이 없는 폭언이 충분히 나올 수 있다는 빌어먹을 점까지는 이해할 수 있다(이 시점에서 이미 만 보 정도 양보한 것이지만).

빛이 밝으면 밝을수록 드리우는 그림자 역시 짙어지는 법. 천무삼성(天武三聖)쯤 되면 존경하는 사람이 많은 만큼 반대급부로 증오하는 자들도 많다는 사실에 대해 철저히 감정이 배제된 심경으론 이해할 수도 있었다(역시 내키지 않지만). 그만한 명성을 쌓으려면 그에 상응하는 대가나 제물이 당연히 필요했을 것이다. 물론 당하는 당사자들이야 자신들은 죄없는 희생양이라 바락바락 우기겠지만 그들 역시 남들을 제물 삼아 자신의 명성을 키운 사람들일 터였다. 어느 시대, 어느 때나 가해자는 희생자가 되기 전까진 그 심정을 헤아리지 못하는 법이다.

각설하고, 검성의 살인 사주같이 끔찍한 것은 음습하고 끈적끈적하고, 귀기 어리고 사악한 마기(魔氣)가 너울거리는 어둠의 밑바닥에 둥지 틀고 있는 마두 소굴에서나 나올 법한 말이지, 벌건 대낮 햇빛 쨍쨍하고 바람 산들산들하고 새싹이 푸릇푸릇한 오후에, 그것도 백도 정신함양의 중심인 천무학관의 한복판에서 떠벌려질 만한 말은 결코 아니었다. 게다가 이보다 더 크나큰 중차대한 문제가 있었으니, 그것은 바로 우연의 일치인지 아니면 필연의 결과인지 사주를 받아들이라고 종용받고 있는 사람 본인의 성(姓)이─참으로 우연히도─모용(暮容)에 그 이름이 휘(輝)라는 것이었다. 상대는 인륜(人倫)에 그다지 관심이 없는 게 틀림없었다.

마음이 일어나는 것과 일어난 마음을 말을 통해 밖으로 무단 투기하는 거야 상관없지만 여러 정황과 상식의 잣대로 미루어볼 때 친손자 본인에게 할 만한 이야기는 결코 아니었다. 아무리 상대가 상대라지만 천 보, 만 보 양보해도 이 점만은 절대로 양보할 수 없었다. 그러나 상대가 바라는 것은 전적인 복종과 순응이지 납득이 아니었다.

'왜 일이 이렇게 된 거지? 어디서부터 무엇이 어떻게 잘못된 걸까?

그의 세상이 넘실거리는 너울처럼 출렁이고 있었다. 약간이라도 정신을 놓으면 곧바로 너울 아래 펼쳐진 어두운 심연으로 굴러 떨어질 것 같았다.
현기증이 일었다.

어지럽고 구역질이 날 정도로 여전히 혼란스러웠지만 이대로 무너질 수는 없었다. 마음을 진정시키기에 앞서 호흡을 조절해 육체를 진정시켰다. 빨라진 맥박, 아직도 미약한 잔떨림이 가시지 않고 있는 사지(四肢), 그리고 이마에 맺힌 송골송골한 식은땀. 마음의 혼란이 육신의 껍질 위로 고스란히 드러난 결과였다. 그는 역(逆)으로 천천히, 그리고 깊숙이 호흡하며 그것들을 다스려 나갔다. 호흡이 안정되자 잔떨림이 가시고 이마에 맺힌 땀이 마르고 심장의 맥동이 제 운율을 되찾았다. 그러자 아주 조금이긴 하지만, 그의 마음속에 너울거리는 혼란의 파도도 약간은 진정되는 기미가 보였다.
그제야 비로소 모용휘는 조금 전 나누었던 대화를 다시 한 번 떠올리며 하나씩 하나씩 차근차근 되짚어보기 시작했다.

"각오는 되어 있느냐?"
"물론입니다!"
혁중의 물음에 모용휘는 추호의 망설임도 없이 힘차게 대답했다. 노인이 고개를 끄덕였다.
"말 하나는 시원시원하구나. 너의 그 말만큼이나 행동도 시원시원하기를 바란다."
말은 아무나 할 수 있지만 그 말을 행동으로 옮기기 위해서는 그에 걸맞는 등가(等價)의 의지와 각오가 필요하다.

"무슨 일이든 하겠습니다. 절대 포기하지 않겠습니다."

바른생활 모범 청년이 다시 한 번 대답했다. 역시 망설임은 찾아볼 수 없었다.

"정말이냐? 정말 그렇게 할 수 있겠느냐? 어떠한 고난과 시련에도 굴하지 않고 앞으로 나갈 수 있겠느냐? 내가 시킨 일이라면 뭐든지 따를 각오가 정녕 되어 있느냐? 어떤 의심도 없이? 어떠한 명령이라도?"

미심쩍다는 목소리로 노인이 되물었다.

"예, 죽으라고 하시면 죽을 것이고 살라고 하시면 살겠습니다. 강해질 수만 있다면 어떤 고난도 감내하겠습니다."

요즘만큼 절실하게 강함을 열망해 본 적은 없었다. 그의 의지는 들불처럼 활활 타오르고 있었다. 그의 비장한 대답에 노인은 위압적인 기세를 거두고는 너털웃음을 터뜨렸다.

"허허, 내가 너보고 죽으라고 할 리가 없지 않느냐? 정작 강해져야 할 본인이 죽으면 난 누구를 가르쳐야 할지 알 수 없게 되지 않겠느냐? 하지만… 그렇게까지 비장하게 대답하니 그에 걸맞는 각오를 보여줬으면 한다."

말은 보여질 수 없다. 보여질 수 있는 건 오직 행동뿐이다.

"너보고 죽으라고는 하지 않겠다. 오히려 그것보다는 훨씬 쉬운 일이라 할 수 있다. 별거 아닌 일이긴 하지만 그 정도의 각오도 없다면 애당초 시도하지 않는 게 낫겠지?"

"하명해 주십시오. 결코 실망시키지 않겠습니다."

모용휘의 두 눈에서 의지의 불꽃이 번쩍였다.

"여전히 망설임이 없구나. 하지만 그렇게 말해 주니 믿음직스럽구

나. 좋아, 좋아! 그렇게 긴장하지 않아도 된다. 내가 널 잡아먹기라도 하겠느냐? 넌 딱 한 가지 일만 하면 된다."
"제가 무엇을 하면 되겠습니까?"
노인의 입이 움직인 시간은 그리 길지 않았다. 순간 절망의 선율에 맞춰 공포가 춤추며 내려왔다.

―검성을 죽여라!

모용휘는 노인이 내뿜는 영혼마저 압도할 듯한 태산 같은 기세에 짓눌려 짧은 반문조차 감히 할 수 없었다. 선천적인 벙어리도 아닐진대 혀와 입이 마비된 듯 하고 싶었던 말은 가슴속에서 두려움에 벌벌 떨기만 할 뿐 밖으로 기어나오지 못했다.

―죽여라[殺]… 죽여라[殺]… 죽여라[殺]…….

누구를? 검성을? 누구를? 자신의 조부를? 누구를? 자신의 우상을? 누구를? 자신의 신(神)을……?
밑도 끝도 없이 던져진 화두. 그 갑작스럽고도 충격적이면서도 전율스럽고 공포스럽기 그지없는 노인의 말에 언령(言靈)이라도 깃들어 있는 것일까? 언령의 조화에 사로잡혀 모용휘는 심신이 옭아매이기라도 한 것처럼 손가락 하나 까닥할 수 없었다.
노인의 말은 자신에게 있어, 모용휘라는 한 존재에 있어 최대, 최고의 금기(禁忌)를 건드리는 말이었다. 자신이 가고자 하는 길은 그런 길이었단 말인가? 자신은 지금 수라의 길 위에 서 있단 말인가?

새삼 자신이 얼마나 험난한 길에 들어섰는지 등줄기에 흐르는 식은 땀과 사지의 끝을 미친 듯이 두드리는 전율과 쿵쾅쿵쾅 미친 듯 두방 망이질 치는 심장의 고동 속에서 그는 자각해야만 했다.
그리고 다시는 돌아갈 수 없다는 사실도.
'농담이라면 얼마나 좋을까……'
그러나 농담이 아닌 것만은 분명했다. 노인은 틀림없이 모용휘에 게 검성의 죽음을 요구하고 있었다. 그 눈빛과 그 말투는 분명 농담 이 아니었다. 어떤 식으로든 그에게 검성을 죽일 것을 강요하고 있었 다.
모용휘는 자신의 내부에 불타고 있던 열정이 싸늘하게 식고 견고하 다고 믿었던 의지의 탑이 모래성처럼 무너지는 것을 느꼈다. 그리고 그는 너무나 쉽게 맹세의 말을 내뱉은 자신의 입을 저주했다.

―여전히 망설임이 없구나!

이미 과거로 흘러간 말의 잔향이 그의 귓가에서 천둥처럼 크게 울렸 다.
그는 망설이지 않을 수 없었다. 생애에서 가장 큰 고민을 떠안은 채.
생각도 없이 무심코 말을 내뱉었던 자신의 입이 그는 원망스럽기만 했다.

―각오는 되어 있습니다! 무엇이든 하겠습니다!

지키지도 못할 말을 함부로 하는 것이 아니었다. 이미 마음 밖으로 내던져진 말이 그를 속박하고 있었다. 말을 번복하고 싶었지만 아교라도 붙은 듯 입이 떨어지지 않았다.

"방법은 맡기겠다!"

혼란에 휩싸인 청년을 일별한 후 노인은 조용히 방을 나갔다. 문이 닫혔다.

쾅!

멍한 눈을 한 채 완전한 방심 상태에서 최면에 빠진 사람처럼 모용휘는 멍하니 노인이 사라지는 모습을 지켜봐야만 했다. 하나뿐인 출구가 닫히는 그 소리는 아주 멀리서 들려왔다. 마치 어디로도 도망갈 구멍은 없다고 말하고 있는 듯이.

"쯧쯧, 할아버지, 나잇살깨나 잡수신 분이 너무 짓궂으신 거 아니에요? 과연 그걸 저 바른생활 도련님이 해낼 거라고 생각하시는 겁니까?"

완전한 망실 상태에 빠진 모용휘를 내버려 둔 채 무심하게 방을 나서던 혁중의 발걸음이 뚝 멎었다.

"아, 자네였나?"

노인의 시선이 향한 곳에는 팔짱을 낀 채 문가에 기대서서 흥미롭다는 듯이 씨익 미소 짓고 있는 자칭 의문의 천재 미소년 비류연이 있었다. 자칭 우주제일의 미소년이 물었다.

"방금 죽이라고 말했던 검성이라는 분 말입니다. 저 친구의 친할아버지 아닌가요?"

"무림에 그 사람 말고 또 다른 검성이 있었더냐? 노부로서는 금시초문이네만."

"흐흠, 확신범이란 말이군요. 아, 난 또 혹시나 다른 사람인가 했죠."

"아니, 노부가 미쳤나? 저 아이에게 검성 이외의 다른 사람을 죽이라 하게? 그렇게 해봤자 무슨 이득이 있겠나?"

어라? 그럼 안 미쳤단 말인가? 두 사람의 대화를 들은 강호인이라면 백이면 백 누구나 그렇게 반문할 것이다. 물론 이 역시도 목숨이 아깝지 않거나 무지의 칼날을 휘두르는 자에게만 허락된 묘기이지만.

"하긴 그렇군요. 검성 이외에는 의미가 없다 그 말이죠?"

비류연은 노인의 비도(非道)를 비난하기는커녕 납득이 간다는 얼굴로 고개를 끄덕였다. 혁중의 얼굴에 약간 의외인 듯한 표정이 떠올랐다.

"자네 정말 이해가 빠르구먼."

확실히 탐나는 놈이다.

"일단 천재니까요."

저런 점만 빼면.

"흠, 그랬었나?"

이번에는 이쪽이 금시초문이라는 표정을 지어 보였다.

"노부가 요 얼마간 계속해서 이곳에 머무르며 면밀히 지켜봤네만 아무래도 다른 사람들은 인정 안 해주는 것 같던데?"

그러자 비류연은 그렇게 어리석은 질문은 처음 들어본다는 듯 코웃음을 쳤다.

"쯧쯧, 우매한 범인들에게 인정받으면 어디 그게 천재인가요? 그건 그냥 수재이거나 사기꾼인 거죠. 애당초 천재를 재는 도구로 범인의 잣대를 이용한다는 게 어디 말이나 될 법한 일입니까? 다른 데 가서는 그런 터무니없는 말씀 하덜 마세요. 다들 노망난 줄 압니다."

아주 당연하다는 듯이 비류연이 말했다. 본인 스스로는 정말로 한 점 의혹도 없이 그렇게 생각하고 있음이 분명했다.

"그건 아주 극단적인 의견이로군."

저토록 젊은 나이에 저토록 뻔뻔할 수 있다는 것도 쉽지 않은 일이었다. 하지만 언뜻 보기에 과격 무식해 보이는 그 의견에는 묘한 설득력이 있었다.

"…하지만 듣고 보니 말이 되는 것도 같네그려."

노인이 마지못해 대답했다.

"말만 되는 게 아니라 그게 진실이죠. 옛날부터 대중들과 지배자들은 천재들을 안 좋아했어요. 그들이 좋아하는 건 천재와 성인(聖人)의 시체뿐이라구요. 자신들 입맛에 맞게 이리저리 포장할 수 있는."

그것은 만고불변의 진실이었다. 예로부터 성인의 시체는 언제나 지배자와 각종 종교 조직의 배를 불려왔다. 죽은 자는 언제나 말이 없는 법이란 말이 꼭 살인멸구(殺人滅口)할 때만 쓰이란 법은 없다. 아마 돌아가신 옛 성인들도 자신의 시체를 쪼아 먹으며 배를 불리는 까마귀들의 존재를 안다면 자다가도 무덤에서 벌떡 일어나시리라.

그 부분은 노인도 인정하는 부분이었다. 그리고 비류연이 천재가 아니냐란 논제에 대해서는 더 이상 나올 것도 없는데 굳이 귀찮음을 무릅쓰고 논쟁하고 싶지는 않았다. 노인은 화제를 돌리기로 했다.

"자네는 노부가 너무하다고 생각하나? 이런 날 비정하다 비난할 텐가? 하지만, 저 아이가 앞으로 가야 할 길은 그 정도 각오 없이는 불가능한 고난의 길일세. 자신이 가진 모든 것을 버릴 각오가 없으면 안 돼."

"아뇨. 적절한 조치였다고 생각해요. 지금 저 녀석에게 가장 필요한 일이니까요. 우회해서 넘을 수 있는 장애물도 아니잖아요, 안 그래요?"
 순간 노인은 자신의 거문고 소리를 알아준 종자기를 만난 백아의 심정으로 비류연을 바라보았다.
 "자네 정말 천재일지도 모르겠구먼그려."
 혁중이 감탄하며 말했다.
 "'일지도'가 아니라 '이다' 라니까요. 믿어요. 믿는 자에게 복이 있다란 말도 못 들어봤어요?"
 "못 들어봤네. 그거 어디 건가?"
 혁중이 칼로 자르듯 단호하게 부정한 다음 되물었다.
 "글쎄요. 나도 언젠가 성질머리 나쁜 늙은이한테 들은 거라서요. 출처 미상이라 해두죠."
 이번에는 비류연이 말을 돌렸다.
 "하지만 과연 해낼 수 있을까요? 그에게 있어서 그것은 최대의 금기이자 침범해서는 안 될 성지(聖地)이자 금역(禁域)일 텐데요? 과연 자신이 디디고 있는 세계를 스스로 부정할 수 있을까요?"
 검성을 죽인다는 것은 모용휘 자기 자신을 부정하는 것과 마찬가지였다. 두 사람 모두 그 사실을 잘 알고 있었다. 아니, 알고 있었기 때문에라고 해야 정확할까?
 "스스로 못할 것 같으니까 노파심에 바람 넣어주는 것 아닌가? 그 성역을 진흙 발로 짓밟고 금역의 결계를 부수고 들어가지 않으면 안 되지. 지금 저 아이가 가야 할 곳은 그런 곳일세."
 "만일 실패하면요? 그럼 그대로 포기?"
 지금으로서는 성공보다는 실패할 확률이 높았다. 그러나 함부로 포기란 말을 내뱉고 싶지는 않았다.

"어떤가? 여기서 내기를 해보지 않겠나?"

한쪽 입꼬리를 말아 올리며 은근한 어조로 노인이 운을 띄웠다. 같은 눈높이를 지닌 사람과 이야기하는 것은 이 답답한 세상에서 꽤나 상큼하고 신선한 경험인 것이다.

"내기라……. 그건 참으로 갑작스런 제안이네요. 게다가 꽤나 부도덕하고 정의롭지 못하게 들리는데요?"

"왜, 관심없나?"

비류연이 얼른 손을 내저으며 말했다.

"아니요. 관심없긴요. 날 누구라고 생각하는 겁니까? 흥미롭기까지 하네요."

확실히 구미가 당기는 일이었다.

이 두 사람은 사람의 목숨을 파리 목숨으로 여기고 있는지도 모른다. 무서운 인간들이다. 강호의 초거물 중 한 명이라 할 수 있는 천무삼성의 일인인 검성의 죽고 사는 문제 따위는 이 두 사람에게 그저 한낱 내기거리밖에 되지 못한단 말인가? 만일 그렇다면 이 노소(老少)는 뭔가 정신적으로 문제가 있는 게 분명했다. 신경이 제대로 배치되어 있다면 이딴 식으로 막가는 사고는 불가능할 것이기 때문이다.

지금 저 방 안에서 고뇌하고 번뇌하고 있는 모용휘도 지금이라도 늦지 않았으니 이런 불량아 말고 좀 더 제대로 된 인간을 만나는 게 젊고 싱싱한 청춘을 낭비하지 않고 순탄하고 평범하면서 지루한 인생을 사는 데 도움이 될 것이 자명했다.

"글쎄요. 어떻게 할까요?"

비류연 역시 씨익 웃어 보였다. 혁중이 답답하다는 듯 말했다.

"뜸 들이지 말고 태도를 확실히 하게. 자네는 저 친구가 그걸 해낼 수 있다고 생각하나, 아니면 할 수 없다고 생각하나? 내기를 한번 해보잔 말일세. 자네의 예언이 맞을지 틀릴지 말일세. 이건 대결이네. 자네와 노부 둘 중 누가 더 넓고 심도 깊고 정확한 전망을 지니고 있는지, 누가 더 정확하게 오는 현재를 미래에서 기다릴 수 있는지 말일세. 시간을 거스르는 것, 수왕자(數往者) 순(順), 지래자(知來者) 역(易)이란 말도 있지 않은가?"

별 뜻 없이 내뱉었던 노인의 마지막 말은 비류연의 묻어두었던 기억을 자극해 버렸다.

"천지정위(天地正位), 산택통기(山澤通氣), 뇌풍상박(雷風相薄), 수화불상사(水火不相射), 팔괘상착(八卦相錯), 수왕자(數往者) 순(順), 지래자(知來者) 역(易), 시고역(是故易), 역수야(逆數也)!"

비류연의 입에서 무의식 중에 경문이 흘러나왔다. 거의 반사적으로 일어난 일이었다.

"하늘[乾]과 땅[坤]이 바로 서고, 산[艮]과 호수[兌]가 서로 기운을 주고받고, 벼락[震]과 바람[巽]이 서로 부딪치며, 물[坎]과 불[離]은 서로 다투지 않으니 이로써 팔괘(八卦)가 서로서로 뒤얽히며 변화를 일으킨다. 알겠느냐?"

"뭘요?"

뻑!

안 좋은 기억이 떠오르고 말았다. 절대 휘도(輝度)가 떨어질 것 같지 않던 그의 안색이 약간 어두워졌다. 명랑 쾌활하던 어조도 조금 침중해졌다.

"주역(周易) 설괘전(說卦傳) 삼장에 나오는 말이군요."

가는 것을 세는 것은 순(順)이라 하고 다가오는 것을 아는 것은 역(逆)이라 한다. 그래서 역(易)이라는 것은 거꾸로 수를 세는 것이라는 뜻이다. 즉, 쉽게 말해서 시간의 뒤꽁무니를 졸졸 따라다니는 것이 순(順)이라는 것이고 미래의 한 지점에 미리 가서 도착하는 시간을 기다리는 것을 거스르는 것, 즉 역(逆)이라고 한다는 것이다. 수를 거꾸로 센다는 것[逆數] 역시 같은 의미이다. 사태에 순종하면 그냥 휩쓸려 흘러가는 것이고 미리 가서 오는 것을 예측하고 있으면 흐름을 주도할 수 있다. 능동이냐 수동이냐의 문제인 것이다. 이도 저도 역(易)에 대해, 변화의 규칙성에 대해 알지 못하면 아무 소용도 없다.

"으잉? 어라? 자네, 그런 것도 알았나?"

비류연의 입가에 고소가 맺혔다.

"성질 고약한 누구 땜에 싫어도 억지로 익혀야 했죠."

―변화에 대한 가장 궁극적인 탐구에 대해 공부하지 않고 어떻게 진정한 변화를 이해할 수 있단 말이냐? 너, 미쳤냐?

안 좋은 기억은 빨리 잊어버리는 게 정신 건강에 이로웠다. 그런 어둡고 칙칙한 기억에 자꾸만 사로잡혀 있으면 정신 오염도가 지나치게 높아져 버리기 때문이다. 그는 밝은 미래의 조감도를 떠올리며 마음을 진정시켰다.

"허허! 자네는 처음엔 별거 아닌 것 같더니만 보면 볼수록 노부를 놀라게 하는구먼. 최근(?) 수십 년을 통틀어 이토록 연속해서 자주 놀란 적은 요즘이 처음이라네."

이번에야말로 혁중도 진짜로 놀라고 말았다. 방심하는 와중에 의표를 찔리고 만 것이다. 이해하길 기대하지 않았던 혼잣말이 이해되었을 때 사람들은 가끔 당황하게 되는 법이다. 설마 거기까지 알고 있을 줄은 몰랐던 것이다.

아무리 무림에 명성이 자자한 인물들이라도 거기까지 공부하는 이는 지극히 드물었다. 일류, 혹은 절세라 불리는 모든 무공이 일음일양(一陰一陽)의 도(道)에서 벗어나지 못함에도 불구하고, 아니, 그것을 기반으로 만들어져서 전해져 내려오고 있음에도 불구하고 거의 대부분이라고 해도 좋을 사람들이 변화의 극치인 역(易)에 대해 무지하다. 가장 핵심적인 정수를 이해하지 못하면서 어떻게 그 기반 위에 세워진 무공을 완전히 이해할 수 있단 말인가? 그는 사람들의 그런 무모한 태도를 백 년이 지난 지금도 이해할 수 없었다.

"그걸 알고 또 이해하고 있다면 좀 더 이야기하기가 쉽겠구먼. 주절주절 처음부터 하나하나 설명하지 않아도 되니까 말일세. 그게 아주 귀찮단 말이지. 또 사실 재미도 없어요. 지루하거든. 듣던 상대가 딴청을 피우면 양반이고 꾸벅꾸벅 졸기가 일쑤지. 그래서 대부분 무시하고 넘어가 버리게 되는데 그럼 또 대화가 안 돼버리거든. 서로 이해하고 있는 기반이 다른데 어떻게 그 사이에서 제대로 된 대화가 나올 수 있겠는가? 안 그런가?"

그래서 대부분의 사람들은 서로 간의 거리를 인식하고 대화를 포기해 버린다. 그럼에도 불구하고 대화와 이해를 시도하려는 사람은 정말로 불굴의 의지의 소유자라 할 만할 것이다. 아니면 그냥 바보이거나.

"그렇죠. 이해합니다."

자신도 기존의 상식의 틀에 사로잡힌 녀석들과 대화를 하기 위해 얼마나 많은 심력과 폭력(?)을 사용했어야만 했던가. 인간 상호 간의 이해란 고대로부터 이어져 온 불가능에 대한 인간의 장대한 도전임에 틀림없었다.

"누가 더 멀리 내다볼 수 있는지 그 시야는 항상 갈고닦아야 하지. 거기에 실전만큼 좋은 건 없지 않겠나? 인간은 약간의 긴장감이 더해지지 않으면 집중을 잘 못해요. 미지의 세계에 자신의 몸을 던질 용기가 필요하다 그 말씀이지."

비류연이 장황한 노인의 말을 단 한 줄로 요약했다.

"그러니까 누가 더 용한지 한번 붙어보자는 말이군요?"

누가 거꾸로 수(數)를 더 잘 세는지 한번 겨루어보자는 뜻이었다.

"거러춰! 화끈하게 말이야!"

노인이 두 팔을 활짝 펴며 맞장구쳤다. 개구쟁이 같은 얼굴이었다. 품위는 잠시 황야에 내던져 놨는지, 벌판에 방치해 뒀는지 장난기가 가득한 맑은 눈을 똘망똘망, 초롱초롱 빛내고 있었다. 노인의 정신은 세월과 나이를 이미 뛰어넘은 모양이었다. 좋은 의미로든 나쁜 의미로든.

"아까 자칭 천재라 하지 않았나? 예언의 적중률이야말로 천재의 증거라네. 천재란 인종은 때때로 자기 발밑은 못 볼 때가 있지만 보통 사람이 절대 볼 수 없는, 그리고 상상도 하지 못하는 훨씬 아득하고 까마득한 앞을 바라볼 수 있거든. 주어진 현실의 것을 깨작깨작 잘 만진다고 천재가 아니라네. 게다가 이건 그리 먼 곳을 내다보는 것도 아니지 않나? 이 정도도 못해서야 부끄러워서 어찌 감히 천재의 간판을 내걸겠는가. 안 그런가, 자네?"

확실한 도발이었다. 그리고 도전이었다. 네가 진짜 천재라면 한번 그것을 증명해 보라는 이야긴데 마다할 이유가 없었다.

"흐흠……"

그러나 마음이 이미 결정되었다고 해서 당장에 그 의견을 수락해야 할 필요는 없었기에 비류연은 짐짓 고민하는 척 팔짱을 낀 채 딴청을 부렸다. 자신이 타인의 의도에 끌려 다닌다는 인상을 심어주는 것만은 사양하고 싶은 일이었다.

"어허, 밥 다 된 지 언젠데 아직도 이리 오래 뜸을 들이나? 자네 마음이 이미 결정되어 있다는 것은 다 알고 있다네. 그 말 노부가 안 꺼냈으면 자네가 먼저 꺼냈을 거라는 걸 모를 줄 아나? 선수들끼리 그러면 안 되지. 안 되고말고!"

은근하면서도 전의를 자극하는 고단수의 도발이었지만 비류연은 넘어가지 않았다.

"선수라니요? 무슨 그런 섭한 말씀을. 저 같은 선량한 학생은 승산을 운에 맡기는 위험한 도박에 함부로 발을 들이밀지 않는 법입니다."

비류연이 아닌 몇몇 사람들이 들었으면 기가 막혀 피를 토하고 말았을 만큼 현실과 괴리된 이야기였다. 물론 스스로 상식인을 자처하고 있는 노인은 그 말을 믿지 않았다.

"이 늙은이가 자네가 아니면 또 어디 가서 자네만한 내기 상대를 고르겠나? 이런 내기도 서로 눈높이가 맞아야 재미있는 것 아니겠나?"

노인이 사정했다.

"그렇게 말하시는데 더 이상 뺄 수는 없겠죠. 좋습니다. 한번 해보죠."

마지못해 응하는 듯 고개를 끄덕이면서 비류연은 내심 회심의 미소를 지었다. 뒤로 엉덩이를 빼는 척했지만 사실 바라던 바였다. 그리고 자랑은 아니지만 아직 내기에서 한 번도 손해를 본 적이 없다는 것이 그의 자랑이었다.

"그럼 걸게나!"

혁중 노인이 단호하게 말했다. 마침내 비류연이 고개를 끄덕이며 친족 살해의 음모에 가담할 뜻을 내비쳤다. 살인에 직접 가담하지 않았더라도 방조하면 역시 공범이 되는 걸까? 그 또한 매우 흥미로울지 모른다.

"좋습니다!"

비류연이 호쾌하게 대답했다. 그 대답이 만족스러운 듯 부드러운 미소를 띠며 노인이 물었다.

"어디에다 걸겠나?"

내기의 제안자로서 선공을 양보하겠다는 의미였다. 마다할 이유는 어디에도 없었다.

"밑져 봐야 본전이라고, 전 저 친구가 검성을 죽일 수 있다는 데 걸죠."

"호오, 그렇게 나오시겠다?"

역시 보통 놈은 아니라고 생각하며 노인은 의미심장한 미소를 잔뜩 지어 보이며 자신보다 적어도 백 살(!)은 어릴 새파랗게 젊고 맹랑한 청년을 쏘아보았다. 약간 눈에 힘을 줘서 쏘아주었는데도 비류연은 태연작약하기만 했다. 작금의 강호에서 이 노인의 눈빛을 정면으로 받을 수 있는 사람이 과연 얼마나 될까? 만일 그 사실을 안다면 아무 일도 없었다는 듯이 지지 않고 답례를 보내주는 비류연의 행동이 얼마나 엄청난 것인지 그 위업의 가치에 대해 경악할 수밖에 없을 것이다.

미소를 지우지 않은 채 여유로운 태도로 비류연이 대답했다.

"손해 보면서 하는 거예요."

그러나 이 역전 노장은 그런 허장성세에 넘어가기에는 쌓아놓은 경험치가 너무 높았다.

"난 자네가 손해를 본다는 말을 어째 신뢰할 수가 없구먼. 믿기지가 않아. 아니, 절대 안 믿네."

"나이가 들면 의심병만 는다더니… 좀 더 사람에 대한 믿음을 가지시라고요."

누가 뭐래도 비류연이 할 만한 말은 아니었다. 그의 말이 입에서 나오자마자 허공 중에 연기처럼 흩어지는 것만 보아도 그것이 얼마나 설득력이 부족한지 짐작할 수 있었다. 안면을 튼 지 그리 오래되지 않았는데도 비류연이란 인종을 꽤 정확히 파악하고 있는 것을 보니 역시 늙은 생강이 맵긴 더 매운 모양이다. 나이를 허투루 먹은 것은 아닌 게 틀림없었.

"할 수 없군. 장유유서의 아름다운 전통이 사라진 게 어디 하루 이틀 일도 아니지. 좋네, 노부는 그럼 그 아이가 검성을 죽이지 못한다는 쪽에 걸겠네."

"잘 생각하셨습니다."

"그럼 내기가 성립된 거라 봐도 되겠나?"

"물론이죠."

검성의 목숨이 한낱 도박거리로 전락하는 순간이었다. 무림의 태양처럼 찬란히 빛나는 천무삼성의 명성이 참으로 알 수 없는 곳에서 모진 수모를 당하고 있었다. 누가 들으면 무림공적으로 삼기 딱 알맞은 말이었다. 검성의 죽음을 사주했다는 죄목으로 말이다. 그래, 만일 누군가가 그것을 듣는다면 반드시 말이다.

"그럼 가장 중요한 이야기를 해볼까요?"
"무얼?"
"판돈!"
당연하지 않느냐는 얼굴로 긴 앞머리의 청년은 환하게 웃으며 짧게 대답했다.

비류연이 혁중과의 내기 수립을 막 확인하고 있을 때 그의 애매인 우뢰매가 바람을 가르며 날아와 우아하게 허공을 한 번 선회한 후 매끄럽게 하강하더니 힘차게 뻗은 두 날개를 펄럭이며 바람의 왕처럼 의젓한 모습으로 비류연의 팔목 위에 앉았다. 우뢰매의 발목에는 전서가 하나 매달려 있었다. 답장이 돌아온 것이다.
"예상보다 빠르군."
약간 의외인 얼굴을 하며 비류연이 중얼거렸다.
"그건 또 뭔가?"
노인이 주름살 곳곳에서 묻어 나오는 호기심을 감추지 않은 채 물었다. 전서를 한 번 훑어본 비류연은 다 읽은 서찰을 접어 품 안에 넣으며 말했다.
"그냥 개인적인 사업입니다. 노인께서 관심 둘 만큼 대단한 일은 아니죠."
"흥, 말하고 싶지 않다면 굳이 말하지 않아도 되네. 숨기고 싶은 비밀을 캐내는 취미는 없으니 말일세."
혁중은 상처받은 표정을 지으며 말했다. 그하고는 전혀 안 어울리는 표정이었다. 만일 이 노인의 진면목을 아는 사람 중에 이 광경을 목격한 불행한 이가 있다면 그는 경악과 공포로 얼어붙고 말았을 것이다.

심한 경우 정신적 충격을 이기지 못하고 사망할 수도 있었다.

"가볼 곳이 생겨서 이만 석별의 정을 나누어야겠습니다."

"대단찮은 편지 하나 나눠 읽지 못하는 사이에 뭘 거창하게 석별의 정씩이나 나누나. 그래, 이 늙은이를 제쳐 놓고 재미 많이 보시게."

뼈가 있는 말이었지만, 비류연의 마음은 이미 금강불괴지경에 도달해 있었기 때문에 아무런 타격도 입지 않았다. 그뿐이 아니라 그는 반격까지 감행했다.

"그럼 다음에 뵐 때는 제가 승리하는 날이 되겠군요. 그날을 즐거운 마음으로 손꼽아 기다리고 있겠습니다. 이기는 건 언제나 기분 좋은 일이니까요."

가볍게 목례를 하고 비류연은 정원을 가로질러 저편으로 사라졌다. 전혀 주눅 들지 않고 유유히 사라지는 그의 등을 노인은 유심히, 그리고 진지한 눈빛으로 바라봤다.

"누가 저런 괴물을 키웠을까?"

풀리지 않는 의혹은 안으로 안으로 무수한 의문의 문양을 수놓으며 점입가경으로 꼬여가기만 했다.

회담
—빙검, 마진가를 만나다

 화산규약지회가 대소동이란 말이 무색할 정도의 엄청난 방화 사건으로 끝난 이후 철권 마진가는 하루도 제대로 쉰 날이 없었다. 현재 사건의 발단이 된 주모자 대공자 비라 불리는 인물과 공범으로 추정되는 그 일당 마천칠걸의 소재를 파악하기 위해 전 무림의 정보망이 전력으로 가동되고 있었다. 그러나 무림 전체에 긴급 수배령이 돌았음에도 아직 흉수의 종적은 깊은 어둠 속에 빨려 들어가기라도 한 듯 오리무중이었다. 천무학관의 관주 직속 정보 조직인 '비영전(秘影殿)'도 초과근무와 상시 야근으로부터 예외일 수 없었다. 비영전주 암약(暗躍) 이하 전 대원이 뜬눈으로 밤을 지새운 날이 그렇지 않은 날보다 많았다. 아니, 직위상 타 정보 조직보다 몇 배의 과중한 업무를 견뎌내야만 했던 것이다. 슬슬 죽어가는 곡소리가 심심찮게 귓가에 들려오고 있었다.

천무봉 홍매곡이 불꽃에 휩싸여 재가 된 '홍매겁화' 이후 벌써 수개월. 음모의 실마리를 풀 단서는 아직 발견되지 않고 있었다.

그들의 음모 준비 과정부터 진행, 사건 발발 후의 도주와 잠적은 실로 너무나 완벽해 오히려 의심스러울 지경이었다. 어지간한 등급의 조직으로 이런 일은 절대 불가능하다. 강호에 퍼져 있는 눈[眼]은 일반인의 상상 이상으로 많고 다양하다. 강변의 모래알처럼 많다는 말이 괜히 쓰이는 게 아니다. 그런데 그 눈들을 모두 피했다? 상상을 초월하는 거대한 배경이 그들을 지원하지 않는 한 이런 말끔한 뒷수습은 불가능에 가까웠다. 홀홀 단신으로 호수 속에 빠진 투명한 얼음 조각처럼 감쪽같이 자신의 종적을 감출 수 있을 만큼 강호(江湖)는 만만한 세계가 아니었다. 이런 일이 가능한 조직이 많을 리가 없었다(뭐, 그들 스스로 밝히기도 했지만).

백 년 동안 잠적한 채 무림을 좀먹고 있는 암적인 존재. 그들이 아니라면 이처럼 섬뜩할 정도로 매끈한 끝마무리가 가능할 리 없었다.

도주와 뒷수습에 대한 한 단면만 봐도 그들이 화산지회의 음모에 대비해 얼마나 준비를 철저히 했는지 여실히 알 수 있었다. 만일 하늘이 돕지 않았다면······. 그 뒤는 상상만 해도 끔찍했다. 쓸 만한 재목이 되는 데 이삼백 년은 기본으로 걸리는 나무들에 비할 바는 아니지만, 인간 역시도 한 명의 우수한 인재를 배출하기 위해서는 많은 시간과 노력이 요구된다. 그런데 천무삼성을 필두로 한 현 무림을 지탱하는 대들보들과 무림의 미래를 만들어 나갈 젊은 재목들이 저주스런 붉은 화염에 휩싸여 검은 숯이 될 뻔했다. 강호의 현재와 미래가 단 한순간에 싸그리 날라가 버렸을지 모를 일대 위기 상황이었던 것이다. 흉수들은 이런 천인공노(天人共怒)할 만행을 보란 듯이 화려무쌍하게 저질렀건만 이쪽은 아직도 그들의 희미해질 대로 희미해진 그림자만 뒤쫓고 있었다. 초조함과 불안감과 과로로 인해 정신과 육체 모두 피폐해질 대로 피폐해져 있었지만 그에 걸맞는 성과는 감감무소식이라 다들 지쳐가고 있었다.

철권 마진가는 오늘도 책상 위에 산더미처럼 쌓인 서류와 씨름하고 있었다. 지금 집무실 내에 쌓여 있는 흉수의 배후와 그 목적에 관련된 보고서만도 수천 종에 달했다. 서류가 모두 무너진다면 아무리 천하의 고수라도 맥을 못 추고 질식사하고 말 것 같았다. 사실 그전에 정신적으로 압사당할 가능성이 더 높았지만 말이다. 서류 처리에 필요한 체력과 무공을 구사하는 체력은 서로 전혀 다른 별개의 힘임이 틀림없었다. 수(水)와 화(火)처럼 완전히 속성이 다른 힘이 작용하고 있는 게 분명했다. 수십 명의 적을 상대한다 해도 삼 일 밤낮을 맑은 정신과 넘치는 내공으로 능히 대적할 수 있었지만 산더미처럼 쌓인 서류의 무덤과의 싸움에서는 하루 밤낮만으로도 기력이 쇠하는 것이 몸으로 바로 느껴졌다. 그때마다 잠시 잠깐이라도 휴식을 취하지 못하면 글자와 종이의 색이 한데 뒤섞이면서 눈앞이 회색으로 변하고 만다. 물론 그 안의 내용은 잿빛 혼돈의 저편으로 날아가 버리기 때문에 전혀 이해가 불가능한 상태가 된다.

그런데 설상가상(雪上加霜)이라고 그에게는 이 일만 있는 게 아니었다. 그는 자신의 위치에 걸맞게 천무학관의 제반 운영 상황에도 관여해야만 했다. 그리고 몇몇 특수한 부분에 대해서는 친히 살펴보고 결재를 해야 했다. 지난 이틀 동안 제대로 된 수면을 취해본 적이 없는 몽롱한 머리를 쥐어짜 내어 하나의 긴 목록을 만들고 있는 것도 그중 하나였다. 게다가 보모도 아닌데 아랫사람들까지 어르고 달래줘야 할

실정이었다. 뭐, 그쪽이 자신의 직속이니 어쩔 수 없는 일이었지만 처량한 마음이 드는 것만은 어쩔 수 없었다.

"정말 요즘 같아서는 파업이라도 하고 싶다고요~"
막 푸념을 늘어놓고 있던 사내의 목소리가 딱 멈췄다.
"응? 손님이 오신 모양이로군요."
문밖 일 장 너머에서 인기척이 느껴졌다. 과연! 마진가는 내심 감탄했다. 보통 십 장 밖에서도 사람의 인기척을 느낄 수 있는 자신이었다. 아무리 피곤에 절어 있는 빈사 상태라지만 겨우 일 장 밖에서야 가까스로 인기척을 감지할 수 있도록 자신의 이목을 속이고 은밀하게 접근할 수 있는 능력의 소유자는 용담호혈(龍潭虎穴)인 이 천무학관에서도 그리 많지 않았다.

'뭐, 그것도 다 무의식 중에 행하고 있는 것이겠지만.'
그와 같은 초일류고수에게 그런 것은 숨 쉬는 것만큼 자연스러운 행위인 것이다. 숨기고 싶어서 숨기고 드러내고 싶어 드러내는 게 아니다. 수천, 수만 번에 걸친 반복 수행 끝에 체득(體得)된 깨우침이 무의식 중에 녹아들어 생활 속에서 미세한 행동 하나하나에 깃들어 현현(顯現)하는 것이다. 그때서야 무인은 비로소 초일류라 불리는 절정의 고수로 거듭나는 것이다.

"들어오시게."
상대가 문을 두드리기도 전에 마진가가 말했다. 방문객의 손이 문지방에서 실 한 가닥만큼의 틈새를 남겨놓고 뚝 멎었다.
"그럼 들어가겠습니다, 관주님!"
드르륵!

문이 열리고 그 사이로 들이 내비치는 햇살을 등 뒤로 간 채 한 사람이 들어왔다. 약간 푸른 기가 감도는 청은(靑銀)의 은발, 눈처럼 새하얀 비단 무복, 허리에 걸린 주인을 닮은 시리도록 푸른 한 자루의 검, 그리고 얼음처럼 차갑고 조용한, 그러면서도 완고한 눈빛. 방문자는 바로 대무사부 빙검(氷劍) 관철수였다. 그는 관주의 호출을 받고 천주전에 막 도착한 참이었다.

"한창 바쁠 텐데 번거롭게 불러내서 미안하네, 관 사부."

철권 마진가는 자신의 지위와 나이가 비록 빙검보다 높았지만 결코 그를 함부로 대하지 않았다. 빙검 관철수는 충분히 존중받을 만한 자격을 갖춘 사람이었다. 물론 사회적 지위와 나이 따위로 압박한다 해도 통하기는커녕 경멸당하지나 않으면 다행이었다. 검 하나로 천하오검수의 한 사람이 된 그는 예를 받을 자격이 충분했다.

"자자, 얼른 편하게 앉으시게나."

마진가가 한 손으로 방금 작업 중이던 명부를 덮으며 자리를 권했다. 고개를 살짝 숙여 무언으로 답하던 빙검의 시선이 흘끗 그 명부의 표제로 향했다.

…예상 명부.

본 적이 있는 명부(名簿)였다.

'이런 때인데도 학관에서는 예정대로 진행할 생각인가?'

빙검으로서는 약간 의외의 일이었다. '그 일'은 당연히 취소되리라 여겼던 것이다. 작금의 상황은 시기상으로 보나 환경상으로 보나 여러모로 '그 일'을 진행하기에 적합하지 않았다. 억지로 진행한다 해도 좋을 게 하나도 없었다. 빌어먹게도 그랬다.
 빙검의 미심쩍은 시선을 눈치챈 마진가가 쓰게 웃으며 말했다.
 "아, 이것 말인가? 자네도 알다시피 곧 그 시기가 아닌가. 자신의 책임을 방기할 수도 없고 또 남에게 떠넘길 만큼 가벼운 일도 아니라 어쩔 수 없이 머리를 싸매고 있다네."
 어차피 일급기밀이라 해도 대무사부의 지위를 가진 빙검은 그것을 열람할 자격이 있었다. 하물며 이것은 일급 축에도 못 끼는 것이었다. 하지만 많은 이의 운명이 걸려 있는 것이라는 점에는 변함이 없었다.
 "위험하지 않겠습니까, 화산규약지회의 일도 아직 채 수습되기 전입니다. 어느 것 하나 명확해지지 않은 이 시기에 아이들을 그쪽으로 보낸다는 것은……. 그들은 충분히 의심스럽습니다."
 빙검은 자신의 의견을 피력하며 신중하게 말을 골랐다. 잘못하면 큰 외교 문제로 번질 수도 있는 문제였다. 그 정도 지위에 있는 사람이라면 진심을 어느 정도 숨기고 말을 신중하게 할 필요가 있었다. 외교란 자신의 모든 것을 보여주기 위한 것이 아니라 되도록 자신을 감추고 상대를 드러나게 하는 게 목적인 것이다.
 마진가 역시 그에 동의한다는 듯 고개를 끄덕였다.
 "물론 충분히 이해하고 있네. 솔직히 본인도 그들이 미더운 것은 아닐세. 하지만 명백한 증거가 없어. 그 증거가 잡히기 전에는 계속 추진할 수밖에 없겠지. 게다가… 저쪽에서 계속 진행할 것을 강력히 희망해 왔네. 위협에 굴복한 듯한 인상은 주고 싶지 않다고 말일세."
 화산규약지회와 마찬가지로 백 년 동안 지속되어 온 전통이었다. 백 년의 전통을 심증만으로 때려부술 수는 없었다.
 "그러나 위험에 직접 노출될 아이들은 어떻게 합니까?"

그것은 마진가가 원하던 반문이었다. 사실 그가 빙검을 부른 용건도 바로 그 문제 때문이었다.

"그래서 자네가 함께 가주었으면 한다네."

"제가 말입니까?"

"그렇다네. 하지만 걱정 마시게. 도와줄 사람을 확실히 붙여줄 테니. 아주 믿을 만한 사람이라네. 또한 강하고!"

"설마……."

문득 불길한 예감이 들었다.

"화산규약지회 때도 힘들게 했는데 또 수고를 끼치게 돼서 자네에게 미안하게 생각하고 있다네."

"아닙니다. 제 할 일을 하는 것뿐이지요."

타인보다 높은 자리에 앉는다는 것은 더 많은 권력을 지니게 된다는 것이 아니라 더 많은 책임과 의무를 지게 된다는 것이다. 권력은 그에 대한 사소하고 부가적인 대가일 뿐이다. 그런데 대부분의 인간들은 책임은 방기하고 권력은 남용한다. 그런 것들을 가리켜 '인간' 이라 쓰고 '쓰레기' 라고 읽는다.

그런데 조금 전부터 마음에 걸리는 게 하나 있었다.

"그런데 설마… 이번에 염도 노사도 함께 갑니까?"

제발 아니기를 빙검은 속으로 빌었다. 그러나 예상이라도 한 듯 마진가는 그의 기대를 무참하게 깨부숴 버렸다.

"물론이네. 두 사람은 둘도 없는 단짝 아닌가? 바늘이 가는데 실이 어찌 안 갈 수 있겠는가?"

빙검은 순간 '노망나셨나요?' 라고 말할 뻔했지만 예의와 체통을 생각해 가까스로 참았다. 착각도 이만하면 중병이었다.

'…아니면 설마… 알고서도 일부러 그러는 건가?'

빙검은 속으로 고개를 가로저었다. 그건 너무 심한 비약이었다.

항상 냉철한 그의 얼굴에 떨떠름한 표정이 떠올랐다. 염도와 일이 얽히면 항상 평정이 무너지고 만다. 아직 수련이 부족하다는 증거이리라.

"알겠습니다. 이미 내정된 것을 제 개인의 호불호로 바꿀 수는 없겠지요. 내키지는 않지만 최선을 다하겠습니다."

"좋으면서 그렇게 쑥쓰러워할 것 없네. 친구란 좋은 것이지. 특히 생사를 함께한 전우만큼 든든한 존재는 없지 않은가. 안 그런가?"

마진가가 웃으며 빙검의 염장을 후벼 팠다.

'친구? 전우?'

오늘따라 익숙한 이 단어들이 굉장히 생소하게 들렸다.

좋긴 뭐가 좋단 말인가? 골이 지끈지끈해진 빙검은 천주전을 나가는 즉시 신의(神醫)를 이쪽으로 보내 검진을 받게 해야겠다고 결심했다. 반드시. 역시 지나친 과로는 육체는 물론 정신 건강의 적이었다.

"몸조심하십시오."

빙검이 걱정스런 마음으로 충고했다.

"어… 어, 고맙네."

뜬금없는 걱정에 마진가는 거의 반사적으로 대답했다. 그리고는 다시 정신을 차리고 원래의 맥락으로 돌아왔다.

"나도 자네 둘이라면 믿고 아이들을 맡길 수 있을 것 같네. 본인 역시 그쪽 마천각 쪽이 의심스럽기는 마찬가지 아니겠나?"

사실 마진가 역시 학생들이 걱정되지 않을 리가 없었다. 그러나 그렇다고 자폐증 환자처럼 골방에 처박혀 신경질적으로 반응하고 있을 수만도 없었다. 그랬다가는 오히려 역효과만 날 뿐이었다. 그래서 그는 오히려 정면 돌파를 선택한 것이다.

"사실 그렇습니다. 그리고 비단 의심스러운 곳은 그곳뿐만이 아닙니다."

심각한 얼굴을 한 빙검이 나직한 목소리로 말했다.

"의심스러운 곳이 또 있다?"

빙검은 신중한 얼굴로 조심스레 고개를 끄덕였다.

"…말해 보시게."

턱을 괴고 있던 마진가의 얼굴이 딱딱하게 굳어졌다.

중앙표국의 운명
―비류연, 중앙표국을 방문하다

"엥? 저건 또 뭐야?"

이제 이 바닥에서도 제법 관록이 붙은 중앙표국 남창지국 선임표두 허상무는 오후 정기 순찰 중이었다. 그는 순찰을 꽤 좋아했다. 표국의 운영 상태가 신경 쓰여서는 절대 아니었다. 다만 그것이 아랫사람들에게 자신의 지위를 정당하게 과시할 수 있는 최고의 수단이었기 때문이다. 그는 자신보다 못한 사람들을 내려다보는 것을 즐기는 속물이었다. 속물이기 때문에 위는 절대 쳐다보지 않았다. 위에서도 마찬가지로 자신을 내려다보며 비웃고 있을 거라고 생각하면 그런 행동을 아무렇게나 할 수 없게 되기 때문에 일부러 모른 척하고 있는 건지도 몰랐다. 저 앞으로 정문을 지키는 보초 표사들의 모습이 그의 야비하게 희번뜩이는 눈에 포착되었다. 뱀을 만난 개구리처럼 움츠러드는 부하들의 모습에 언제나처럼 묘한 희열을 느끼며 그는 토끼를 사냥하는 늑대처럼 악의 서린 송곳니를 번뜩이며 어슬렁어슬렁 정문을 향해 접근해 갔다.

그는 이곳의 열 명밖에 안 되는 표두 중에서 최고참으로 표행 경력만 해도 백 회가 넘는 숙련자였다. 몇 년만 더 고생하면 대표두로 승진하는 것도 꿈은 아니었다. 그의 부하들에게는 악몽이겠지만 말이다. 젊은 시절 나름대로 기연이란 것을 만난 이후 실력에는 꽤 자신이 있었다. 이곳 남창지국에 상주하는 대표두는 한 명뿐이었으니, 선임표두의 직위를 지니고 있는 그는 이곳 남창지국의 실질적인 삼인자라 해도 과언이 아니었다. 최근 들어 표국의 성세가 날로 상승하며 덩달아 그 역시 우쭐한 마음이 들었다. 자신도 왠지 덩달아 대단해진 듯한 느낌이 들었던 것이다. 그러니 이 대단하신 삼인자 양반의 거만한 눈에 허름한 흑의에 병기도 휴대하지 않은 수수하고 볼품없어 보이는 애송이 따위가 들어올 리 만무했다. 감히 자신의 즐거운 과시 행보를 방해하다니! 자신의 앞을 막아선 건방진 애송이에 대해 분노가 치밀어 올랐다.

"여긴 애들 노는 곳이 아니다! 얼른 저리 가라! 쉬쉬!"

게다가 머리카락 하나 제대로 정리 안 하고 사는지, 길게 자란 앞머리가 참으로 꼴불견이지 않은가!

"쯧쯧, 꼬락서니하고는!"

이럴 땐 약간 겁을 줘서 쫓아내는 게 최고였다. 허상두가 눈짓으로 신호하자 문지기 둘이 재빨리 창을 정면으로 내려 아직도 발걸음을 멈추지 않고 있는 청년의 눈앞에 겨누었다. 눈치 하나는 재빠른 부하들이었다.

"멈춰라! 웬 놈이냐? 선임표두님의 말씀이 안 들리느냐?"

창을 꼬나 든 문지기의 외침에 비류연의 미간이 살짝 찌푸려졌다. 언제 봤다고 다짜고짜 반말이란 말인가? 설마 그럴 리는 없겠지만 자신이 이런 무례한 취급을 당해도 되는 타당성에 대해 다방면으로 검토해 보았다.

가장 하찮게 쓰이는 나이가 많다는 이유는 아닐 것이다. 그건 너무 진부하니까. 혹시 등 뒤에 있는 배경이 자신의 무례를 감싸줄 수 있을 만큼 두텁다고 착각하고 있는 것일까? 만일 그렇다면 직장에 대한 찬미도 좋지만 현실을 직시하는 능력을 먼저 배양해야 할 것이다.

나이가 많다고 어린 아무에게나 반말을 할 수 있다고 생각하면 그것은 큰 오산이다. 자신에게 주어진 삶의 시간을 무의미하게 낭비하며 보내는 인간들을 그는 바닷가의 모래알만큼 많이 봐왔다. 자신이 뭐가 아쉬워서 뭣 때문에 사는지도 제대로 모르는 그런 인간에게 반말 같은 거나 듣고 살아야 하겠는가. 자기가 검을 차고 있거나 무기를 들고 있지 않아서 무림인이라고 생각하지 않은 건가? 문지기는 그렇다 치고 그 둘의 상관인 듯한 저 놈팽이는 또 뭐란 말인가? 생긴 것도 야비하게 생긴 것이 머리 속도 텅텅 빈 듯했다.

여긴 무림에 속하지만 이익의 발생을 위해 움직이고 있는 곳이 아니던가? 표국이 의리와 협을 위해—둘 다 정체불명의 가치 판단이지만—손해 보면서 일한다는 이야기는 들어본 적이 없다. 번듯한 명문정파에서도 제대로 그걸 행하는 이가 없는데 엄연한 사업체인 일개 표국에 그걸 요구하는 것은 무리한 처사라 할 수 있었다. 자신들이 할 수 없는 걸 남에게만 요구하다니……. 그처럼 훌륭한 자기 기만도 드물 것이다.

"웬. 놈.이.냐?"

적어도 자신에게 반말을 할 수 있으려면 그 자격을 갖추어야 했다. 자신이 인정하지 않는 상대가 자신에게 반말을 찍찍 지껄이는 것은 용납할 수 없었다.

"누구십니까겠지!"

순간 그의 목소리에 실린 위협을 두 명의 무례한 문지기도 눈치챘다. 청년은 겁도 없이 손가락으로 눈앞의 창을 툭툭 치며 말했다.

"이따위 장난감으로 뭘 어쩌려고?"

순간 둘은 손이 저릿한 감각과 불에 덴 듯한 화끈한 통증과 함께 쥐고 있던 창을 놓치고 말았다.

"으아아아아!"

뎅그랑!

두 자루의 창이 동시에 바닥으로 떨어졌다.

"이놈들이 군기가 빠져서!"

무인이 자신의 무기를 놓치는 순간은 죽을 때뿐이다. 그렇게 훈계하려고 하던 허상두의 말은 두 부하의 손아귀를 본 순간 다시 목구멍 속으로 쏙 들어가고 말았다.

마치 불에 덴 듯 거멓게 그을려져 있었고, 찢어진 손아귀에서는 피가 흘러내리고 있었다. 간단한 두 번의 동작만으로 창을 고속 회전시켜 열상과 화상을 동시에 입힌 것이다.

"어더… 어더… 어더더더더……."

그제야 눈치가 느린 허상두도 깨닫는 바가 있었다.

뭔가 사태가 심상치 않게 돌아가고 있었다.

"여, 여기가 어딘 줄 알고 이런 행패를 부리… 시는 거니… 세요?"

가벼운(?) 위협만으로 반말에서 존대말로 변했다.

"행패? 손님의 입장으로 방문하는 것? 아니면 기껏 방문한 손님을 창으로 위협하는 것? 어느 쪽을 말하는 건가요?"

변변하게 닦은 실력도 없는 이 세 사람에게 검은 불꽃처럼 날름거리는 무형의 살기는 견디기 힘든 압박이었다. 뱀 앞의 개구리처럼 굳은 그들의 전신에서 식은땀이 폭포처럼 주루룩 흘러내렸다. 특히 항상 뱀의 역할만 하다가 개구리 역할을 맡게 된 허상두의 심리적 충격은 이만저만 큰 것이 아니었다.

이런 놈들은 한번 호되게 혼내줄 필요가 있었다. 다시는 사람을 함부로 깔보지 못하도록. 저런 인간이 자신보다 약해 보이면 곧바로 찍어 누르려 들고 잡아먹으려 들고 등쳐 먹으려 드는 그런 인종인 것이다. 그런 인간 말종이 되기 전에 계도시키는 게 본인에게도 좋은 일이고 사회의 안녕과 복지를 위해서도 이득이었다.

친절, 봉사의 마음 씀씀이를 가슴 깊숙이 새겨 두 번 다시 잊지 않도록 해주겠다고 비류연은 다짐했다. 그러기 위해서 가장 확실한 방법은 뼈에다가 새겨 넣는 것이다. 이제껏 여러 수단을 골고루 써봤는데 이것만큼 효과가 빼어난 방법은 아직 인간 지혜의 미개척 분야로 남아 있었다.

씨익!

비류연이 살랑거리는 앞머리 아래쪽에 위치한 입술의 오른쪽 입꼬리를 말자 미소가 매끄러운 곡선을 그리며 붉은 물감처럼 번져 나갔다.

씨… 이익…….

그의 미소에 인력이라도 작용한 것일까? 선임표두 허상두와 문지기 두 명의 입도 마치 조작이라도 당한 듯 따라 움직였다. 상당히 어색하고도 또 어색한 모습이긴 했지만 말이다.

"헤~"

그들 셋이 실없이 웃었다. 비류연도 웃었다.

아드드드득!

비류연은 주먹을 뚜두둑 불끈 쥐고 문자 그대로 세 사람의 뼛속 깊이 예의범절, 친절봉사 여덟 자를 새겨 넣었다.

뚜쉬! 뚜쉬! 뚜두두두뚜쉬! *

오랜만에 작렬하는 삼복구타권법의 권영(拳影) 아래 오늘도 어김없이 세 마리의 검은 양이 비참한 단말마를 남긴 채 제물로 바쳐졌다.

제단에 올려진 제물의 이름은 '피떡'이었다.

문밖의 소란을 듣고 장우경이 달려왔을 때는 상황이 이미 끝장난 이후였다. 접객 정신이 부족하다는 판결을 언도받은 문지기 두 명과 선임표두 한 명은 바닥에서 발발거리며 기고 있었다. 아무래도 팰 만큼 패고 기절은 안 시키는 게 기술의 중요한 핵심인 모양이었다. 장우경은 부하들이 만들어낸 꼬락서니에 잠시 골이 지끈한지 엄지와 검지로 관자놀이를 눌렀지만 이내 신색을 회복하고는 이 사태의 주인공에게 포권지례를 취하며 말했다.

"오셨군요, 비 공자. 기다리고 있었습니다. 아무래도 수하들이 공자를 몰라보고 결례를 범한 모양입니다."

선임표두 허상두와 이름은 잘 기억 안 나는 두 문지기의 명복을 빌며 장우경이 말했다.

"아닙니다. 살다 보면 그런 실수를 할 때도 있지요. 별거 아닙니다. 전. 전. 혀. 신경 쓰지 않습니다."

중앙표국의 운명 153

비류연이 활짝 웃으며 대답했다.
"그, 그렇군요. 별거 아니군요."
장우경이 침음성을 삼키며 대답했다. 별거 아니라면서 저기 흙바닥에 간신히 인간의 형체를 유지하고 있는 것은 도대체 뭐란 말인가? 저게 바로 신경 쓰지 않는 결과란 말인가?! 삐질삐질 이마에서 식은땀이 배어 나왔다. 거짓말이라고 외치고 싶었지만 실제로 더욱 두려운 경우는 그 말이 어느 정도의 진실을 내포하고 있을 경우였다.

차마 두려워서 '그럼 신경 쓰면 어떻게 됩니까?'라고는 물어볼 수 없었다. 그것은 군자가 취할 만한 현명한 처사가 아니었다.

"중요한 것은 다시는 같은 실수를 반복하지 않는 것이죠. 한 번 실수야 병가(兵家)의 상사(常事)라고 하지 않습니까? 흔히 있는 일이라는 거지요."

비류연의 웃음은 정말로 밝고 맑고 평화로웠다.

"그, 그렇지요. 두 번 다시 같은 일을 반복하지 않는 것이 중요하지요."

현 상황으로 미루어볼 때 아무래도 저 인간이 장군이라면 그 밑에 있는 병사들이 남아나지 않을 것 같았다. 흔하게 죽을 위험이 다분했던 것이다.

"허허, 그런데 아직 바람이 찬데 왜 이렇게 더울까요? 이거 참."

흘러내리는 땀을 연신 닦아내며 장우경이 곤란하다는 듯 말했다. 신체의 생리 현상이 계절의 절기를 거스르고 있었다.

"위험물을 취급할 때는 언제나 살얼음 위를 걷는 것처럼 주의를 기울여야 한다. 특히 그놈을 상대할 때는 살얼음 따위가 아냐! 물 위를 걷는다고 생각해라! 명심해라, 아우야! 목숨은 대출받을 수 없다. 항상 가슴속에 새기고 명심 또 명심하거라!"

그때는 형님이 왜 그렇게 호들갑스럽게 겁을 주는지 이해할 수 없었다. 그러나 지금은 형님의 마음을 얼마간 이해할 수 있을 것 같았다.
형님으로부터 그렇게 귀 아프게 경고를 들었는데 그 문제에 소홀히 한 자신의 책임도 컸다.

―간판이 멀쩡히 걸려 있는 걸 다행으로 여겨!

형님이라면 반드시 그렇게 말했을 것이다.
"어흠! 그, 그럼 절 따라오시지요."
비류연은 장우경의 안내를 받으며 건물과 건물 사이를 가로질렀다. 연무장에서 들려오는 기합성이 그의 귓가를 울리고 있었고, 넓은 마당의 한 켠에 몇 대의 표행용 수레가 나란히 정렬되어 있는 것이 보였다. 어림잡아도 열다섯 대는 족히 넘는 듯했다. 여기저기서 일꾼들이 어깨 위에 짐을 진 채 부지런히 움직이고 있었다. 그들의 역할은 비어 있는 쓸쓸한 수레 위에 푸짐하게 짐을 올리는 일이었다. 수레가 부서지지 않을 정도로, 그리고 말이 오래 끌 수 있도록 적당하게. 욕심은 금물이었다.
너무 짐을 많이 올리면 말이 일찍 지친다. 가끔 소를 쓰기도 하지만 중앙표국에서는 짐말을 사용했다. 그리고 너무 적게 실으면 쓸데없이 수레를 추가로 사용하게 된다. 수레가 많아지면 몰이꾼도 추가로 써야 하고 자연 그것을 지키는 인원도 늘려야 되니 그것은 곧 낭비로 이어지는 지름길이 된다. 당연히 여정도 늦어지게 마련이니 여러모로 손해인 것이다. 이쪽으로 봐도 손해, 저쪽으로 봐도 손해다. 그러니 그런 불미스런 일은 일찌감치 미연에 방지하는 게 이로웠다.

그들이 지나가자 일을 하던 사람들이 잠시 손을 멈추고 그들에게 인사를 했다. 비류연의 인격이 훌륭해서 하는 건 물론 아니었다. 손사래를 치며 인사를 사양하는 쪽은 공손히 비류연을 안내하고 있는 쪽이었다. 사람들의 인사가 비류연을 향한 것이 아님이 밝혀지는 대목이라 할 수 있었다.

"이곳입니다, 비 공자. 그분은 저 안에서 기다리고 계십니다."

안내되어 온 곳은 장원의 가장 깊숙한 곳에 위치한 객방이었다. 이곳은 남창에 위치한 중앙표국 남창분국이었다. 그리고 지금까지 그를 가장 공손하고 극진한 자세로 예의와 성심을 다해 모신 이는 중앙표국 제일이자 본국 다음으로 최대 규모를 자랑하는 남창분국의 분국주 삭풍도 장우경이었다. 그러므로 그런 인물이 경어를 쓴다는 것은 저 안에 있는 사람이 적어도 남창분국주보다 더 높은 사람이라는 뜻이었다.

"그럼 전 이만. 두 분께서는 담소를 나누시기 바랍니다."

만날 때 그랬던 것처럼 헤어질 때도 그는 정중하게 예의를 다해 인사하고는 사라졌다. 자리를 피해준 것이다. 사실 더 이상 연루되고 싶지 않다는 마음에 재빨리 기회를 봐서 빠져나간 것인지도 몰랐다.

"수고하셨어요!"

비류연은 작게 고개를 끄덕이며 화답했다.

드르르륵!

비류연은 망설임없이 문을 열었다.

"생각보다 일찍 도착했네요. 전 이삼 일 정도는 더 걸릴 거라고 생각했었거든요."

의외라는 듯한 비류연의 첫마디에 문 안쪽에서 기다리고 있던 초췌한 몰골의 남자가 작게 고개를 끄덕이며 말했다.

"말이 세 마리나 죽었습니다."

길목 길목에 설치되어 있는 마방에서 말을 갈아타고 왔을 텐데도 세 마리나 죽었다는 것은 이 남자의 여정이 얼마나 험난하고 무자비했었는지를 잘 알 수 있게 해준다. 퀭한 눈과 거무죽죽한 눈자위, 움푹 들어간 광대뼈, 침식을 잊고 휴식마저 잊은 채 이곳까지 달려온 것이 틀림없었다.

"과로사로군요. 마방에 보상해 주려면 돈이 많이 들겠군요. 보상비도 만만치 않을 텐데… 쯧쯧쯧."

참 안됐다는 듯 비류연이 혀를 찼다. 아무리 말 못하는 동물이라지만 자기 마음대로 쓰고 버리다니……. 인간은 역시 아직도 한참이나 더 진화가 필요한 생물임이 틀림없었다. 하나 그것이 비록 정론이긴 하나 고양이 쥐 생각해 주는 것도 아니고 비류연이 자신있게 할 만한 이야기는 아니었다.

게다가 자신의 돈이 나가는 게 아니어서인지 그다지 진심이 깃들어 있는 것 같지 않은 위로였다. 적어도 이 남자에게는 그렇게 느껴졌다.

"저희 표국의 미래가 걸린 일이라고 들었습니다."

특급급행으로 날아온 전서에는 분명 그렇게 적혀 있었다. 그러니 직접 대면해서 이야기하고 싶다고. 비류연은 움직일 수 없는 처지였기 때문에 세 마리의 희생을 딛고 그가 직접 와야만 했다.

"저희 표국의 미래에 비하면 싼값이지요."

자신의 기반이, 생명보다 소중한 기업의 미래가 걸렸다는데 한시라도 지체한다면 주인으로서의 자각이 부족한 것이리라.

세 마리 모두 일급 말이라 그 보상비가 만만치 않겠지만 말 세 마리보다 표국의 미래가 더 중요했다.

놀랍게도 이 남자는 자신보다 한참 어린 나이의 비류연에게 꼬박꼬박 경어를 쓰고 있었다. 남창분국주 장우경의 경어를 듣는 사람이 비류연에게 또다시 경어를 쓰고 있는 것이다. 중앙표국의 실질적인 이인자인 삭풍도 장우경에게 '그분'이라 불릴 사람은 한 사람밖에 없었다. 과거에는 십팔검이라는 명호로 불리웠고 요즘은 '대표걸(大鏢傑)'이라는 명호로 더 유명한 현 강호 표행계의 새로운 거성(巨星), 떠오르는 태양, 바로 중앙표국주 장우양이었다.

"예? 지금 뭐라고 하셨습니까?"

본인의 청각 사정이 그다지 좋지 못하다는데 통박을 주기는 좀 미안했다. 그래서 항상 심약하고(?) 상냥한(?) 마음이 문제라고 스스로 반성하곤 하는 비류연은 다시 한 번 친절을 베풀까 생각했다. 그러나 다시 한 번 반복해서 말하는 것은 본인으로서도 수고로울 뿐만 아니라 상대방의 멀쩡한 성능을 유지하고 있는 귀 두 짝에게도 미안한 노릇이었다. 그런 실례를 저지를 수는 없었다.

"두 번 말하고 싶지 않습니다. 지금 다시 한 번 말한다면 제가 장 국주님의 뛰어난 청각을 무시하는 처사가 되겠지요. 그런 무례를 범하고 싶지 않습니다. 저는 기회를 제공했습니다. 못 들은 척 다시 한 번 듣는다 해서 생각이 변하거나 하지는 않겠지요. 꿈을 이룰 기회, 그 기회를 잡고 안 잡고는 전적으로 장 국주님 몫이라는 이야기지요. 그런데도 굳이 싫다고 하시면 본인으로서는 어쩔 수 없군요. 아아, 중원표국을 제치고 천하제일표국으로 도약, 아니지, 비상할 수 있는 기회를 금전에 대한 순간의 내적 갈등으로 인해 포기한다면 본인으로서도 어쩔 수 없군요."

매우 안타깝다는 듯 고개를 저으며 비류연이 자리에서 일어났다. 그리고 뒤돌아서서 사정없이 방을 나가려는 순간 그의 바짓가랑이를 힘껏 붙잡는 한 쌍의 손이 있었다.

"자, 잠깐만 기다려 주십시오, 비 공자!"

아래를 내려다보자 울며 겨자 먹는 표정을 한 채 식은땀을 훔치는 것조차 잊고 다급함에 실룩거리는 안면 근육을 수습하고 있는 중앙표국주 장우양의 얼굴이 있었다.

씨익.

비류연이 웃었다.

씨익.

전염이라도 된 듯 몸에 매달린 수가닥의 보이지 않는 실로 조종당하는 꼭두각시처럼 장우양이 따라 웃었다. 하지만 비류연만큼 자연스럽지는 않았다. 헤퍼 보이는 바보스러운 웃음이었다. 그래도 스스로 친절하고 상냥하다고 주장하고 있는 비류연은 국주씩이나 되어서 '일개 표두랑 수준이 똑같네요' 따위의 말은 하지 않았다. 비아냥과 빈정댐의 달인인 그에게 있어 그것은 매우 드문 일이었다.

"자, 비 공자, 제가 다 잘못했습니다. 우선 자리에 다시 앉으시지요. 앉은 다음에 다시 차분히 이야기를 나눕시다."

장우양의 손을 뿌리치지 않고 비류연이 다시 자리에 앉았다.

"차후에는 이런 시간 낭비는 없었으면 좋겠습니다. 그렇지 않습니까, 장 국주님? 사업을 하는 사람뿐만 아니지요. 유한한 생을 살아가는 우리 인간 모두에게 시간은 금이 아니겠습니까?"

"물론입니다. 다시는 그런 일이 없을 것을 제가 약속드리지요."

장우양이 힘차게 고개를 끄덕였다.

"그럼."

비류연의 특기인 무형의 시선이 장우양의 얼굴에 꽂혔다. 확실히 기억하는지 증명해 달라는 의미의 행동이었다. 장우양은 속으로 한숨을 푹푹 내쉬어야 했다.

"본인은 국주님의 마음속에 원대한 포부가 비상할 때를 기다리고 있다고 믿고 있습니다. 그리고 이것은 아마 그 절호의 기회가 될 겁니다. 한번 지나가면 과거와 같이 다시는 돌아오지 않는 그런 기회죠. 그런 기회를 단지 눈앞의 작은 이익 때문에 포기하시렵니까?"

확실히 비류연의 말은 장우양의 꿈에 불을 붙이고 있었다. 그가 떨떠름한 표정을 지으며 말했다.

"분명 그에 따른 이익 분배에 표국 전체 수입의 삼 할을 원하셨지요?"

"그렇습니다. 정말 다행이군요."

"예? 다행이라뇨?"

"정말로 장 국주의 청각에 이상이 생겼으면 어떡하나 걱정했거든요."

만면에 미소를 지으며 비류연이 대답했다.

확실히 청각에 이상은 없었던 모양이다. 그렇다면 이상이 있는 것은 자신의 머리일까, 상대의 정신일까?

"본인은 금전 문제에 관해서는 허언을 하지 않습니다. 신용이 생명

이어야 할 금전 거래에서의 허언을 본인은 지금껏 한 번도 용서한 적이 없었습니다."

매우 정중해 보이지만 뒤집어보면 가장 무서운 협박도 될 수 있는 말이었다.

'나도 조심하라는 건가?'

오래 사업을 하다 보면 느는 것은 눈치뿐인 법이다.

'성격 한번 지랄 맞기는.'

차마 입 밖으로 내지는 못하지만 그래도 속으로는 할 말 다 하는 장우양이었다.

'속으로 한 말을 누가 알겠어? 제까짓 게 독심술을 익힌 것도 아니……'

"지금 성격 한번 지랄 맞다고 생각하셨죠?"

비류연이 싱긋 미소 지으며 아무렇게나 던진 한마디는 그를 사레들게 하기에 충분했다.

"쿨럭! 캑캑캑! 쿨럭쿨럭!"

너무 놀란 나머지 기침이 멎지 않았다. 이래서는 아니라고 부인해도 온몸으로 인정하는 것이나 다름없었다.

"흐흠, 반응을 보니 확실히 그런 모양이네요?"

여전히 비류연의 입가에서는 웃음이 지워지지 않고 있었다. 마치 부동심을 익힌 선승(禪僧)의 그것처럼. 하지만 장우양은 그게 더 무서웠다. 저 인간이 어떤 인간인지 그는 알고 있었다. 몇 번의 짧은 동행일 뿐이었지만 그 정도만으로도 그때 자신이 입은 충격의 강도는 자신의 수명을 몇 년분이나 깎아먹을 만큼 지대한 크기였거늘 어찌 잊을 수 있겠는가. 기억 속에 불도장처럼 선명하게 찍혀 있는 그간의 기억들.

게다가 간간이 잘 때 꿈속에 나타나는 일이 있는데 그때마다 그는 항상 초토화된 가업의 터 위에 멍하니 서 있었다. 언제나 그 꿈의 결말은 같았다.
　일이 이럴진대 어찌 망각이란 게 가당키나 하겠는가. 세월의 약으로도 잡을 수 없는 기억이란 것도 엄연히 존재하는 것이다.
　"비 공자, 공자께서 자신하고 계신 계획이 현실적으로 무엇을 의미하는지 정확히 알고 계시는 겁니까?"
　"물론이죠. 그것 하나 모르고 이렇게 들이닥쳤을까 봐요?"
　약간 화난 억양으로 비류연이 말을 이었다.
　"날 뭘로 보시는 겁니까, 장 국주님? 내가 비전도 없이 허무맹랑한 환상이나 떠들고 다니는 그런 정신병자로 보이셨습니까? 만일 그렇다면 실망을 금치 못하겠군요."
　"아니… 그게 아니라……."
　장우양은 무의식 중에 고개가 끄덕여지는 것을 필사적으로 저지했다. 그리곤 당황한 채 얼른 두 손을 저으며 손사래를 쳤다. 계속해서 상황의 주도권을 빼앗기기만 하는 장우양이었다.
　"중원표국을 제일인자의 자리에서 끌어내린다는 의미지요."
　비류연은 그의 예상 이상으로 정확히 알고 있었다. 그걸 알고서도 저렇게 자신있게 말할 수 있는 걸까?
　'어떻게?'
　어지간한 힘이 없으면 계획조차 세울 수 없는 일이었다. 그걸 해 보이겠다고 비류연은 말하는 것이다. 일신상의 무공이 강하다고 해서 되는 게 아니었다.
　덕분에 경추와 목 근육에 무리가 가고 말았다. 철심이라도 박힌 것처럼 목이 뻐근했다. 내일은 아무래도 의원을 찾아가 봐야 할 것 같았다.

그러나 여전히 믿을 수가 없었다. 이런 걸 덜컥 믿어버리면 곧바로 미친놈이라고 손가락질받고 말 것 같았다.

하지만 그 치밀하고 쫀쫀한 성격으로 볼 때 이익의 분배까지 생각하고 온 걸 보면 빈손은 아닐 터였다. 아마도.

"비 공자께 저희 중앙표국을 천하제일로 끌어올릴 만한 번천지복의 묘수가 존재한다 그 말씀이십니까? 그렇다면 꼭 한번 경청해 보고 싶습니다."

일단 들어둬서 나쁠 건 없었다. 판단은 그 후에 내려도 된다. 어차피 자신에게는 비류연을 쫓아낼 능력도 없었다.

"물론이죠. 이른바 승승전략이죠."

비류연은 자신이 그동안 짜놓았던 계획을 들려주기 시작했다.

"그, 그건 불가능합니다!"

계획을 모두 들은 장우양의 입이 쩍 벌어졌다. 물론 그렇게 되면 중앙표국은 조금씩 조금씩 점차적으로 중원표국의 영역을 잠식해 들어갈 수 있었다. 물론 계획대로 착착 진행된다는 가정 하에서의 일이지만 가능성은 있었다. 그런데 일의 진행이 계획대로 되는 놀라운 기적은 이 세상에 존재하지 않는다고 보는 게 이성적이었다.

"이런이런, 또또. 인간이란 왜 이렇게 손쉽게 자신의 한계를 결정하고 마는 거지? 해보지도 않고 어떻게 알아요? 당신은 과연 당신이 자기 자신을, 자신의 가슴속에 내재된 가능성을, 미래를 완벽하게 알고 있다고 자신할 수 있나요?"

장우양은 고개를 가로저으며 대답했다.

"없군요."

자신을 돌아보기에는 너무나 바쁜 일상이었다. 때문에 그의 마음은 온통 그의 주변에서 벌어지는 현상에 쏠려 있었다. 자기 탐구 같은 건 그가 알 바가 아니었다.

"그런데도 벌써 마음으로부터 항복하시겠다? 그런 인간을 하늘이 도와줄 리 없잖아요. 자기 자신도 안 믿는데 누가 당신을 믿어요?"

자기 자신을 제대로 존중할 줄 모르는 사람이 이 세상에는 너무 많다. 자기 자신을 깎아내리고, 폄하하고, 인격을 훼손하고. 비굴해지면 뭔가 알 수 없는 희열을 만끽할 수 있는 건가? 자신도 알 수 없는 괴상망측한 희열이라도 느끼는 건가? 그딴 변태적인 쾌감은 만일 있다 해도 이쪽에서 사양이었다.

한계를 부수기보다 마음이 만들어낸 틀 안에서 안주하길 바라는 나약함, 그것이 앞으로 나가는 한 걸음을 막는 거대한 벽이 되는 것이다.

그러면서 왜 발전할 수 없냐고 애꿎은 하늘을 쳐다보며 원망한다 해도 죄없는 하늘로서는 억울할 수밖에 없었다. 본인이 안 한다는데 그 자유를 꺾을 힘은 설령 천상의 신이라 해도 가지고 있지 않다. 자신의 미래를 만드는 권리는, 자신의 한계를 설정하는 권리는 전적으로 인간에게 일임되어 있기 때문이다.

일체유심조(一切唯心造), 만상일체(萬相一切)는 오직 마음의 작용에 의해서 창조된다는 가르침은 거짓이 아니다.

"우물 안이 깊든 말든, 아무리 그 수면이 보이든 안 보이든 물을 길어 먹고 싶으면 두레박을 던져 넣어야 물을 길 것 아닙니까?"

"그거야 그렇지요."

"두레박도 안 던져 넣고 물을 거저 마실 셈입니까? 누가 대신 떠주길 기대하는 겁니까, 지금?"

비류연이 거침없이 장우양을 몰아세웠다. 그 박력에 장우양은 저도 모르게 압도당하고 있었다. 비류연이 다시 말을 이었다.

"물론 두레줄이 짧으면 물을 길을 수 없겠지요. 그럼 그 줄이 뭘로 되어 있는지 아십니까?"

"부끄럽지만 모르겠습니다."

장우양이 대답했다.

"바로 믿음입니다, 믿음! 자기 자신에 대한 확고한 믿음! 절대적인 확신! 그리고 반드시 물을 긷고야 말겠다는 신념! 그 깊이는 누구도 모릅니다. 때문에 던져 놓고 계속해서 기다려야 하는 것이죠. 주일무적(主一無適)하여 전일(全一)한 마음으로 최선의 노력을 다하며 두레줄을 꼬며 기다려야 하는 것입니다. 대부분의 사람들이 두레박이 물에 떨어지기 전에 포기하지요. 기다릴 수 있는 사람과 없는 사람의 차이는 그런 것입니다. 믿음과 인내가 있는 사람은 물을 마시고 아닌 쪽은 텅 빈 두레박에 담긴 공기밖에 못 마시죠. 주역에서 변화 삼쾌 중 하나인 수풍정(水風井) 괘(卦)가 나타내는 것도 그런 거죠. 마을이 바뀌어도 사람이 바뀌어도 우물은 항상 그곳에 자리하고 있습니다."

"……"

"자, 어쩌시겠습니까? 지금 목이 마르십니까? 그럼 두레박을 던져 넣으세요. 자신의 꿈을 남이 대신 이루어주는 일 따윈 일어나지 않아요. 그러니 필사적으로 두레박을 던져 물을 길어 마시던가, 아니면 갈증으로 괴로워하다 어영부영 죽던가 선택하세요. 그 몫은 전적으로 당신에게 맡겨져 있습니다."

"후우."

장우양이 나직이 한숨을 내쉬었다.

악연도 연이라고 이것도 인연. 비류연과 얽혀서 몇 번의 죽을 고비도 넘겼지만 우습게도 중앙표국 전체는 급성장해 왔다. 지금은 삼 년 전과는 비교도 할 수 없는 규모를 자랑하고 있었다. 변화는 언제부터 시작된 걸까?

다 노사부란 인물이 자신의 표국에 제자들을 이끌고 난입해 들어온 이후였다.

어떻게 여기까지 올 수 있었는지는 여전히 불가사의로 남아 있지만 그는 자신의 삶을 걸고 도박에 임해야 할 때가 왔다는 것을 깨달았다.

여기서 돈을 지르면 이제 더 이상 되돌아갈 곳은 없었다. 그러자 묘한 흥분이 그를 덮쳤다. 자신의 전 일생을 걸고 승부를 벌일 수 있는 기회가 주어지는 사람은 하늘의 선택을 받은 사람이라고 그는 평소 생각하고 있었다.

'그래, 한번 덤벼보는 거야, 인생을 건 도박에! 전부 아니면 무(無)다!'

비류연이란 이 친구는 그리 녹록한 사람이 아니니 뭔가 한 수가 준비되어 있을 것이다. 이번 건은 그저 말만 듣고 덜컹 믿어버리기에는 건수가 너무 컸다. 하지만 유혹은 더욱 컸다.

마침내 결심이 섰다. 이익의 삼 할은 분명 커다란 대가지만 최고가 될 수 있다면 아깝지 않았다. 사실은 속이 쓰릴 정도로 아프지만 그는 위의 통증을 손으로 지그시 눌러 잡았다.

"좋습니다. 비 공자의 예언대로 일이 이루어진다면 손을 잡도록 하겠습니다. 차질은 없겠지요?"

드디어 장우양은 미지의 운명을 선택했다.
"물론입니다. 이미 안배는 끝나 있습니다."
비류연이 자신있게 대답했다.

그의 공포(恐怖)
—흉, 두려움에 가득 차다

가만히 있어도 냉랭하게 보이는 빙검의 얼굴이 더욱 차갑게 굳어졌다. 차가운 북풍한설이 그의 온몸에서 사납게 뿜어져 나오는 듯했다.

그가 오늘 이곳에 온 것은 어떤 용건을 처리하기 위해서였다.

"곽 사부의 말씀은… 매우 의심스러운 곳이 하나 더 있다 그런 말씀이시오?"

"물론입니다."

단호한 목소리로 빙검이 대꾸했다. 마진가는 아직까지 이 사람이 허언을 하는 꼴을 한 번도 보지 못했다. 물은 그릇에 따라 자유자재로 능수능란하게 모양을 바꾸지만 한겨울에 꽁꽁 언 얼음은 같은 성분으로 되어 있으면서도 물의 속성에서 완전히 벗어나 있다. 그런 얼음처럼 완고한 인물이 바로 빙검이었다.

마진가도 감히 허투루 들을 수 없었기에 자연 몸에 힘이 들어갔다.

"어느 곳을 가리키는 것인지 본인의 우매한 머리로는 그 실마리의 끝 자락조차 짐작이 가지 않는구려. 가르침을 부탁드려도 되겠소?"

"별말씀을 다 하십니다. 무림의 미래를 짊어진 천무학관에 몸담은 자로서 당연히 해야 할 일이지요."

이제부터 본격적으로 본론으로 들어가야 할 차례기에 빙검은 신중하게 말을 고르기 시작했다. 어떤 것이 관주의 충격을 최소화할 수 있을까? 무심으로 일관하려 해도 신경이 쓰이는 게 인지상정이었다.

"관주께서는 중원표국에 대해 어떻게 생각하십니까?"

난데없이 여기서 중원표국이 왜 나오는 걸까? 철권 노인장은 이해할 수 없었다. 그곳은 중원제일표국이라 불리우기에 손색이 없는, 강호에서 으뜸가는 표국이 아닌가. 오랜 신용과 의리로 백 년이 지나도록 여전히 그 입지를 굳건히 지키고 있는 철옹성. 천무학관은 물론 백도무림맹인 정천맹도 운송 거래의 칠 할 이상을 이 중원표국과 정식 계약을 맺고 거래하고 있었다. 벌써 삼십 년도 더 넘은 일이다.

강호 물류의 칠 할 이상을 장악하고 있다는 게 강호의 정설이었다.

그런 곳에 무슨 문제라도 있단 말인가? 정말이라면 그것은 소름 끼치게 두려운 일이었다. 적은 언제든지 그들의 보급로 중 상당 부분을 끊을 수 있다는 이야기와 동일했기 때문이다.

그러나 중원표국은 정천맹의 십대원로 중 한 명인 표왕(鏢王)의 비호를 받고 있었다. 명백한 증거도 없이 함부로 다룰 수는 없었다.

"증거는 있나?"

"증인은 있습니다."

"그럼 아직까지 확실한 물증은 없는 거로군."

"현재 찾고 있는 중입니다."

불확실하기 짝이 없는 사람의 말에 모든 걸 걸기엔 사안이 너무 중차대했다.

"…어떻게 하면 좋겠소?"

빙검은 그 말 안에 담긴 속뜻을 알아차렸다.

"현재까지 저희 천무학관은 물류 운송의 너무 많은 부분을 중원표국에 의지하고 있었습니다. 그러나 그들의 결백이 의심되는 지금 비록 심증만이라곤 하지만 학관의 생명줄을 전적으로 저들에게 맡기는 것은 매우 위험한 처사라 사료됩니다."

"동의하네."

"정천맹 역시 상황은 비슷하지만 우선 우리 천무학관에서만이라도 저들의 영향력을 감소시킬 필요가 있습니다."

말하는 품새가 어떤 대책을 가지고 있음이 분명했다.

"어떻게 말인가?"

마침내 그가 기다리던 질문이 던져졌다. 빙검은 은근한 어조로 나직하게 물었다.

"중양표국이라고 들어보셨습니까?"

마진가가 고개를 끄덕였다.

"물론 들어봤네. 요즘 한창 세력을 확장하고 있는 사천의 표국이 아닌가? 아미파의 영역에 자리하고 있다고 들었네만. 사람들은 그곳을 사천제일표국이라 부른다고 하더군. 국주의 별호는 '대표객(大鏢客)'이라고 했던가?"

"그렇다면 이야기가 빠르겠군요. 제가 조사해 본 바에 의하면 특별히 의심할 만한 요소가 없는 표국입니다. 그리고 몇 번 일 때문에 부딪치기도 했지만 그다지 위협적일 만큼의 힘을 가지고 있지도 않다고 여겨집니다. 그들을 이용해 중원표국을 견제하는 게 좋을 것 같습니다. 아, 그리고 대표객이 아니라 대표걸이랍니다."

빙검의 의견에 마진가는 신중하게 생각한 다음 자신의 의견을 내놓았다.

"아무리 요즘 명성을 높여가고 있다고는 하지만 백 년 전통의 터줏대감인 중원표국을 상대로 버틸 수 있을까? 약간의 압력에도 굴복할 위험은 없겠나?"

"걱정 마십시오. 그 부분에 대해서는 제.자.를 보내 확실히 해두었습니다."

"잘했네."

빙검이 그답지 않은 열띤 어조로 계속해서 말을 이었다.

"관주님과 제가 그들을 은밀히 지원한다면 단기간 내에 충분히 중원표국을 위협할 만한 세력으로 성장시킬 수 있다고 여겨집니다. 나머지 거대 표국들은 중앙표국만큼 폭발적인 잠재력이 없습니다. 현재 기대할 만한 곳은 중앙표국뿐이라는 게 제 생각입니다."

한참을 고민하던 마진가의 고개가 드디어 끄덕여졌다.

"음, 좋네. 번거롭지만 구체적인 계획을 짜줄 수 있는가?"

"걱정 마십시오. 그쪽 방면에 유능한 녀석이 있으니 며칠 안에 쓸 만한 계획을 올릴 수 있을 겁니다."

이미 그 계획은 비류연이란 인간의 머리 속에 다 짜여져 있고, 단지 꺼내오기만 하면 된다는 사실에 대해서는 굳이 부연 설명하지 않았다.

"그럼 부탁하겠네."

"예, 그럼 나누시던 말씀 계속 나누십시오. 전 이만 물러가겠습니다."

밑도 끝도 없는 의미 불명의 인사말을 남기고 빙검이 물러났다. 그러나 이 의미 불명의 인사를 받은 당사자 마진가의 안색은 상당히 볼 만했다. 그는 웃어야 할지 울어야 할지 알 수 없었던 것이다. 놀랍게도 그는 빙검의 밑도 끝도 없는 인사를 이해하고 있었던 것이다. 잠시 고민해 본 후 그는 웃기로 결정했다. 생과 사의 순환 속에 위치한 유한자(有限者)로서 매사에 긍정적으로 사는 게 남는 장사였다.

"과연 명불허전이군요. 은신술에 있어서만큼은 누구에게도 지지 않을 자신이 있었는데… 이거 한 방 먹고 말았습니다. 저것이 빙검 대무사부의 진면목 중 일부라는 건가요?"

건방지게 사람은 형체도 없는 허공 중에서 불쑥 목소리가 들려왔다. 천장에 넓게 퍼져 있던 그림자가 새벽 잎새 위의 이슬처럼 한곳에 맺히더니 아래로 뚝 떨어졌다. 실로 기괴한 광경이었다. 떨어진 그 그림자의 덩어리 속에서 그는 유령처럼 나타났다. 입가에 쓰디쓴 고소를 머금은 채.

"들킨 것 같은가, 홍(紅)?"

마진가가 약간 걱정스런 목소리로 물었다. 아직 그의 정체는 탄로나지 않는 게 좋다. 그것은 그가 빙검을 신뢰하고 하지 않고와는 전혀 별개의 문제였다.

"제가 숨어 있다는 것은 알았어도 제 신분을 눈치채지는 못했을 겁니다. 하지만 제 은신을 간파해 낸 것만 해도 굉장하군요. 아마 제게 조금이라도 살기가 있었으면 가차없이 베었을 겁니다. 제가 관주님과 대화하고 있는 걸 멀리서 눈치챘다고 해도 말입니다."

앞으로는 좀 더 조심해야 할 것 같았다. 어렴풋이 자신을 의심하고 있는지도 몰랐다. 일 장 가까이 올 때까지 기척을 눈치채지 못한 것부터가 패착이었다.

"그의 검만큼 그의 감각은 무섭지. 저 사람과 알고 지낸 지 벌써 십수 해가 넘었지만 아직 나조차도 그의 본 실력의 그 끝이 어딘지 모른다네."

"과연 믿음직한 분이군요."

홍이 감탄하며 말했다.

"그러니 믿고 가줄 수 있겠나?"

이때다 싶은 기회를 놓치지 않고 마진가가 재빨리 말했다.

"어떻게 이야기가 그렇게 돌아가는 겁니까? 그것과 이건 전혀 별개의 문제입니다."

심각한 목소리로 홍이라는 사내가 대답했다.

"자네 정도 되는 인간이 뭘 이 정도의 일 가지고 벌벌 떠나?"

"이런 일에는 무림맹주인 나백천 대협도 벌벌 떤다구요. 무공 실력이나 지위와는 관계없는 문제입니다. 세상에는 그런 걸로 해결 안 되는 문제가 산더미만큼 많다구요."

화를 억누르고 있던 체통의 누름쇠가 한계에 다다르자 마침내 뚜껑이 열리며 마진가는 폭발하고 말았다.

"뭣이라! 윗사람이 까라면 깔 것이지 뭔 불평이 그렇게 많나? 천무학관주씩이나 되는 내가 이렇게 부탁하지 않는가? 내 얼굴에 먹칠을 할 셈인가? 내 체면도 좀 봐주게."

그러나 홍은 이미 익숙하다는 듯 눈썹 하나 꿈쩍도 하지 않았다.

"관주님 체면 봐주기 위해 제 목숨을 걸라구요? 싫습니다."

홍이 단호하게 대답했다.

"자네, 그렇게 겁쟁이였나? 그동안 자네를 믿고 의지한 나는 도대체 뭐가 되나?"

"소생이 겁쟁이면 나 대협도 겁쟁이겠지요. 이번 일만은 안 되겠습니다. 만일 거기에 가게 됐다가 일이 잘못되면 전 틀림없이 살해당할 겁니다. 십이(十二) 할 보장합니다!"

상상만으로도 오한이 드는지 홍이 어깨를 움츠렸다. 그 모습은 결코 연극이 아니었다. 그는 진심으로 겁을 집어먹고 있었다. 이럴 때 강압적으로 나가면 오히려 역효과만 나게 된다는 것을 마진가는 경험적으로 알고 있었다. 온갖 각종 고문과 심령 제어술에도 견딜 수 있도록 필설로 형용할 수 없는 인고의 수련을 견뎌온 그를 저토록 벌벌 떨게 만드는 것은 과연 무엇일까?

차라리 몰랐으면 좋았을 것을. 알고 있기에 더 이상 강권하지 못하고 있음을 본인도 자각하고 있었다.

"세월이 약이라는 말도 있지 않나? 저쪽도 아마 이해할 걸세."

"글쎄요. 약이 될 때도 있지만 이 경우는 독이 될 가능성이 더 크죠."

방어가 워낙 튼튼해 구슬리기도 잘 통하지 않는다.

"정말 해도 해도 너무하는구먼, 자네. 꼭 내가 자네 앞에서 무릎을 콱 꿇어야 되겠는가? 그렇게 만들어야 속이 시원하겠는가?"

무릎을 꿇겠다는 비굴한 행동에 이런 박력을 담아서 말할 수 있다는 것을 홍은 처음 알았다. 어지간한 협박보다 무서운 기세였다. 게다가 가장 소름 끼치도록 무서운 것은 금방이라도 눈물을 흘릴 것 같은 그렁그렁한 두 눈이었다. 저 강철의 철탑을 연상케 하는 거무튀튀한 거구의 몸에서 닭똥 같은 눈물이 흐른다면? 그런 상상만으로도 처참하고 끔찍한 광경은 보고 싶지 않았다. 그는 영양실조에 걸리고 싶지도 밤잠을 설치고 싶지도 않았다. 그것은 그의 신조인 '쾌면(快眠), 쾌식(快食), 쾌변(快便)'에 어긋나는 일이었다.

"그, 그렇게 하실 것까지야……."

그래도 밑에서 월급 받아먹는 처지이다 보니 상사의 저런 모습은 심히 정신적으로 부담스러웠다. 무능한 상사라면 통쾌함이라도 느끼겠지만 그러기엔 마진가는 너무 유능하고 성실했다.

"이것 참……."

홍이 머리를 긁적였다. 어느 정도 마음이 흔들리기 시작한 것이다. 사실 홍 같은 유형의 사람에게는 진심을 담은 정면 공격이 제일 버티기 힘든 법이다.

"위험 수당도 평소의 세 배, 아니, 다섯 배 이상 지급하겠네."

유능한 상사답게 마진가는 마지막 일침을 가했다. 실로 파격적인 조건이었다. 그만큼 위험한 일이기도 했다.

"휴우, 그렇게까지 말씀하시니 할 수 없죠. 제 생명을 거는 수밖에. 너무 심하게 부려먹는다구요, 이곳은!"

업무상 사고사는 절대 사절이었건만.

"만에 하나, 뭐, 그럴 일은 절대 없다고 장담하네만 혹시 죽더라도 자네 장례식은 꼭 대대적으로 치러주겠네. 왕후장상이 부럽지 않도록 말이야."

전혀 위로가 되지 않는 말이었다.

홍의 심리 상태를 마진가로서도 이해하지 못하는 바는 아니었다. 일단 그도 남자인 것이다. 게다가 그 역시 경험이 있었다. 무림맹주씩이나 되는 나백천이라 해도 그의 구구절절한 심경을 역시 이해하고 공감해 줄 터였다. 그러나 그는 가줘야만 했다. 믿을 만한 사람은 그뿐이었기에.

그곳에서 기다리는 것이 아무리 지옥이라 해도 알면서도 보내야만 하는 그의 가슴은 찢어지는 듯했다.

같은 남자로서 왠지 남자 간의 유대를 부수는 배신을 저지르고 있는 듯했기에 그의 마음은 아팠다. 그러나 그는 곧 자신을 추스렸다. 수많은 이들의 생명을 책임지는 자로서 개인적인 사감에 몸을 내맡겨서는 안 된다. 때로는 비정하게 부하를 사지로 내모는 경우도 있다. 그곳에서 기다리는 것이 지옥이라는 것을 알고 있다 해도. 그는 절대 흔들려서는 안 되었다. 눈물은 속으로 삼켜야 하는 것이다.

"부탁하네, 홍!"

고개를 살짝 숙이며 마진가는 비장한 목소리로 말했다.

세 번의 만남
—용천명, 벽(壁)을 보다

요즘 천무학관 안은 묘한 흥분으로 잔뜩 들떠 있었다.

—신화(神話)의 강림(降臨).

강호에서 가장 유명한 전설 중 하나인 천무삼성의 신화. 그러나 언제나 그렇듯 신화는 일반인에게 손을 뻗어주지 않고 새침한 절세미녀처럼 항상 구름 위에서 노닌다. 이야기는 이야기일 뿐 실제로 접하기는 하늘에 별 따기만큼 어려운 것이 현실이었다. 이런 짧지만 슬픈 상식만으로도 천무삼성이 한자리에 모였다는 것은 쉽게 볼 수 있는 광경이 아니라는 것쯤은 쉽게 알 수 있다. 그러니 전설 세 개가 한자리에 모인다고 상상해 보라. 그 광경이 얼마나 장대하겠는가. 게다가 벌써 이(二) 주 이상 같은 곳에 머무르고 있었다. 천무삼성이 어느 한곳에 이토록 오래 머문 것은 무림의 역사를 뒤져 보아도 지난 백 년 이후 처음 있는 일대 사건이었다. 그들 상호 간에 개별적인 만남은 있을지언정 세 사람이 한자리에 모두 모이는 일은 극히 드물었다. 게다가 강호의 제문파들이 눈에 불을 켜고 그들의 행동을 주시하기 때문에 불편하거나 귀찮은 점도 적잖았던 것이다.

그들이 지금 한자리에 모여 침묵으로 일관한 채 지그시 눌러앉아 있다는 사실 하나만으로도 십 년 동안 재담가들의 입은 심심하지 않을 터였다. 온갖 억측과 유언비어가 난무하게 되리라.

어차피 사람 사이에 퍼지는 이야기란 대부분 그런 것이었다.

진실을 모르는 사람은, 어차피 입으로 열심히 떠들며 소문을 부풀리는 사람들의 특징은 진실에 그다지 관심이 없다는 것이다. 그들이 관심있는 것은 사실이 아닌 자신들에게 즐겁고 유익한 허구다. 자기만족이란 마약에 흠뻑 빠질 수 있는.

언제나 그들은 생각은 짧고 말은 길다.

요요한 검처럼 빛나는 초승달이 서쪽 하늘 끝 자락에 금방이라도 검은 지평선 너머로 떨어질 듯 위태롭게 걸려 있는 야심한 밤.

용천명은 사문의 비보(秘寶)인 녹옥여래신검을 무릎 앞에 가지런히 놓아둔 채 그 앞에 경건함과 죄스러움이 한데 뒤섞인 마음으로 꿇어앉아 있었다. 방 안. 어둠이 내려앉은 밤은 고요함 그 자체였고, 탁상 위의 등잔 하나만이 붉은 영혼을 이리저리 살랑이며 조용히 타오르고 있었다. 언뜻언뜻 벽가에 일렁이는 암영(暗影)의 어지러운 군무가 꼭 번뇌에 사로잡혀 헤어 나오지 못하는 자신 같았다.

최근 들어 용천명은 과연 이 '녹옥여래신검'이라는 과분한 보물을 지녀도 될 만큼의 마땅한 자격이 자신에게 정녕 있기는 있는지, 그동안 뭔가의 착오에 의해 자신에게 일시적으로 위탁되었던 것은 아닌지 하는 끊임없는 의구심에 번뇌하며 괴로워하고 있는 중이었다. 이 의혹의 검은 불꽃은 소리도 없이 모락모락 피어오르더니 그의 머리 속 한 켠에서 음흉스럽게 똬리를 튼 채 빠져나갈 기색을 전혀 내비치지 않고 있었다.

녹옥여래신검(綠玉如來神劍)!
소림 속가의 권위의 상징. 명예와 긍지를 알고 부동심의 경지에 오른 불심을 아는 자만이 지닐 수 있다는 대소림사의 신물. 이 지고한 비보를 받았다는 것은 막강한 권위와 함께 신성한 의무를 동시에 부여받았다는 것을 의미했다. 그 권위는 세속되지 않으며 소유자의 생명이 다하거나 그 자격의 부적절함이 의심될 때는 그 즉시 사문으로 회수된다.
이것을 소유한 자는 그에 걸맞는 행동을 해야만 한다. 녹옥여래신검의 소유자에 걸맞은 정당하고 올바른 행동을.
그러나 화산에서 자신은 어떠했는가?
화룡(火龍)이 미친 듯이 날뛰고 불꽃의 폭풍이 검은 재를 흩뿌리며 광란의 춤을 추던 그 화염 지옥에서 자신은 한마디로 정의해서 한심함 그 자체였다.
자신은 끝없는 무력함 속에서 상황을 타파할 생각은 꿈도 꾸지 못한 채 무기력한 한 사람의 방관자가 되지 않았던가? 그런 꼴사나운 무능의 극치도 따로 없을 것이다.
그가 화산에서 만난 것은 자신이 알고 있던 세계를 송두리째 파괴해 버리는 거대한 인식의 전환점이었다. 자신이 안주하고 있던 세계가 얼마나 작고 좁고 편협한 세계였는지, 그동안 허명에 사로잡혀 우쭐거리고 있던 용천명이란 존재가 얼마나 하찮은 존재인지 그는 절감해야 했다.

낼름거리는 불꽃의 혼돈 속에서 그가 목격한 것은 차원이 다른 진정한 강함의 세계였다.

특히 천무삼성과의 만남은 충격 그 자체였다. 그는 그때 태어나서 처음 죽음의 공포와 함께 끝없는 무력감과 상실감을 느꼈다.

자기가 뭘 모르는지 아는 것도 아는 거라 했던가? 공자님도 나는 내가 뭘 모르는지 알고 있다고 말씀하셨던 적이 있다.

자신의 한계와 무지를 깨닫자 신기하게도 잠자던 그의 눈이 떠졌다. 세계가 바뀌었다.

그러자 또 다른 고통이 찾아왔다. 이미 한 번 눈이 떠진 이상, 이미 시야가 바뀐 이상 옛날의 그 잔인한 무지(無知)의 시절로 돌아가는 것은 두 번 다시 불가능해져 버린 것이다. 망각의 휴식처를 잃어버린 그에게 남은 길은 전진뿐이었다. 그러나 아직 문제는 첩첩이 남아 있었다. 아무리 개안했다고 해도, 아무리 뭔가를 깨달았다 해도 그것을 바탕으로 직접 몸으로 체현하지 못하면 그것은 진정한 체득이 아니었다. 진정한 깨달음이 아닌 것이다. 유사 이래로 얼마나 많이 이들이 자신의 이상을 쫓아가지 못하고 그 괴리감에 절망하며 고통 속에 몸부림치다 파멸했던가.

'어떻게?'라는 구체적인 실행 계획과 그것을 실천할 인내와 의지가 무엇보다 필요했다. 그렇지 않은 경우 현실과 이상 사이에 놓인 거대한 심연에 집어삼켜질 위험이 있었다.

'체용(體用)의 도리'를 화두로 삼아 명상하다 보니 어느새 밤은 달과 함께 그의 곁을 지나 새벽의 여명 너머로 사라진 후였다. 그러나 해답은 여전히 나오지 않았다.

벌써 삼 일째.

잠을 못 이루는 밤이 또 한 번 지나가고 있었다.

"후우~ 골방에서 앓기만 한다 해도 뾰족한 해결책이 나오리라는 법은 없지. 산책이라도 하고 올까?"

바깥 공기를 마시지 못한 지도 오늘로 사흘째.

기분 전환이 필요한 시점이었다.

그가 방을 나섰을 때는 어느덧 해가 중천에 걸려 있는 오후였다.

삼 일 만에 보는 태양은 어둠에 묻혀 있던 그의 눈에는 너무나 눈부실 정도로 찬란했다. 용천명은 무의식 중에 살짝 눈살을 찌푸리고 말았다. 따끔따끔 따가운 두 눈은 그동안 자신을 외면해 온 어리석은 한 인간에 대한 자연의 책망처럼 느껴졌다.

"나오긴 나왔는데 이제 어디로 가야 하지?"

그런 생각이 들자 씁쓰레한 고소가 그의 입가에 지어졌다.

"겨우 가벼운 산책 하나조차 어디로 가야 할지 모르다니… 마치 갈 길이 보이지 않아 헤매고 있는 나 자신 같구나. 난 이제부터 무엇을 해야 하는 거지?"

무엇을 어떻게 해야 하는가? 어떻게 하면 이 번뇌의 늪에서 몸을 빼내올 수 있는가? 목까지 차 오른 질척질척한 검은 진흙이 목구멍을 틀어막기 전에.

"아무 일도 일어나지 않게 하는 것은 쉽다. 그저 가만히 있기만 하면 되는 것이다. 그 얼마나 편하겠느냐? 진리의 세계[絶代界]와 다르게 현상계에서는 멈춰진 것은 아무것도 만들어내지 못한다. 네가 무엇인가 되고 싶다면, 무언가를 그 손에 넣고 싶다면 그 무언가를 이룩하기 위해 먼저 움직이도록 하거라."

어린 그를 앉혀놓고 조용히 말씀하시던 사부님의 말씀이 갑자기 뇌리에 떠올랐다. 존경하던 사부님이 그의 마음밭에 심어놓았던 작은 씨앗이었다. 그 씨앗 하나가 지금 막 생명을 얻어 싹을 틔우려 하고 있었다.
"일단 걸어볼까?"
그렇다. 사부님의 말씀대로였다. 마지막 몸부림이라도 멈춰 있는 것보다는 나았다. 그는 일단 발길이 가는 대로 걸어보기로 했다.
그의 발길이 이끄는 새로운 인연을 그는 무의식적으로 기대하고 있었는지도 모른다.

용천명은 마음을 비우고 자연의 흐름에 몸을 맡기기로 했다. 그는 피곤했고 모든 것을 잊고 싶었다. 바람이 부는 대로, 구름이 흐르는 대로 몸을 맡긴 채 그저 흘러만 가고 싶었다.
여러 사람이 그의 곁을 스쳐 지나가며 인사를 했다. 그러나 그에게는 그들의 존재가 전혀 인식되지 않았다. 그러니 인사에도 답하지 않았다. 아니, 답할 수 없었다. 그에게 그들의 인사란 애초부터 존재하지 않는 사건이었던 것이다.
평소 항상 깔끔하고 사교성이 높았던 그로서는 상상도 못할 행동이었지만 지금은 그걸 직접 실행하고 있었다. 평상시답지 않은 그의 모습에 주위에서 몇몇 사람들이 수군수군거리기는 했지만 그런 뒷담화는 그의 귓가 근처에도 근접하지 못했다. 그는 계속해서 걷고 또 걸었다.

방기된 그의 인식 안으로 최초로 비집고 들어온 존재는 한 쌍의 연인(戀人)이었다. 둘은 팔짱을 끼고 보무도 당당하게 그의 곁을 스쳐 지나가려 했다. 자랑은 아니지만 그는 아직 연인이 없었다.

먼저 저쪽이 인사를 했다.

"안녕하십니까, 용 형?"

"어머! 안녕하세요, 용 공자?"

두 사람은 그도 아는 인물들이었다. 아니, 아마 천무학관에서 이 둘을 모르는 사람은 없을 정도로 이들은 유명한 연인 사이였다. 뇌전검룡 남궁상과 아미일봉 진령. 일각에서는 천무학관 '최강의 연인들'이라고도 불리고 있는 듯했다. 비류연과 나예린이라는 알 수 없는 조합을 연인 사이로 인정하는 이는 거의 없었다. 다들 그 일에만은 고개를 돌리고 외면하기 일쑤였다.

그러나 용천명이 이 둘을 눈여겨본 것은 이들이 히히덕거리며 그의 염장을 지르는 연인이기 때문이 아니었다.

'뇌전검룡 남궁상. 남궁세가의 삼남, 구룡의 한 명, 그리고 주작단 단주.'

눈앞에 있는 상대의 정보가 그의 머리 속을 빠르게 스쳐 지나갔다.

확실히 강해졌다. 용천명의 흐려졌던 눈동자에 반짝 빛이 돌아왔다. 그의 정신이 남궁상과 진령의 존재에 대해 완전히 인식했다. 이 둘은 처음부터 구룡칠봉에 뽑힐 만한 인재였다. 강하지 않을 리가 없었다. 하지만 자신에게 견줄 만큼은 아니었다. 구룡칠봉만 놓고 보아도 이

둘보다 강한 사람을 찾는 것은 그리 어렵지 않은 일이었다. 그러나 어느 순간을 기점으로 이 둘은 확연하게 달라졌다. 이 둘뿐이 아니었다. 언제나 사(四) 개 사신단(四神團) 중 최하위로 꼽히던 주작단 역시도 마찬가지였다. 한 꺼풀 벗겨졌다고 해야 하나, 아니면 전혀 다른 인물로 탈바꿈했다고나 할까. 옛날 같은 온실 속의 고수(?) 같은 느낌이 아니었다. 그러니까… 그건 말로 잘 설명할 수 없는 감각이었다. 제대로 된 표현을 찾기 힘든 것은 그가 그동안 그와 동일하거나 유사한 경험을 해보지 못했기 때문이다.

그렇다! 그는, 그리고 그녀는 자신이 해보지 못한 경험을 체험한 것이다. 지금에 와서야 그는 그 사실에 대해 확신할 수 있었다. 그가 늪에 떨어져 허우적거리고 있는 지금에 와서야 확실히 깨달을 수 있었던 것이다. 그동안 그가 남궁상과 진령을 포함해 주작단원들에게 느꼈던 언사로 형용할 수 없었던 모호한 감각. 그것은 그들이 몇 번의 시련과 좌절의 늪에서 발버둥 치며 빠져나왔다는 것이다. 언제부턴가 그들에게는 확실히 전장을 헤쳐 나온 노회한 노병 같은 기운이 풍겨 나오고 있었다. 그들은 더 이상 온실 속의 화초가 아니라 봄의 바람, 여름의 폭풍우, 그리고 가을의 찬 서리와 겨울의 눈보라를 이겨내고 차가운 겨울의 대지 위에 당당히 꽃을 피운 매화(梅花)와도 같았다.

'어떻게 그게 가능했을까?

모든 것이 보장되는 이곳에서 심신이 나락에 떨어질 만큼의 시련을 당하기는 힘들었을 텐데……. 천무학관은 좋게 말하면 '무(武)의 전당(殿堂)' 이지만 나쁘게 말하면 인위적으로 조작된 환경 안에서 고수를 재배하는 온실과도 같은 곳이었다. 비바람과 북풍한설의 시련이 들이닥치기에 천무학관의 온실 벽은 너무나 두꺼웠다. 그래서 다들 지난 화산지회에서 발생한 돌발적인 실전 상황에 적절하게 대처하지 못했던 것이다. 화산에서 타오른 화염은 때때로 현실의 엄격함을 외면한 그들에 대한 엄중한 경고 조치처럼 보이기도 했다. 거기에 그 자신도 예외가 될 수 없었다.

어떻게 그렇게 할 수 있었는지 남궁상에게 묻고 싶은 마음을 그는 억지로 억눌렀다. 그것은 함부로 남과 나눌 수 있는 비밀이 아닐 터, 자기 자신의 마음속 깊이 침잠되어 있는 비밀일 가능성이 높았다. 또한 아직 완전히 죽지 않은 그의 자존심이 그 일을 하지 못하도록 방해했다.

그래서 용천명은 아쉬운 마음을 애써 달래며 그들에게 고개를 끄덕이며 가볍게 인사했고, 한 사람과 두 사람은 서로를 스쳐 지나갔다. 다섯 걸음 정도 지나쳐 걸어간 진령이 고개를 살짝 돌려 멀어져 가는 용천명의 등을 힐끗 바라보며 말했다.

"용 공자는 요즘 무슨 고민이 많은가 봐요? 전에는 저런 풀어진 모습을 보인 적이 없는 것 같은데. 무척 심란한 일이 있는 모양이죠?"

"자기 자신과의 싸움을 누가 도와줄 수는 없겠지요."

남궁상은 용천명이 어떤 상태인지 대충 알 수 있었다. 그도 한 번 겪었던 일이기 때문이다. 만일 경험해 보지 못했다면 이런 확신은 품지 못했을 터이다. 그런 건 말로 설명한다 해서 이해할 수 있는 그런 성질의 것이 아닌 것이다. 경험해 보지 않은 이상 절대로 알 수 없는 경험의 영역, '체용(體用)'의 영역에 그것은 놓여 있는 것이다.

"그래요. 우리도 저런 적이 있었죠. 우리 열여섯 명 모두."

두 번 다시 그런 기분은 맛보고 싶지 않았다. 그러나 그러기엔 아직 너무나 많은 것이 턱없이 부족했다.

아직 살아 있는 것에 대해 하늘에 감사해야 할 지경이었다.
"용 형 같은 사람은 가장 밝은 길을 걸어왔던 사람, 지금껏 아마 한 번도 그런 부(不)적인 감정을 겪어보지 못했겠지요. 무척 힘들 겁니다, 그 늪에서 벗어나기가."
자신과의 치열한 싸움에 남이 도와줄 수 있는 일은 아무것도 없다. 자기 스스로 하지 않으면 안 된다. 그걸 잘 알고 있는 두 사람이기에 그저 자신들의 삶에 충실하기 위해 팔짱을 끼고 산보를 계속했다.
아직 평화가 남아 있을 때, 대사형의 눈길이 아직 그들에게 닿지 않을 때 즐길 수 있을 만큼 즐겨야 한다.
막간의 평화가 얼마나 소중한지 몇 번씩이나 거대한 사건에 휩쓸린 그들이기에 더욱더 절감하고 있었다.
이 평화가 계속되기를……

남궁상과 진령. 두 사람이자 한 쌍의 연인인 이들의 곁을 지나간 용천명은 계속해서 걸었고 발걸음을 멈추지 않았다. 걷기 시작한 후로 몇 시진이 지나갔는지도 알 수 없었고 알려고도 하지 않았다. 지금 그에게 유의미한 게 딱 한 가지 있다면 그것은 걷는 것이었다.
또다시 많은 사람들의 물결이 그의 곁을 스치고 지나갔다. 그러나 남궁상과 진령의 그림자가 컸기 때문인지 그들은 전혀 그의 인식지평에 발을 들여놓지 못했다.
두 번째로 그의 인식지평에 발을 들여놓은 사람은 익히 잘 알려진 유명한 후배인 칠절신검 모용휘였다.
전설의 곁에 머무는 자. 검성 모용정천의 손자라는 그 위치는 대소림의 차기 속가 후계자로 지목받고 있는 용천명 자신마저도 때때로 질시의 시선을 감추지 못하게 할 정도였다. 약관의 나이에 이미 수려한 용모의 준수한 미남자에 천재 검사로 이름이 높았던 모용휘는 입관 당시 그 실력과 배경 때문에 아슬아슬하게 우위를 점하고 있는 구정회와 군웅팔가회 사이의 세력 구도가 요동칠까 봐 긴급 비상 회의까지 소집하게 만들었던 장본인이기도 했다. 누가 뭐라 해도 남부러울 것 없는 청년이었지만 지금 모용휘의 상태는 전혀 행복해 보이지 않았다.

'나와 비슷하다!'

용천명은 직감적으로 그 사실을 알 수 있었다.

그는 자신만큼 상태가 좋아 보이지 않았다. 아니, 오히려 더 심각한 상태라고 해야 정확한 표현이 될 것 같았다.

용천명의 느낌은 정확했다. 모용휘 역시 혁중 노인과의 충격적인 면담 이후 번뇌에 휩싸인 채 고뇌의 늪에서 발버둥 치고 있었다. 배경도 외모도 그의 고민에 전혀 도움이 되어주지 못하고 있었다. 애당초 그런 것에 기댈 만한 모용휘도 아니었다.

용천명이 보기에 지금 모용휘에게는 자신의 존재조차 제대로 인식되고 있지 않은 것 같았다. 몸은 여기에 있으되 그의 정신은 전혀 다른 곳을 향하고 있었다.

"죽여라… 죽여라… 죽여라……. 어떻게? 어떻게? 어떻게?"

모용휘는 자아를 상실한 듯한 멍한 눈을 한 채 뭐라고 알아듣기 힘든 낱말들을 중얼중얼거리며 길을 걸어오고 있었다.

한번 말을 걸어보고 싶다는 생각이 들었지만 이번에는 저쪽이 대화를 나눌 만한 상태가 전혀 아니었다. 자신은 고작 삼 일째였지만 모용휘의 저 초췌한 상태로 미루어보아 닷새는 족히 넘은 것 같았다.

'항상 결벽증일 정도로 유난히 깔끔 떠는 걸로 유명하던 그가 저렇

게 풀린 모습이라니……. 헉! 설마 나도 저런 건가? 아냐! 그럴 리 없어!'

용천명은 세차게 고개를 가로저었고, 인사도 없이 그냥 그의 곁을 스쳐 지나갔다. 그것이 고통 속에서 고민하는 서로에 대해 취할 수 있는 유일한 예의일 것이기에.

외부의 자극에 의해 잠시 반짝 했던 그의 이성은 다시 흐릿해졌고, 용천명은 다시 멍한 눈을 한 채, 또다시 많은 사람들의 인사를 무시한 채 발걸음을 옮겼다. 자신의 발이 어디로 향하는지도 알지 못한 채 그는 방황하는 바람에 몸을 실었다.

용천명이 세 번째로 만난 사람은 빡빡머리였다. 그것도 같은 동문으로 소림의 제자였다. 그는 바로 주작단의 한 명인 일공이었다.

오늘 자신이 만난 사람에게는 한 가지 공통점이 있었다. 그것은 바로 어떤 한 남자와 이런 저런 인연으로 맺어진 사람들이라는 사실이 바로 그것이었다. 왜 그들만 그의 세계 속에 들어왔을까? 겉으로는 태연한 척, 무심한 척해도 무의식 중에 암중으로 신경 쓰고 있었던 것일까?

'아니면 이것도 인연이라는 건가?'

"……."

일공은 불호도 외지 않고 한 손으로 반장한 채 허리를 숙였다. 법(法)을 구해서는 자신 스스로의 육신도 버릴 수 있다는 위법망구(爲法忘軀)의 정신으로 자신 스스로 팔을 끊어 혜가단비(慧可斷臂)라는 고사를 남긴 이조(二祖) 혜가를 기리기 위해 소림사의 제자는 다른 불문의 제자들과 달리 합장하지 않고 한 손만 가슴께로 들어 올려 인사하는 반장을 했다. 용천명도 마주 반장했다.

'과연 소문대로 과묵하구나.'

하지만 인사 한마디쯤은 있을 줄 알았기에 용천명은 그걸 기다렸다. 그러나 그걸로 끝이었다. 더는 말 한마디도 아깝다는 듯 일공은 입을 꾹 다문 채 묵묵히 그를 스쳐 지나 바삐 어디론가로 걸어가는 것이 아닌가. 갑자기 황당해져 버린 용천명은 눈을 끔벅이며 멀어져 가는 빡빡머리의 빛나는 뒷모습을 멀뚱히 바라보았다. 그러자 오늘 방을 나선 이후 처음으로 용천명에게 호기심이 생겼다. 그래서 그 뒤를 따라가 보기로 했다.

천무학관이 소유하고 있는 땅은 상당히 넓었다. 게다가 뒤에는 조그만 뒷산까지 있었다. 그곳에는 동굴이 몇 개 있었는데 개인적으로 독자적인 수련을 하고자 하는 학생들을 위해 마련된 인공 동굴이었다. 하지만 다들 검을 휘두르고 주먹을 뻗을 수 있는 연무장이 대세인지라 일공이 찾아온 이곳 '벽관동(壁觀洞)'은 그리 인기있는 장소가 아니었다. 아마 백날 벽 보고 멀뚱히 앉아 있거나, 눈을 감고 어둠 속에 잠겨 봤자 그다지 '강해지는 실감이 나지 않는다'는 것이 가장 큰 이유이리라. 그래서 이곳은 오늘도 썰렁했다.

청소 관리도 잘 하지 않는지 먼지만 수북이 쌓인 채 사람의 기척이라고는 느껴지지 않는 이곳에 도착하자마자 일공은 망설임없이 한 동굴로 들어갔다. 그 동굴 앞쪽만 먼지가 쓸렸는지 아래 바위의 색깔이 다른 곳에 비해 선명하게 도드라졌다. 그가 최근 자주 이곳에 찾아왔다는 증거이리라. 용천명은 기척을 죽인 채 조용히 그를 따라 들어갔다. 타인의 수련을 훔쳐보는 것은 금기 중의 금기라는 것을 모르는 바는 아니었다. 평소 같았으면 절대로 하지 않았을 행동이다. 그러나 같은 동문인 데다가 학관 선배라는 입장이 그런 거부감을 약화시켜 주고 있었다. 인공으로 파여진 동굴은 생각보다 넓고 깊었다.

동굴 안으로 들어간 일공은 편편한 벽을 향해 가부좌를 틀고 앉더니 명상에 들어갔다.

'면벽 수련인가?'

면벽 수련이란 문자 그대로 벽을 면해 보고 하는 수행을 가리킨다. 다른 말로 벽관이라고 하는데 이곳의 이름은 거기에서 따온 것이었다. 달마 대사가 구 년 동안 했다고 해서 유명해진 수련법이 바로 이것으로 단순히 벽을 바라보는 것이 아니라 벽을 통해 깊이를 알 수 없는 무한대의 법계를 응시하고자 하는 수행법이었다.

용천명도 무림의 금기를 깨고 여기까지 뒤쫓아오기는 했지만 이 이상 방해하는 것은 도리가 아니었다. 그래서 그 역시 자리에 가부좌를 틀고 앉아 기다리기로 했다.

면벽하고 있는 일공의 등을 바라보고 있자니 그의 세계로 빨려드는 것 같은 기이한 느낌이 용천명을 사로잡았다. 자기 자신이 이 세계와 동화되어 사라지고 있는 것 같았다. 그는 자신을 잊는 망아(忘我)의 상태에 들어가고 있었던 것이다.

*　　　*　　　*

사실 무림문파로서 이름이 드높긴 하지만 실제로 소림사는 선종(禪宗)이었다.

'선(禪)이란 무엇인가?' 라고 묻는다면 무수히 많은 대답이 나오겠지만 일단 주먹다짐이 아니라는 것만은 명확했다. 그러나 역설적이게도 현재의 소림사는 선(禪)의 구도보다는 무공으로 더 유명해져서 다들 무림문파로만 인식하고 있었다. 소림의 사람도 점차 무공을 연마하고자 하는 사람들로 채워지다 보니 정신의 유산은 점점 더 그 빛을 바래고 있는 것이 작금의 현실이었다.

그리고 한참의 시간이 지나갔다.

"…배님… 선배님… 용 선배님……."

아득히 먼 곳에서 누군가가 부르는 소리에 용천명은 번쩍 눈을 떴다. 생경한 풍경이 음산한 미소를 지으며 그를 반겼다.

"여긴 대체……."

그러다가 정신이 번쩍 들어 자신을 불러 깨운 사람을 바라보았다. 그러자 과묵한 일공의 얼굴이 눈에 들어왔다.

"헉!"

눈을 감고 명상에 잠긴다는 것이 깜빡 잠이 들고 말았던 것이다. 역시 과거로부터 지금까지 참선 수행은 최고의 수면제였다. 삼 일 밤낮을 괴롭히던 불면증을 일거에 날려줬으니 말이다.

'도대체 얼마의 시간이 지난 걸까? 난 얼마나 오랫동안 잠이 들었던 걸까? 이, 이런!'

자신의 실태를 깨달은 용천명이 벌떡 자리에서 일어났다. 몰래 수련 장소까지 따라온 주제에 팔자 좋게 잠이나 자고 있었다니……. 정말 일상에서 상상할 수 없는 일들이 오늘은 너무 자주 빈번하게 일어나고 있었다.

"아… 그… 저……."

여기선 무엇인가 말을 해야만 한다는 강박 관념에 사로잡힌 용천명은 뭔가를 말하려고 필사적으로 노력했다. 그러나 무슨 말을 해야 할지 난감하기 짝이 없었다. 여기서 무슨 변명을 해야 한단 말인가? 입이 백 개라도 할 말이 없었다.

진퇴양난의 곤경에서 용천명을 구해준 것은 오히려 일공이었다.

"오래 기다리셨습니다. 제 참선이 끝나는 것을 기다려 주셨던 거지요? 감사합니다. 아미타불!"

"아니… 뭐… 감사랄 것까지야……."

이렇게 되면 사양하는 쪽이 부끄러워진다.

"오랜만이네."

"예, 오랜만입니다."

같은 소림의 제자로서 이 둘은 아는 사이였다.

"무엇을 바라본 건가?"

"제 자신을 바라보았지요."

멀뚱히 벽만 바라본 건 아닌 모양이었다.

"자네 자신?"

"예, 제 나약한 자신이 보였습니다."

"자네 자신을 돌아보기 위해 면벽을 했다는 건가?"

"그건 아닙니다. 제 자신이 보인 것은 그 과정의 일부일 뿐이지요."

"일부? 그렇다면 자네는 무엇을 위해 면벽을 한 건가?"

그러자 일공은 오히려 영문을 알 수 없다는 얼굴로 되물었다.

"그야 당연하지 않습니까?"

"당연하다니?"

양쪽 다 영문을 알 수 없는 상태가 되었다. 더 이상 대화가 평행선을 긋는 것을 막기 위해서는 어느 한쪽이 의사 방향을 틀어야 했다.

'물론 더 강해지기 위해서이지요', '보다 더 강한 무공을 손에 넣기 위해서입니다' 와 같은 그가 기대했던 류의 대답은 돌아오지 않았다.

"그저 달마 조사님을 보다 잘 이해하고 싶었기 때문입니다."

"달마 조사님을?"

"예."

"그렇다면 더 잘 이해한다는 말은 무슨 의미인가?"

"위대하신 달마 조사님께서는 많은 무공과 그에 관련된 많은 무서들을 남기셨지요. 그러나 수백 년에 걸쳐 연구된 지금까지도 그분의 가르침이 완전히 파악된 것은 아닙니다. 그분이 남기신 '역근경'과 '세수경'만 하더라도 지금까지 해석이 분분하지 않습니까? 그분이 남기신 많은 무공들 중 상당 부분이 실전 상태나 다름없는 상태에 처해 있지요."

"그러나 그분이 저술하신 무서의 대부분은 지금까지도 상당 부분 온전히 전해져 오고 있네. 장경각의 가장 깊숙한 곳에 엄중히 보관된 채 말일세."

그러자 일공이 고개를 저었다.

"그것들은 가르침의 편린이 구결과 도안이라는 미미한 형태로 종이 위에 남아 있는 것들일 뿐이지요. 현세에 인간의 몸을 빌어 나타나지 않는 무공은 그저 이론일 뿐입니다. 그것이 실전 상태와 무엇이 다르겠습니까?"

현세에 드러나지 못한다는 점에서, 경험될 수 없는 점에서 직접적으로든 간접적으로든 동일했다.

"그것과 면벽이 무슨 관계가 있나?"

"전 참선(參禪)을 하고 있었습니다."

참선이란 앉아서 눈을 감고 자기 자신을 바라보는 것으로, 선불교의 제자라면 누구나 알고 있는 평범하다면 평범하고 가장 일반적이라 할 수 있는 수행 정진 방법이었다. 물론 방법의 정확성이 동일한 결과를 가져오지는 않지만 말이다.

"아니, 무공 수련 중이 아니었던가?"

일공은 또다시 고개를 저었다.

"아닙니다. 자기 공부 중이었지요. 강호란 곳은 원체 무(武)의 그림자가 깊게 드리워져 있기 때문에 그분의 신화경에 든 무공이 더욱 부각되지만 실제로 그분께서는 중원 선(禪)의 창시자라 할 수 있습니다. 그런데 그분의 가르침을 이해하고자 하는 범인(凡人)으로서 어찌 그 가르침의 핵심을 빼놓을 수 있겠습니까? 소림사가 그저 손과 발만 휘두르고 무공한답시고 청석 바닥이나 부수고 금강나한(金剛羅漢)이랍시고 온몸에 동을 칠하고 이마로 돌이나 깨는 차력사들의 모임은 아니지 않습니까? 소림의 정수는 '선(禪)'에 있다고 전 믿고 있습니다."

"평소에 과묵하기로 이름난 자네가 입을 여니 어떤 변설가보다도 더 신랄하군. 그래서 자네는 침묵을 지키고 있는 건가?"

"전 그저 달마 조사님을 만나고자 할 뿐입니다."

묵언 수행 같은 것인가?

"그럼 달마 조사님을 만나서 어쩌려는 건가?"

궁금증이 치민 용천명이 물었다.

"죽여야지요! 아미타불!"

일공이 단호한 목소리로 대답했다.

"그래, 죽여… 뭐… 뭐라고?! 콜록콜록콜록!"

그의 상상을 초월하는 대답에 용천명의 눈이 휘둥그레졌다. 너무나 돌발적인 충격에 사레가 들렸는지 기침이 멎지를 않았다. 가슴을 두드려도 진정될 기미가 없자 용천명은 몇 군데의 혈도를 짚어 겨우겨우 기침을 진정시켰다.

"그것참 흉험한 이야기로군. 자네, 제정신인가? 아무리 봐도 소림의 제자 입에서 나올 법한 말은 아니로군. 지금 그 한마디만으로도 나는 자네를 계율원으로 소환할 수 있네. 그걸 알고 있나?"

"물론 알고 있습니다. 선배님께서 그 검을 지니고 있는 한 언제든지 그것이 가능하다는 사실을 말입니다."

"그러면서도 그렇게 당당하게 그런 흉사를 입에 담는가?"

용천명이 명백한 비난조로 그를 힐난했다. 그러자 일공이 대답했다.

"어떤 사람이 제게 이런 말을 했지요. '신을 만나면 신을 죽이고 부처를 만나면 부처를 죽인다'."

"어, 어흠! 그건 참… 과격한 발언이로군."

뼛속 깊이 불제자인 그로서는 거부감이 일지 않을 수 없었다.

"그리고는 이런 말도 했지요."

또 무슨 말? 왠지 듣고 싶지 않은 말이었기에 용천명은 침묵을 지켰다.

"……"

그러나 그 속뜻이 일공에게는 전해지지 못한 모양이었다.

"야, 이 바보 땡중아! 강을 건너기 위해서는 뗏목이 필요하지. 하지만 강을 건넜는데도 그때도 뗏목이 필요할까? 강을 다 건넌 다음에도 굳이 힘들게 그걸 끌고 다닐 필요가 있을까? 난 부처님이 '나를 숭배하라, 우민들아!'라고 설법하신 적은 한 번도 없는 것으로 알고 있다.

물론 부처님을 우상화하는 것은 훌륭한 영업 전략이라고 생각해. 이윤 창출에도 유리하고 이해하기도 훨씬 쉽지. 그 점은 나도 감탄하고 있어. 선점하지 못한 게 아쉬울 정도야! 믿기만 하면 구원받는다잖아. 돈만 많이 내고 구원받는다잖아. 얼마나 좋아? 너희 스스로 부처가 되어라라는 좀 이해하기 어려운 말씀보다 알아먹기도 쉽잖아? 뭐, 인간 스스로 부처가 될 수 있다고 직접 자진해서 시범까지 보여주신 부처님한테야 미안한 일이지만 그래서는 장사가 잘 안 되긴 할 거야. 암, 그렇고말고. 그냥 뭐 그렇다는 거야. 라고 말입니다."

"그… 그런 불경스런!"

용천명은 오늘에서야 마침내 불문(佛門)의 적(敵)을 만났다는 듯한 표정으로 분개했다.

"예, 저도 처음에는 그렇게 생각했습니다. 하지만 곰곰이 생각해 보니 어느 정도 일리가 있다고 여겨졌습니다. 수행 도중 만난 신도 부처도 인간 스스로가 신과 부처가 되는 것을 방해하는 존재이지요. 확실히 그 사람 말대로 부처님이 위대한 것은 그분이 신이 아닌 인간이었기 때문인지도 모르겠습니다."

"그가 그렇게 말했나?"

"예, 부처님을 존경해야 하는 것은 그분이 신이라서가 아니라 인간이면서도 인간의 몸으로 신이 될 수 있다는 것을 몸소 보여준 사람이기 때문이라고 했습니다. 인간의 가능성의 한계지평을 신의 영역까지 확장시켜 준 것이야말로 그분의 진정한 업적이라고요. 공자나 노자나 장자 역시 그런 면에서 진정으로 존경하고 본받을 만한 선구자들이라고요. 천 몇 년 전에 서쪽에서도 비슷한 일을 한 사람이 태어났다고 하는 이야기도 했지요. 그곳은 비단길을 지나 고비사막을 건너 천축보다 더 먼 곳이라 했습니다."

여기까지 듣고 있자 이번에는 용천명 자신이 혼란스러워졌다. 다들 너무나 생소한 관점들이라 도저히 그로서는 받아들일 수 없는 종류의 것들이었다.

"달마 조사님 그분이 쌓은 진리의 탑은 금강석처럼 단단하네. 자넨 소림이 쌓은 그 천 년의 권위에 도전할 셈인가?"

그가 할 수 있는 것은 고작 위협적인 어조로 화내는 것뿐이었다.

"금강석을 세공할 때 어떻게 하시는지 아십니까?"

일공의 반문에 용천명은 고개를 가로저었다. 금강석(다이아몬드). 보석 중의 보석, 절대 불변의 진리를 상징하기도 한다. 어떠한 강철에도 흠집 하나 나지 않는 지고지순의 강함. 때문에 진리의 표상처럼 여겨진다.

하지만 그런 금강석이 어떻게 세인의 입맛에 맞게 세공되어지는가? 인간에게 보여지는 것이 원석 그대로인 것이 아닌 것만은 틀림없었다.

금강으로 금강을 다루는가? 보석은 그의 전문이 아니었고 관심사도 아니었다.

"모르네."

일공이 조용히 미소 지으며 말했다.

"바로 진흙입니다."

"진흙?"

용천명의 눈이 동그래졌다.

"왜, 믿기지 않으십니까?"

장난치나? 진흙이라면 어디에나 널려 있는 것이 아닌가? 그것은 흙 중에서도 가장 부드러운 흙이었다.

"가장 부드러운 토(土)로 가장 단단한 토(土)를 다스린다? 이 얼마나 경이로운 자연의 세계입니까?"

일공이 부드러운 미소를 지으며 말했다.

"능유제강(能柔制强)이라는 건가?"

일공이 고개를 끄덕였다.

"가장 단단하다는 물질이라 불리우는 금강석 역시 가장 부드러운 진흙에 깎이는 법입니다."

용천명이 떨리는 목소리로 말했다.

"자넨 찬란히 빛나는 금강석이 되기보다 금강석을 연마할 수 있는 진흙이 되겠다는 것인가?"

일공은 그저 미소로써 물음에 대답했다.

"오늘은 너무 말이 많았던 것 같습니다. 제가 비록 묵언(默言) 수행자는 아니지만 많은 말은 진심을 훼손시키기도 하지요. 그만 가보도록 하겠습니다. 아미타불."

"아미타불!"

용천명도 역시 편수로 합장하고는 불호를 외웠다. 그의 몸짓은 매우 경건했다. 그는 일공을 다시 보게 되었다.

자신과 같은 나이인데도 그는 어떻게 그런 경지에 올랐을까? 무공 실력이라면 자신 쪽이 위라고 자신할 수 있었다. 그러나 마음의 공부는 한참 미치지 못하는 것 같았다.

용천명은 자신이 그동안 알고 왔고 집착해 왔던 세계가 산산이 부서지는 것을 느꼈다. 전율이 그의 사지를 휩쓸고 지나갔다. 갑자기 온몸의 힘이 빠지는 것 같았다.

'나는 그동안 무엇을 하고 있었는가?'

엉뚱한 곳을 뒤지고 있었는지도 모르겠다.

가장 중요한 것을 빼먹고 있었던 것이다. 계탁이 씻겨 나가자 눈이 떠졌다[開眼].

이제 다시 시작이었다. 그는 새로운 출발선에 서 있었다.

그는 비틀거리는 걸음으로 다시 자신의 방으로 돌아왔다.

용천명은 지금껏 좌절한 적이 한 번도 없었다. 그의 앞길은 언제나 찬란한 광채로 휩싸여 있었고 어떤 고난도 그를 괴롭히지 못했다.

다섯 살 때 소림사 이대장로 중 한 사람인 공심(空心) 대사의 손을 잡고 산문에 들어선 이후 그는 정식으로 소림의 제자가 되었다. 그러나 불도에 귀의한 것은 아니었다. 공심 대사가 아직 때가 아니라며 그의 머리를 밀지 않았다. 자신의 인생에 대해 결정할 수 있을 만큼 판단력이 선 뒤에 스스로 삶을 결정하라는 배려였다.

공심 대사의 배분은 실제로 소림 방장인 혜정 대사보다 한 배분 더 높았다. 동배분의 공허 대사를 제외하면 그보다 더 높은 사람은 소림에 없었다. 또한 공심 대사는 숭산에서 소림 무학을 가장 많이 알고 있는 소림 무학의 인간 보고라 할 만한 고승이었다. 소림 무공의 정수는 그 심오함이 지극했지만 총명하고 노력할 줄 알았던 용천명은 마른 솜이 물을 흡수하듯 소림의 절학들을 일신상에 흡수해 나갔다. 소년은 사부님의 웃는 얼굴이 좋았다. 자신이 그분의 예상보다 더 빨리 무공을 터득하고 이해하면 언제나 인자한 미소를 노안에 띠며 기뻐해 주었다. 그 얼굴을 보기 위해서 그는 더욱 열심히 했다. 심오 난해하던 소림의 절학도 그를 곤란에 빠뜨리지는 못했다. 나중에 커서야 알게 된 것이지만 그의 성취 속도는 타의 추종을 불허하는 수준의 것이었고, 그가 열다섯이 되었을 때 그보다 십 년 이상 나이 차가 나는 사문의 형제들도 그의 적수가 되지 못했다. 그는 소림 역사상 최연소로 소림십팔나한관(少林十八羅漢關)을 통과했고, 이어서 일 년 후에는 나한관보다 한 단계 위인 '소림사대금강관(少林四大金剛關)'을 또다시 최연소로 통과하는 쾌거를 이룩했다.

소림의 최정예라 할 수 있는 십팔나한조차 그보다 한 수 아래임이 증명되자 소림은 또 한 번 경악했다. 그리고 마침내 무림의 정신을 일통한 기재가 나왔다며 연신 불호를 읊조리며 칭찬을 아끼지 않았다. 감사의 게송(偈頌)이 소림 전체에 울려 퍼졌다.

이제 그의 상대가 될 만한 이는 사대금강과 소림 방장, 그리고 사부님과 사숙님 정도뿐이었다. 그의 재능에 탄복한 사문으로부터 소림사대지보(少林四大至寶)인 '대환단'의 복용 허가가 내려졌다. 소림은 이번 기회에 용천명을 앞세워 그동안 잃어가고 있던 소림의 위신을 한꺼번에 회복할 작정이었던 것이다. 선종의 사람이라면 세속의 평판이나 명예 따위에 심신을 더럽히지 말고 마음을 비워야 하는 게 아닐까 하는 생각도 들었지만. 그런 생각을 입 밖으로 함부로 떠들고 다니는 사람은 없었다. 만일 그런 사람이 혹시나 있다면 그들은 항상 백 보 안에 대머리가 없는지 신경 쓰고 다녀야만 할 것이다. 백보신권(百步神拳)에 원거리 저격(狙擊)당할 수도 있는 노릇이기 때문이다.

각설하고, 소림의 생각은 주효했다. 용천명은 단숨에 무림의 영재들이 죄다 모인다는 천무학관에서 가장 빛나는 신성이 될 수 있었다. 사람들은 그를 창천룡이라 부르며 구룡의 으뜸에 놓았다. 구파의 기재들이 그를 중심으로 하나둘 모여들었고, 그는 그 기회를 놓치지 않고 구파의 영재 모임인 '구정회'를 설립하여 사문의 기대에 부흥했다. 팔대세가와 군소방파의 영재 모임인 '팔가회'와 사이가 좀 안 좋긴 했지만 그에게는 팔가회주 마하령의 그런 모습이 오히려 귀여워 보일 따름이었다. 아무런 문제도 될 게 없었다.

그의 입지는 흔들림없는 단단한 반석 위에 서 있었을 터였다. 그의 앞길에 언제나 부처의 가호와 빛나는 광채로 가득 차 있었을 터였다. 좌절이란 이제 그와는 인연이 없는 일이었을 터였다.

그러나 사람의 인연이란 불가사의한 것이라고 했던가? 그는 숭산도 아닌 화산에서 생애 처음으로 좌절을 맛봤다. 좌절에 대한 저항이 없었던 탓일까? 겨우 한 번이라고 되뇌어도 다시 일어나기가 쉽지 않았다.

사상 최연소로 소림십팔나한관을 통과할 때도 요즘만큼 힘들지는 않았다. 그때는 힘들기는 했지만 좌절하지는 않았다. 그때 그는 자신이 해낼 수 있다는 믿음이 있었다. 그러나 지금은 솔직히 자신할 수 없었다.

용천명의 떨리는 시선이 자신의 무릎 앞에 은은한 녹빛으로 빛나는 한 자루의 검을 향했다.

'사부님……'

하산할 때 속가의 모든 권속을 다스릴 수 있는 진정한 권위의 상징인 저 녹색의 보검을 받았을 때만 해도 그는 청운의 꿈에 부풀어 있었다. 그러나 고색창연하던 그 꿈도 지금에 와서는 장마철의 잿빛 구름처럼 빛이 바래 있었다.

자아(自我)에 대한 확신이 파도에 휩쓸린 모래성처럼 무너지고 있었다.

"화강암처럼 단단한 암석인 줄 알았는데 손가락 사이로 줄줄 흘러내리는 고운 모래라니… 나도 참 한심하군, 한심해."

무림 최고의 성지 소림사에서도 많은 사람들이 그를 천재라 부르며 치켜세워 주고 내일을 짊어질 기재라며 아껴주었다. 그는 언제나 자신이 소림사의 제자라는 사실에 긍지를 지니고 있었으며 자랑스럽게 여겼다.

─소림의 제자로서 부끄럽지 않도록 행동할 것!

그 약속을 그는 깨뜨리고 말았다. 그는 그런 자신을 용서할 수 없었다.

화산지회에서 천무삼성과 직접 겨루어보고 나서야 그는 자신이 좌정관천(坐井觀天)하고 있는 우물 안 개구리였다는 것을 깨달았다. 아무리 우물 안 개구리라도 세상이 얼마나 넓은지는 몰라도 하늘이 얼마나 높은지는 안다고 했는데 그의 우물은 뚜껑마저 덮여 있었다.

자신이 그토록 무력할 줄은 상상도 하지 못했다.

또한 마검익 추명이라 했던가. 그와도 상대를 했지만 완전히 압도하지 못했다. 그저 승기를 잡았을 뿐이다. 그렇다면 그의 주인이라는 대공자 비는 얼마나 강하단 말인가?

녹옥여래신검, 달마십삼검은 불살의 검이다. 녹옥여래신검을 지닌 자는 검을 뽑지 않고도 상대를 제압할 수 있는 실력을 기르지 않으면 안 된다. 그런데 결과는 어떠한가? 검은 뽑혔고, 피를 묻혀야 했다. 그런 희생을 치르면서도 어떤 소득도 없었다. 그는 그저 방관자에 불과했다.

용천명은 조용히 벽을 향해 돌아섰다. 그리고 가부좌를 튼 채 포개진 양손을 단전 위에 올리고 조용히 눈을 감았다. 그런 다음 그는 조용히 자신의 안으로 침잠해 들어가기 시작했다.

　그곳에 이르면 무엇을 보게 될까? 지금까지 익히고 있던 무공이 모두 다른 모습으로 다가올까? 가보지 않는 이상 알 수 없다.
　경험이란 그런 것이다.

어떤 서신(書信)
—오후의 낮잠

칠봉(七鳳) 중 한 명인 아미일봉 진령 앞으로 한 통의 서신이 도착한 것은 따뜻한 햇살이 겨울의 끝 자락을 잠식해 가는 초봄의 늦은 오후였다. 그녀는 그때 뇌전검룡이라는, 대사형 비류연의 표현대로라면 요란무쌍찬란한 별호와는 전혀 어울리지 않게 궁상 떨기가 주특기인 연인 남궁상과 나란히 정원을 거닐며 산책을 하고 있는 중이었다. 천무학관 곳곳에는 각양각색으로 지어진 정자와 자연석을 이용해 아름답게 꾸며진 연못과 잘 가꾸어진 나무와 싱싱한 초록색 풀이 조화를 이루고 있는 아름다운 정원들이 많이 있어 연인들의 각광을 받고 있었다. 진령이 서찰을 건네받은 곳은 그런 곳들 중 하나인 월영정이었다.

서서 읽기가 어색했는지 정자 안으로 자리를 옮긴 후 서둘러 서신을 열어본 진령의 얼굴이 환하게 밝아졌다.

누구에게서 온 서신일까? 혹시나 다른 남자에게서 온 것은 아닐까?

이름에 걸맞게 궁상맞은 상상에 정신을 혹사시키고 있던 남궁상의 의심을 그녀는 화사한 미소와 함께 즉시 불식시켜 주었다.

"상, 이것 보세요. 고모님께서 이곳으로 오신대요!"

갸름한 그녀의 우윳빛 얼굴 위에서 기쁨이 호수 위에 비친 빛의 파문처럼 일렁이고 있었다.

"당신 고모님이라면 그······?"

진령은 미소 안에 궁지를 담아 힘차게 고개를 끄덕였다.

"네, 바로 그분이에요!"

그 대답만으로도 남궁상은 그 사람이 누군지 아는 데 충분했다.

"하지만 그분께서는 지금 아미파에 계시는 게······."

물론 여기 파양호 옆에 위치한 남창에서 사천까지는 거리가 좀 되긴 해도 왕래조차 불가능한 거리는 아니었다. 그러나 진령의 고모라면 바로 '그 사람', 아니, '그분'이었다.

칠봉의 한 명으로 아미일봉이라는 칭호를 가진 진령보다 수십 배나 더 대단한 명성을 얻고 있는 희대의 여걸. 또한 그녀는 진령의 동경의 대상이자 목표이기도 했다. 같은 아미파의 제자이면서도 차기 아미파 장문에 가장 가깝다고 일컬어지는 아미에서 가장 유명한 여인.

"···아미신녀(蛾眉神女)!"

무심결에 흘러나온 남궁상의 목소리에는 경외감이 깃들어 있었다. 충분히 외경받을 만한 인물이었다. 검경(劍境)의 조화에 있어서는 아미 제일이라고까지 칭해지는 여장부, 덕지덕지 붙은 직함을 떼고 진짜로 붙으면 그 실력은 장문인인 혜심 사태조차 초월할지도 모른다는 소문을 주렁주렁 매달고 다니는 여고수, 강호 뭇 남성들의 마음을 한순간에 사로잡은 미모를 지니고도 어느 누구에게도 마음을 주지 않은 철의 여

어떤 서신(書信)

인, 절벽 위의 꽃, 하늘 위의 별.

사천성의 대도에 위치한 '진가(陳家)'는 대대로 아미파와 깊은 유대관계를 맺고 있었는데 그중 가장 깊고 단단한 인연을 맺은 사람이 바로 진령의 고모뻘 되는 아미신녀, 혹은 사천제일신녀라고 불리우는 진대랑이었다. 그녀는 오랜 세월 동안 사천의 터줏대감으로 명성을 쌓아온 사천당가의 미독접 당소연, 그리고 청성의 검선녀 추소영을 그 치마 아래 두는 여걸이었다. 물론 이십 년 전 이들은 '사천소삼선녀'라 불리며 자웅을 겨루었고 삼십대 중반이 된 작금에 와서도 그 경쟁은 식을 줄을 몰랐다.

한때 소삼선녀라 불리던 그녀들도 지금은 나름대로 모두 일가를 이루었지만 한때의 경쟁자였던 두 사람도 지금 그녀가 지닌 찬란한 명성에는 비견되기가 힘들었다. 완벽에 가까운 그녀에게 약간 트집을 잡을 만한 건 유일하게 결혼하지 않았다는 점뿐이다. 이 점에 대해서는 호사가들 사이에 여러 가지 의견과 추측과 망상이 분분했지만 어느 것 하나 명확한 것은 없었다. 개중에는 이십 년 전 스치고 지나간 정체불명의 기인을 잊지 못해서라는 이야기도 있었다.

하지만 그녀는 도가의 제자이고 아미파의 장문인은 대대로 결혼한 사람이 없었으니—사문 내규상 실제로 불가능하다—흉잡힐 일도 아니었다. 그것은 오히려 그녀의 가치를 더욱더 빛나게 만들어주는 결점 아닌 결점이었다. 손에 넣을 수 없는 절벽 위의 꽃. 그런 설정이 오히려 뭇 남성들의 망상력을 자극하는 주된 요인이었다.

"그분께서는 지난 오 년 동안 아미파의 산문을 넘은 적이 없다고 들었는데 내가 잘못 알고 있었나요?"

진령은 고개를 가로저으며 대답했다.

"아뇨. 그건 사실이에요."

그녀는 사람에 치이는 걸 무척이나 싫어했다. 번잡스러운 속세의 인연을 몸에 걸치다 보면 정작 중요한 자기 자신을 돌볼 수 없게 된다는 것이 그 이유였다. 그녀에게 사람을 만난다는 것은 무척이나 피곤한 일이었다. 그녀의 세계를 제대로 이해해 주는 사람을 만나기란 너무나 힘들었고, 대부분은 그저 자기만족을 위해 그녀를 보기를 원했다. 그것은 그녀가 원하는 바가 아니었고 그렇다고 대놓고 말하기에는 성격상 불가능했다. 그래서 그녀는 아예 산에 틀어박히기로 결정한 것이다.

"번거로운 걸 싫어하시거든요. 한 번 출두할라 치면 주위에서 그분을 가만두지 않지요. 아미신녀의 명성은 세월이 흘러도 전혀 줄어들지 않아요. 이제 서른 중반인데도… 아직도 추종자들이 쌔고 쌨다니깐요. 전 재산을 줄 테니 자기랑 결혼해 달라고 매달리는 치들이 부지기수죠."

왠지 진령은 고모 일에 대해서만큼은 묘하게 평소 이상으로 흥분하는 것 같았다. 사실 그녀는 아미신녀교의 열렬한 신도였다.

주제들을 아셔야지! 꾹꾹 누르며 참고 있지만 진령은 그렇게 말하고 싶은 게 분명했다.

그게 귀찮아서 진령의 고모는 오 년 전 산문 출입을 끊었다. 귀찮아지면 남자만큼 지긋지긋하게 귀찮아지는 생물도 드물었다. 귀찮은 데다가 말귀는 안 통하고, 때때로 무식한 데다가 잘못된 교육 때문에 과격하기까지 하다. 특히 알량한 남성 우월주의에 입각해서 펼쳐지는 망상력은 정말 짜증과 피곤함의 극치라 아니 할 수 없다.

자신의 주제를 알아야지. 게다가 말은 또 왜 안 통하는 건지.

직접, 명확하게, 의심할 여지 없이 확고한 대답도 자신의 입맛에 맞게 변조해서 받아들이는 족속들이 있다. 분명히 인간의 언어로 대화를 시도하는 데도 언제나 의사소통은 되지 않는다. 같은 지역에서 같은 언어를 사용하고 있음에도 불구하고 말이다. 대화도 안 통하는 저능아와 맺어지고 싶은 마음 따위는 어떤 여자에게서도 찾아볼 수 없을 것이다.

"거참……."

남궁상의 감탄 아닌 감탄을 한 귀로 흘려들으며 진령은 계속해서 즐거운 마음으로 편지를 읽어 내려갔다.

처음에는 어디에서나 볼 수 있는 평범한 안부 편지였다. 그동안 만난 지 오래되었는데 잘 지내고 있는지 궁금하고, 검술에 진전은 있었는가 궁금하다는 그런 내용이었다. 그리고 본인은 최근에 검도에 작.은. 깨달음이 있어 조금 진보를 보았다고 적혀 있었다.

작은 깨달음이라니…….

'이번에는 정말 큰 성취를 얻으신 모양이구나. 정말 이분이 이룬 성취의 끝은 어디란 말인가…….'

어지간해서는 쓰지 않는 표현이었다. 그런 그녀가 '작은'이라는 수식어를 썼다. 그것만으로도 뭔가 하나의 대사건이 일어났음이 분명했다.

진령은 나직이 한숨을 내쉬었다. 지금으로서도 충분히 높은 목표였는데 이 목표는 언제나 멈춰 있기를 거부한다. 그리고는 적극적으로 자신의 한계를 깨고 앞으로 나아가려 한다. 쫓아가는 사람은 안중에도 두지 않고 말이다.

'뭐, 그렇기 때문에 존경하는 거지만…….'

한시도 자기 개발과 발전을 멈추지 않는다. 주위에서 아무리 떠받들어 줘도 만족하는 법이 없다. 절대 안주하지 않는다. 추구해야 할 목표가 애초에 다른 것이다. 그러니 범인의 칭찬 따위 전혀 흥미가 없다. 그녀가 목표로 하는 것은 초인의 영역 그 너머였다.

"지금으로도 충분한 것 같은데."

사실 그 정도면 이미 충분히 초인이라 불릴 만했다. 그럼에도 아직도 더 강해질 데가 남았다는 걸까?

정말 기가 막혔다. 그렇게 쉴 새 없이 마구잡이로 앞에서 뛰어가 버리면 뒤쫓아가는 후배들은 숨이 차서 어쩌란 말인가? 그러나 그녀에게 그런 배려를 찾는다는 것은 하늘에서 별 따기보다 힘들다는 것을 진령은 잘 알고 있었다. 그녀의 고모는 만일 뒤쫓아오는 이가 지쳐서 후들거리거나 멈춰 버리면 떨궈놓은 채 걸음을 더 빨리해서 저만치 앞서 나가 버릴 그런 사람이었던 것이다. 아니면 '자기 연마만으로도 벅찬데 후배까지 돌볼 시간이 어디 있어!' 라고 불평 불만을 터뜨릴지도 모른다.

그런데 편지의 마지막 단을 읽어 내려가던 진령의 표정이 한순간에 싹 바뀌었다. 여러 가지 감정이 한꺼번에 얼굴의 표면 위로 떠오르며 기이하고 복잡한 감정의 문양을 그려냈다.

조금 전 기쁨에 들떠 있던 생생한 모습은 눈 씻고도 찾아볼 수 없었다.

"왜 그래요, 령? 무슨 나쁜 일이라도 있나요? 안색이 나빠요. 서신에 뭐 안 좋은 이야기라도 적혀 있나요?"

이 갑작스런 변화에 놀란 남궁상이 걱정 가득한 얼굴로 물었다. 원래 그는 근심 걱정에 탁월한 재능이 있는 인재였다. 지금이야말로 그 능력을 십분 발휘할 기회라는 것을 그는 본능적으로 알고 있었다.

그러나 그의 근심 걱정도 한동안은 그녀의 귀에 들리지 않았다. 걱정되는 것은 자신이 아니라 바로 자신을 걱정해 주는 이 남자, 남궁상이었다.

"휴우우우~"

절로 한숨이 터져 나왔다.

'이 일을 어쩌지······.'

농담이라면 좋으련만, 자신의 고모가 농담에 재능이 없다는 사실에 그녀는 다시 한 번 절망했다.

진령은 다시 한 번 길게 한숨을 내쉬며 시선을 앞을 향한 채 팔만을 옆으로 뻗어 남궁상의 코앞에 서신을 내밀었다.

남궁상은 잠시 멀뚱멀뚱한 눈으로 그를 향해 내밀어진 작고 가녀린 손에 힘껏 쥐어진 서신과 이제는 그의 시선을 피해 땅바닥을 향해 있는 진령의 얼굴을 번갈아 바라보았다.

"내가 읽어봐도 괜찮아요?"

그녀가 고개를 힘없이 끄덕이며 승낙의 표시를 했다.

"음, 어디 보자."

남궁상 역시 조금은 궁금했던 차에 잘됐다 싶어 냉큼 그것을 받아 읽기 시작했다.

우리 귀여운 아령이에게.

그동안 잘 지냈니? 고모도 잘 지낸단다. 내가 천무학관에 입관한 후로 사 년, 너의 웃음을 본 지도 벌써 사 년이 흘렀구나. 그래서 이번 만남이 더더욱 기대된단다. 너의 사매인 유란이도 이번 길에 함께 가게 될 것 같구나. 그 아이가 이번에 사문의 추천을 받아 천무학관에 입관하게 되었단다. 너하고는 고작 일 년 터울인데 많은 차이가 나고 말았구나. 나도 그 아이를 그렇게 오래 붙잡고 있을 생각은 없었는데…(중략)…….

시작은 무척이나 평범했다. 어디에도 이상한 점을 찾아볼 수 없는 고모가 조카에게 향한 자상한 마음이 듬뿍 담긴 서간이었다.
그러나 진령에게 충격을 안겨준 부분은 그 대목이 아니었다.
"맨 왼쪽 여섯 번째 줄부터 보세요."
여전히 영문을 알 수 없어 어리둥절해하고 있는 남궁상은 진령의 지시대로 세로로 쓰여진 편지의 왼쪽 맨 끝에서 여섯 번째 줄로 시선을 돌렸다.

…그래서 오라버니로부터 너에게 정인이 생겼다는 이야기를 들었다. 그건 축하할 일이구나. 나로서는 그런 감정이 잘 이해되지는 않는다만 일단 축하는 해야겠지? 그래서 이번에 그쪽에 가는 길에 한 번 만나보도록 하겠다. 그 사내가 과연 너의 반려가 되기에 어울리는 자인지 어떤지 고모 된 사람으로서 확인해 볼 의무와 권리가 있다고 생각한다. 축하는 그 후로 미루도록 하자꾸나. 언제나 그랬던 것처럼 이의는 없을 거라 믿는다. 나 역시 너의 신뢰에 보답하기 위해 내가 할 수 있는 한 최선을 다할 것을 약속하마.
그럼 며칠 뒤에 재회할 날을 기대하며 이만 줄이마.
고모가.

"이게 어째서……?"

둔한 남궁상은 왜 이 문장에 그녀의 얼굴이 그토록 사색이 되었는지 알 수 없었다. 둔한 남자를 두면 여자가 여러모로 고생하는 법이다.

"휴우~"

진령이 다시 한 번 땅이 꺼질 듯한 한숨을 내쉰다. 그래서 마음이 좀 가벼워지길 바라지만 별 효과는 없는 듯하다. 벌써 몇 번째 한숨인지 이제는 세는 것도 잊어버린 처지였다.

"그건 곧 고모님께서 당신을 시험해 보겠다는 거라구요."

"시험? 지식 수준이나 기술의 숙달 정도 따위를 문제를 내거나 실지로 시키거나 하는, 일정한 절차에 따라 알아보는 행위의 총칭 말인가요?"

"예, 바로 그 시험이죠. 따로는 고시(考試)라고도… 아니, 지금 중요한 건 그게 아니죠."

잠시 저쪽의 흐름에 말려들 뻔했다. 근묵자흑이라더니 대사형의 버릇 중 일부를 닮아가는 걸까?

"그런 이름[名]에 대한 언어적인 정의가 중요한 게 아니에요. 중요한 건 그 실체죠. 이름이 본질을 반영하지는 못해요. 아시잖아요?"

모르겠지만. 만일 그렇지 않았다면 남궁상은 그녀가 상세하게 설명을 하기 전에 자신이 얼마나 위험한 상황에 처했는지 인식할 수 있었을 것이다.

"간단히 요약하자면 상, 당신은 아미신녀와 검을 섞어볼 영광된 기회를 얻었다는 거죠. 그분의 검에 죽을 수 있는 영광과 함께."

"서, 설마……?"

아무리 영광스럽다 해도 검끝에 꽂힌 고기 산적 신세가 되는 것은 사양이었다. 어차피 맛도 더럽게 없을 터. 그런데 설마 그렇게까지 하겠는가? 그런 의혹이 여전히 남아 있었다. 그것은 일반 상식과 지극히 상반된 극단적인 행동 방식이었다. 아미신녀씩이나 되는 사람이 그런 행동을 취할 것이라고는 상상이 가지 않았다. 남궁상의 안이한 마음을 진령은 바로 눈치챘다. 어차피 실체를 배제한 채 상상 속에 맺힌 상(象)만을 토대로 어설프게 결론을 내려 버리니까 오류가 발생하는 것이다.

"고모님이라면 할지도 몰라요. 아니, 반드시 할 겁니다. 무슨 일이 있더라도. 어차피 약한 남자에게는 별 관심이 없으신 분이니까요. 그렇다고 강하고 무식한 인간을 좋아하는 것도 아니지만요. 단 한 가지 확실한 것은 내뱉은 말은 반드시 지키는 분이시라는 거죠."

한마디로 까다롭다는 것이다. 입맛이.

"지금으로서는 부족할까요?"

주위에 괴물이 많아서 그렇지 남궁상도 나름대로 실력에 자신이 있었다. 뻐기는 건 아니지만 그는 진령과 함께 구룡칠봉 중의 한 명이기도 했고, 또한 비류연의 꼬봉이긴 해도 주작단의 단주이기도 했다. 같은 동년배들 사이에서 실력 면에서 꿀린다고 생각해 본 적은 최근 들어 한 번도 없었다. 몇몇 인간 같지 않은 괴물들을 제외하고는.

"제가 확신할 수 있는 것은 지금 상태로는 절.대.로. 그분의 시험을 이겨낼 수 없어요."

그것은 본능과도 같은 확신이었다. 그러나 진령의 절대적인 확신에 남궁상은 상처받고 말았다. 주제에 남자라고 사내대장부의 자존심이란 게 그에게도 있긴 있었던 것이다.

"설마 그렇게까지……."

그는 진령이 부정해 주기를 바랐다. 그러나 진령은 안이한 위로로 현실을 왜곡할 뜻이 없는 게 분명했다. 그녀의 단호한 대답에는 그런 의지가 잔뜩 들어가 있었다.

"아니요. 그분이라면 충분히 그럴 만해요. 게다가 그분에게는 한 가지 나쁜 버릇이 있거든요."

그 버릇이 언제나 작은 문제를 태산만큼 크게 키우는 원흉이었다.

"나쁜 버릇이라뇨?"

"그분은 손속에 사정을 두실 줄 몰라요. 거의 언제나 전력을 다해 부딪쳐 버려요. 좋게 말하면 진지하고 나쁘게 말하면 인정사정없죠. 아무리 당신이라 해도 오히려 더 가차없으면 가차없었지 사정 봐주지는 않을 거예요."

하지만 참으로 역설적이게도 그 '나쁜 버릇'은 오늘날의 그녀를 있게 해준 원동력이기도 했다.

아무리 남궁상이 구룡 중 한 명으로 뇌전검룡이라는 분에 넘치는 별호로 불리우고 있기는 있지만 이미 오랜 시간 동안 험난한 강호의 누차에 걸친 검증을 받아온 아미신녀의 상대가 되지 못한다는 것은 알고 있었다.

"그럼 과연 당신이 그분의 연환 공격을 버텨낼 수 있을 것 같아요? 칠변만화(七變萬化)―일곱 번의 변초로 만 가지 변화를 그 안에 담는다고 해서 불리워진―라고까지 불리우는 그분의 연환기를? 천하오검수 중 유일한 여류검객인 아미신녀 진소령의 검초를?"

그렇다. 아미신녀 진소령은 여성의 몸으로는 유일하게 천하오검수에 이름을 나란히 올린 천재 여검객이었다. 한마디로 빙검 노사과 수준에서 논의되는 절정의 검객이라는 이야기였다. 아직 남궁상에게는 손에 닿지 않는 별이었다.

"…아무래도 그건 불가능하겠죠?"

"어머, 의외로 순순히 인정하네요?"

"현재를 부정해 봤자 얻는 건 아무것도 없으니까요."

남궁상이 작게 한숨을 내쉬며 대답했다.

"그건 대사형의 말?"

"그렇죠. 그 사람이 내 뼈에 새겨 넣은 말들이죠."

"…우리 모두 그랬죠."

현재는 과거의 바탕 위에 서 있고 현재는 미래의 바탕이 된다. 이 역사의 순환 고리에서 완벽히 자유로울 수 있는 존재는 없다. 현재의 자기 자신을 외면하는 것은 현실 도피였고, 현실의 삶이란 무대를 떠난 이에게 쳐줄 박수 따윈 설령 신이라 해도 가지고 있지 않았다. 그러나 극기(克己)의 길은 멀고도 험했다.

"…그럼 우선 어떻게 해야 하죠?"

남궁상이 걱정과 초조함이 역력한 얼굴로 진령에게 물었다. 일일이 타인에게 의지하기보다 자신의 머리를 먼저 짜내야 하는 게 아닌가? 실로 한심한 모습이 아닐 수 없다. 그런 남자를 사랑하게 된 게 죄라면 죄. 진령은 속으로 다시 한 번 무한의 한숨에 하나를 더 보탰다.

"글쎄요……."

애인한테 물어보면 뭔가 뾰족한 수가 생기기라도 한다는 건가?

이런 한심한 남자는 일찌감치 차버리는 게 좋을 텐데……. 아직 미련을 버리지 못하는 자신이 죄인이었다.

"어, 어떻게 하면 지금보다 더 강해질 수 있는 거죠?"

강해지기 위한 동기로는 좀 한심하기 짝이 없는 이유였지만 그런 것에 체면 세울 때는 아니었다.

때가 좀 늦은 감이 있지만 이제야 겨우 사태의 심각성을 이해한 남궁상이 안절부절못한 채 고민에 빠져들었다. 당황한 채 우왕좌왕하며 흐트러진 마음으로 제대로 된 타개책을 마련하려는 그 용기는 실로 가상했다.

아미신녀 진소령이 요구하는 수준은 상당히 높을 게 분명했다. 그 기준에 부합되지 못한다면 최소 퇴출이고, 최악의 경우 상상만으로도 끔찍하지만 사망(死亡)이었다. 그 경우만은 절대로 피하고 싶었다. 어떻게 해야 하지? 어떻게 해야 하지? 어떻게……

"대사형에게 부탁해 볼… 허걱!"

난마(亂麻)처럼 뒤엉킨 번뇌의 사고 끝에 나온 한마디. 무책임한 주둥이에서 무심결에 흘러나온 말의 그 의미를 깨닫는 순간 남궁상은 화들짝 놀라고 말았다. 순식간에 온몸이 식은땀에 축축하게 젖어버린다. 그나마 핏기가 남아 있던 얼굴에서 색소가 썰물처럼 빠져나가는 데는 눈 깜짝할 사이면 충분했다. 그가 받은 정신적 타격은 그만큼 컸다. 과거의 악몽이 망각의 둑을 허물고 물밀듯이 밀려왔다. 꾹꾹 묻어놨던 기억의 지반을 꿰뚫고 거칠게 분출한다.

"지금 그 말… 진심이에요, 상?"

진령은 경악으로 휘둥그레진 봉목으로 남궁상을 바라보았다. 그녀의 목소리가 가늘게 떨리고 있었다. 그녀는 지금 조금 감동하고 말았다. 남궁상이 자신을 위해 그런 끔찍한 위험(!)에 목숨을 아끼지 않고 몸을 던질 생각까지 했다는 사실에. 그녀의 눈동자에 물기가 차 오르기 시작했다.

"아, 아뇨. 설마 아무리 마음이 급하다지만 그런 짓까지 한다는 것은……"

감격에 겨운 물기 어린 진령의 눈빛이 좀 부담스럽기는 했지만 그렇다고 해서 불쑥 사신의 손을 잡을 수는 없었다.
"안 될 말이지, 안 될 말이야."
남궁상은 정신 나간 사람처럼 중얼거렸다. 비록 찰나라고는 하지만 자신이 저지른 엄청난 실수가 가져다준 충격에 오히려 마음이 가라앉았다.
"내가 당황하긴 당황했었나 봐요. 해선 안 될 말을 하다니 말이에요. 그것은 인간이 걸어갈 만한 길이 아니에요. 령도 알잖아요?"
"몰라요!"
진령의 대답은 차가웠다.
남궁상은 조용히 자신의 나약함과 어리석음을 책망했다.
'이렇게 비통할 수가! 내가 잠시 정신이 엇나가서 혼돈의 문턱에 발을 들여놓고 말았구나!'
"그럼 포기하겠다는 건가요? 앞으로 나갈 길이 있는데 여기서 포기하겠단 말이에요? 당신에게 저는 겨우 그만한 정도밖에 안 되는 존재인가요?"
"그, 그건……."
말문이 막혀 버린 남궁상은 가타부타 대꾸도 못하고 답답한 마음에 스스로를 책하며 가슴을 쳤다.
'에구구! 나도 참 제정신이 아니었지. 아무리 무의식적이라 해도 어떻게 그런 끔찍한 생각을 다 할 수 있었을까? 지금은 그런 어림 반 푼어치도 없는 해결책 따위는 저만치 접어두고 자신이 할 수 있는 일을 생각할 때인 것을!'
꼭 지옥까지 가야 구원을 얻을 수 있는 건 아니다. 살아서도 분명 한

줄기 구원의 빛은 틀림없이 그의 머리 위를 비춰주리라. 하늘이 무심하지 않다면.

'만일 대사형에게 단련받는다면…….'

그다지 인정하고 싶진 않지만 확실히 강해지긴 할 것이다. 그 점만은 어느 정도 보장할 수 있었다. 확신도 있었다. 그렇게 만들기 위해 수단과 방법을 안 가려줄 자상함(?)이 저쪽에는 충분히 겸비되어 있었다.

그 섬뜩하고 전율스런 자상함이 떠오르자 갑자기 오한이 스멀스멀 기어나왔다.

"저기 만일 그렇게 되면 고모님을 만나기도 전에 비명횡사할 가능성이 높지 않을까요?"

그 경우만은 어떻게 해서든 피하고 싶었다.

"그렇게 싫어요?"

진령이 물었다.

"당연하죠!"

남궁상은 주먹을 불끈 쥐고 피를 토하듯 속에 담겨져 있던 마음의 퇴적물을 뱉어냈다.

"대사형의 그 비비 꼬인 지랄 맞은 성격을 알면서도 그런 말이 나온다는 게 신기하네요! 그건 미친 짓이에요! 대사형에게 부탁이라니!"

그의 몸이 격렬한 흥분으로 심하게 떨렸다. 혀 뿌리가 끊어지고 턱 관절이 닳아 없어질 때까지 수십만 단어를 내뱉어도 마음 깊은 곳에 쌓인 이 울분을 모두 토해내는 것은 불가능하리라.

"사자보다 사납고 여우처럼 약삭빠르고 독사보다 교활하면서도 돈이라면 사족을 못 쓰고, 도박은 밥 먹듯 하고, 관심있는 것이라고는 우리들을 어떻게 하면 보다 더 잘 괴롭힐 수 있을까 매일매일 틈날 때마다 궁리하고 있는 게 틀림없다고 확신합니다! 그래요! 틀림없어요! 그 인간은 인간이라 할 수 없는 인간이라구요! 그 괴물을 인간이라고 명명하는 것 자체가 인간에 대한 모독입니다!"

"흐흠!"
한 남자의 입가에 미소가 걸리는 것은 흔히 있는 일이다. 뭔가 좋은 일이 있었던 모양이라고 생각할 수 있으니까. 그러나 이 단순한 미소가 한 사람의 운명을 바꾼다면 그 미소의 의미에 대해 한 번쯤 조망해 볼 필요가 있다. 특히 그 미소의 주인이 길게 기른 앞머리로 눈을 가리고 있는 경우에는 더욱더.
"그렇게 생각한단 말이지. 조금 섭섭한걸."
세상은 개인의 의지와 상관없이 움직이는 경우가 그렇지 않은 경우보다 많다.
이 둘의 대화를 듣고 있던 청년 비류연은 그것을 잘 알고 있었다. 어디서부터라고 묻는다면 서찰을 뜯는 소리부터라고 대답할 수 있겠다. 어디서라고 하면 그들의 머리 위에서라고 대답할 수 있겠다. 엿들은 거냐고 하면 단호하게 아니라고 대답할 용의가 있었다.
선객(先客)은 그 자신이었으니까. 그가 거기 있었던 것이 필연이었는지 우연이었는지는 알 수 없다. 다만 그는 단지 날씨가 좋아서 맛있는 낮잠이나 즐겨볼까 가볍게 생각했을 뿐이었다. 그리고 이곳은 그가 좋아하는 여러 낮잠 자는 장소 중 하나였다.
눈이 부시지 않을 정도의 적절한 일광 조절, 단잠을 깨우지 않을 만큼의 조용함, 눈을 감아 민감해진 귀를 즐겁게 해주는 바람과 나무들의 군무(群舞) 소리, 그리고 완벽한 독립성.

월영정의 정자 위는 한가로이 오수(午睡)를 즐기기에 더없이 운치있는 장소였다. 잠자던 사자를 깨운 것은 오히려 남궁상과 진령 쪽이었다. 만일 이 두 사람이 그 사실을 알았다면 자신들의 참담한 실책에 혀를 깨물고 싶었으리라.

그렇다. 비류연은 다 듣고 있었던 것이다.

어디서부터? 처음부터! 어디까지? 끝까지!

낮말은 새가 듣고 밤말은 쥐가 듣는다고 했던가. 남궁상과 진령은 세상살이를 너무 얕봤다.

그들은 지금까지 재앙신의 코 아래에서 재롱을 부리고 있었던 것이다.

"쯧쯧, 그렇게 부끄러워할 것은 없는데. 도움을 청하기만 하면 언제나 도와줄 것을."

기(氣)를 이용해 주위에 방음막을 펼쳐 놨기 때문에 그의 소리는 바로 아래라 해도 들리지 않는다. 때문에 그는 마음껏 중얼거릴 수 있었다.

"이거 다시 내가 나서야겠군."

사랑스런 제자 겸 사제의 앞날에 암운이 드리우게 할 수야 없지 않은가! 자신의 제자 겸 사제가 누군가의 시험에 턱걸이도 못하고 탈락하는 것은 그 자신이 용납할 수 없었다. 그러기 위해서 그는 약간의 귀찮음을 무릅쓰고라도 할 용의가 있었다. 조금 수고롭겠지만 무시당할 수야 없지 않겠는가.

어떻게든, 죽는 한이 있더라도(!) 인정받아 주지 않으면 이쪽이 곤란하다. 그런 허약체를 자기 손으로 길렀다고 여겨질 것을 생각하면 상상만으로도 소름이 끼친다.

씨익!

"좋아, 일이 재미있게 되겠군."

재앙이 흉험하게 미소 지었다.

여러 가지 계획을 머리 속에서 짜내며 비류연은 머리를 굴리기 시작했다.

"아참, 그런데 궁상이 한 놈만 신경 써주면 나머지 아해들이 편애한다고 질투하지 않을까?"

그건 또 그것 나름대로 곤란한 일이었다.

인기인은 언제나 괴로운 법이라며 비류연은 한숨을 내쉬었다.

그동안 너무 풀어줬으니 이제 슬슬 조금 더 엄하게 굴릴 때가 된 것 같았다. 마침 화산지회에서 제자들에게 조금 실망했던 고로 단련의 필요성을 느끼고 있던 차였다. 때마침 좋은 기회였다.

이 순간 남궁상과 진령을 포함한 주작단 열여섯 명은 알 수 없는 오한에 몸을 떨어야 했다.

"왜 그래요, 상? 갑자기 몸을 떨고."

"아뇨. 갑자기 온몸에 오한이 들어서요."

"사실 저도 방금 그랬어요. 차가운 얼음이 등줄기를 타고 내려가는 듯한 느낌이었어요."

조짐이 좋지 않았다.

"별일없으면 좋으련만……."

때로는 이성보다 육체의 직감이 더 잘 맞을 때도 있다. 그러나 이미 때는 늦어 있었다. 시위를 떠난 화살은 과녁에 적중하기 전에는 중간에 되돌아오는 법은 결코 없다.

특히 비류연이란 인간에 대해 말할 것 같으면 화살이 날아가다 맥없이 떨어진다 싶으면 쏘아진 화살 꽁지에 가차없이 채찍질을 할 인간이었다.

물론 비류연에 대한 그의 평가는 진령도 동의하는 바였다. 그러나 현재로서는 다른 대안이 없었다. 그도 그녀도 그 사실을 누구보다 잘 알고 있었다. 그러나 그는 자꾸만 자신에게 남아 있는 뒤가 보이지 않는 외길을 외면하려 하고 있었다.
"그래서 겁이 난다는 건가요?"
진령이 날카로운 목소리로 남궁상을 힐책했다.
"아니, 그러니깐……."
사랑하는 여인 앞에서 스스로를 겁쟁이라고 인정하고 싶은 남자는 없었다.
"똑바로 말해 보세요, 남궁상! 피하지 말아요. 나를! 그리고 당신 자신을!"
'피하고 있다고…….'
그녀의 말이 비수처럼 날아와서 그의 가슴에 박혔다. 그는 자신이 자꾸만 외면해 왔던 사실을 인정하는 것을 더 이상 미룰 수 없었다.
"그래요… 사실은 겁이 나요."
고개를 푹 숙인 채 남궁상이 말했다.
"나는… 대사형이 무서워요. 그 사람하고만 있으면 내가 알고 있던 세계가 자꾸만 부서져 나가는 것 같아 두려워요. 내가 알고 있던 세계가 거짓으로 가득 찼던 세계라는 것을 인정하고 싶지 않아요. 내가 그 세계 속에서 안주하며 살아왔고 앞으로도 그러고 싶어하는 연약한 마음을 가진 가련한 인간이란 사실을 인정하고 싶지 않았어요."

진령은 말없이 그에게 다가가 두 팔을 벌려 꼬옥 안아주었다. 그리고는 울고 있는 그의 등을 두드려 주었다.

"괜찮아요. 겁먹지 말아요. 사실 나도 대사형이 무서워요. 만족이란 걸 모른 채 사람의 한계를 자꾸만 넘어서려 하는 그 집착이 두려워요. 하지만 우린 이제 옛날로 돌아갈 수 없어요. 안주하고 싶어도 이미 안주할 수 없어요. 이미 우린 쉴 곳을 잃었으니까요. 더 이상 어린애인 채로 있을 수 없으니까요. 그러니 함께 앞으로 가요. 제가 곁에 있을게요."

그것은 그의 마음을 치유해 주는 따뜻한 한마디였다. 이런 여인을 만날 수 있었던 자신은 행운아였다.

"정말 그래 주겠어요, 령?"

"물론이에요, 상!"

"잘들 논다!"

"그렇죠… 잘들 놀죠… 어?"

의아함을 느낀 남궁상이 붕어처럼 눈을 끔뻑이며 진령을 바라보았다. 그녀는 창백한 얼굴로 고개를 가로젓고 있었다. 그녀는 혼인도 하기 전에 미망인이 되어야 하는 자신의 처지를 한탄하고 있는 것인지도 몰랐다.

땅에서 솟아난 것일까, 하늘에서 떨어진 것일까? 불쑥 눈앞에 한 사내가 나타났다. 그 두 사람도 익히 너무나 잘 알고 있는 얼굴이었다.

갑작스럽게 등장한 사내가 앞머리에 가려지지 않은 입을 열었다.

"실로 화려한 평가, 솔직한 의견 고맙다, 궁상아. 많은 참고가 되었다."

어떤 서신(書信) 223

"헉!"

남궁상과 진령은 심장이 덜컹 내려앉는 기분이었다. 흐르던 눈물도 삽시간에 말라 버렸다. 어디서 갑자기 나타난 걸까? 인기척도 느껴지지 않았는데.

그리고 도대체 어디에 참고가 된 걸까? 문득 두려운 생각이 들었다.

'그러고 보니… 노학이 어떻게 됐더라……?'

떠올리고 싶지 않은 기억이 뇌리 속에 되살아났다. 두 사람은 서로를 껴안 채 그대로 얼어붙고 말았다.

꿈
—그 남자, 그 여자

"왜 날 구했죠?"

그 여자가 묻는다.

"……"

그 남자는 말이 없다.

"그냥 죽게 내버려 두는 게 나았을 텐데요?"

그 여자가 비아냥거린다.

"대답할 의무는 나에게 없소."

그 남자는 대답하지 않는다.

"전 들어야겠어요!"

증오의 불꽃이 이글거리는 눈동자를 외면하고 있는 상대를 응시하며 그 여자가 외친다.

"차라리 죽이세요! 살아서 치욕을 당하느니 그 편이 더 나아요!"

그 남자는 듣지 않는다.

"명을 재촉할 필요는 없다고 생각하오."

그 여자가 다시 외친다.

"죽여요! 그렇지 않으면 후회할 거예요! 제가 당신을 죽일 테니까요!"

그 남자는 허락한다.

"그것이… 그것이 가능하다면 언제든지 시도해도 좋소. 기다리리다."

그 남자는 말을 끝마치자 바로 등을 돌렸다. 발걸음은 멈춰 있다. 비어 있는 허점투성이의 텅 빈 등. 핏기 가신 손에 들린 그 여자의 검이 파르르 떨린다.

푸욱!

땅바닥에 검을 찔러 넣으며 그 여자는 오열했다.

"제발 죽여요! 죽이란 말이에요! 얼마나 더 날 비참하게 만들어야 속이 시원하겠어요?!"

뜨거운 분루가 회한과 함께 땅에 떨어진다. 차라리 꿈이었으면 좋으련만. 간신히 아물어가던 상처가 지진으로 갈라진 대지의 틈처럼 벌어진다.

"그게 정말 당신의 소원이오?"

약간 슬픈 목소리로 그 남자가 묻는다. 입술을 고집스레 깨물며 그 여자는 고개를 끄덕였다. 더 이상 떨어질 바닥은 없었다. 이보다 더 큰 비극과 절망은 있을 수 없다?

"후회하지 않겠소?"

"제가 더 이상 어떤 후회를 할 수 있단 말인가요?"

증오와 비탄으로 점철된 의지는 강철처럼 단단했다.

그 남자는 크게 한숨을 내쉬며 탄식을 터뜨린다.

"당신의 마음은 이미 돌아올 수 없는 전환점을 지나 버린 것 같구려. 좋소. 그것이 원이라면……."

잠시 말을 멈추었던 그 남자가 다시 말을 잇는다.

"그 소원을 이루어주겠소."

그것은 그 남자가 바라는 바가 아니었다. 그러나 그 여자의 말대로 이미 돌이키기에는 모든 것이 늦었다. 이대로 두면 어차피 자결할 가능성이 더 컸다. 그럴 바에야 차라리…….

"오늘을 기해 독안봉 독고령의 존재는 이 세상에서 사라지오, 영원히!"

그 남자는 슬픈 목소리로 선언한다. 부드럽지만 차가운 그 남자의 손길이 그 여자의 목에 닿는다.

"안녕히……."

그 남자가 조용히 작별을 고한다. 뒷말은 너무 작아 들리지 않는다.

그제야 그 여자의 마음이 편해진다. 죽음은 두렵지 않다. 정(靜)에서 동(動)이 나오고 음에서 양이 나오듯 생(生)은 사(死)로부터 나오는 것. 자신이 나왔던 시원(始原)으로의 필연적인 귀환.

진작에 이래야 했다. 그 여자는 생각한다. 구 년 전에 끝냈어야 할 일을 지금에 와서 끝내는 것뿐이라고. 지난 구 년분은 그저 여분의 삶이었을 뿐이라고.

'미안하다, 예린아. 더 이상 널 지켜주질 못하겠구나!'

그 여자는 미안한 마음에 괴로워한다. 눈이 감긴다.

'사부님…….'

때론 엄격하고 때론 자상했던 검후의 얼굴이 감겨진 어둠 위로 마지막으로 떠오른다. 그 여자의 뺨에 두 줄기 눈물이 흘러내린다.

그리고,

암흑(暗黑)이 찾아왔다.

몽환산장(夢幻山莊)
―또 하나의 령

쏴아아아아아!
비가 폭포가 되어 세상을 집어삼킨다.
우레 같은 빗소리.
푸른 번개가 찰나 속을 번쩍이자 쌍둥이 동생인 천둥이 뒤따라 포효하며 하늘을 진동시킨다. 대지와 수면을 때리는 빗소리가 사나운 야생마의 말발굽 음(音) 같다. 전장을 내달리며 혈우(血雨)를 뿌려대는 육두전차가 대지 위를 종횡으로 가로지르며 미친 듯이 날뛸 때 같은 광포한 난타음이 자연의 제(齊) 소리를 한입에 집어삼킨다.
과연 봄에 내린 비가 맞나 하는 의구심부터 샘솟는 그런 난폭하기 짝이 없는 강우(降雨)였다.
여인은 신음하고 있었다.
하늘의 찢어진 천장에서 흘러내리는 빗물은 슬픔을 담아 세상을 쓸어버릴 듯한데 몸은 뜨거웠다. 용광로 속에 들어가 있는 쇠처럼, 화산 속에서 끓는 용암처럼 참을 수 없는 뜨거운 열기가 영겁의 겁화처럼 영혼을 불사를 것만 같았다.

'괴로워······.'

비명은 침묵의 사슬에 속박당한 채 허파 속에 감금되어 있다. 숨결이 점점 거칠어진다.

공포가 다가오고 있었다. 한 걸음 한 걸음. 쓰고 있는 검은 두건 탓인지 얼굴은 보이지 않는다. 그 얼굴을 봐서는 안 된다. 검은 어둠, 공포와 직면하게 될 때 자신이 얻는 것은 오직 절망뿐이다. 검은 두건은 치우지 않는 것이 이롭다. 눈도 마주치면 안 된다. 잡아먹히고 만다. 잔인무도한 공포는 심장을 꿰뚫고 육신과 영혼을 천참만륙하리라.

절대로 마주쳐서는 안 된다. 절대로. 자신은 그렇게 강하지 않다. 나는 나약하다. 절망과 싸워 나가기에 자신은 너무도 나약하다.

도망쳐야 한다. 도망쳐야 해. 잡히면 끝장이다. 내가 내가 아니게 되어버린다.

도망쳐야 해.

그러나 영혼과 육체는 주박(呪縛)에 걸린 듯 옴짝달싹하지 않는다. 공포가 다가온다. 움직이지 않는다. 다가온다. 움직이지 않는다. 공포가 내쉬는 차가운 숨결이 목덜미로 느껴진다. 고개가 돌아간다. 검은 두건이 벗겨진다. 눈을 돌려야 해! 나는 얼어붙어 있다. 마침내 공포와 눈이 마주친다. 칠흑 같은 암흑이 거센 파도가 되어 자신의 몸을 집어삼킨다.

"끼아아아아악!"

양손으로 이불 깃을 움켜쥐자 온몸이 파르르 떨리는 것을 느낄 수 있었다. 방 안에 비가 내리는 모양이다. 몸이 차갑다.

"...령... 령... 령......"

어디선가 목소리가 들린다. 너무 먼 곳이다.

누구의 목소리지? 기억은 잘 나지 않는다. 어두운 먹구름이 자신과 함께 기억까지 먹어치우고 있었다. 그때 다시 한 번 날카로운 목소리가 들려왔다.

"영령 아가씨!"

번쩍 눈을 뜨자 개벽의 아침을 맞은 듯 하늘이 동시에 열렸다. 눈부시게 쏟아지는 햇살에 그녀는 무심결에 눈살을 찌푸리고 말았다.

그 다음 순간 여인은 무언가를 뿌리치려는 듯 거칠게 몸을 일으켰다.

"헉헉헉!"

야생마처럼 날뛰는 호흡은 좀처럼 얌전해질 기미를 보이지 않았다. 심장은 미친 듯이 날뛰고 있었다. 폐가 쥐어짜 낸 비명이 아직도 귓가에 쟁쟁한 듯하다. 식은땀이 비 오듯 흘러내려 얇은 나삼을 흠뻑 적시고 있었다.

'여기는 어디지? 그리고 나는 누구?'

잠시 후 호흡이 진정되자 여인은 주위를 돌아보았다. 그러나 시커먼 무언가가 틀어막힌 듯 기억이 나질 않았다. 아직도 음습한 악몽의 잔재가 그녀의 신경 한구석을 붙들고 있었다.

'진정하자, 진정해. 그리고 하나씩 하나씩 천천히 기억해 내는 거야.'

악몽에서 벗어나기 위해 그녀는 필사적으로 현실의 형상들을 움켜

잡았다. 다시 악몽 속으로 굴러 떨어지지 않기 위해, 또한 자신의 의식을 다시 한 번 현실에 매어놓기 위해.

한참 동안 씨름한 후에야 그녀는 겨우 몽현(夢現)의 경계(境界)에서 현실의 물가로 간신히 몸을 빼낼 수 있었다.

"맞아. 생각이 나. 그랬었지……."

그제야 희미한 안개처럼 머리 속을 뒤덮고 있던 짙은 안개 같은 기억이 명확한 형태를 잡아가기 시작했다. 여기는 자기 집이었고, 이곳은 자기 방이었다. 이불은 자신이 좋아하는 봉황 무늬가 수놓아진 분홍빛 비단 이불이었다. 방 안을 둘러보자 눈에 익은 정경이 들어왔다. 밤새 내려앉은 먼지가 거울 위해 살포시 덮여 있는 자단목 경대, 그 위에 놓여진 갖가지 화장 도구들, 그리고 차가운 초들이 꽂혀 있는 화려한 은 촛대, 빈 찻잔. 어제 자기 전에 봤던 모습 그대로의 정경이 눈앞에 펼쳐져 있었다. 바뀐 것은 아무것도 없었다.

그 익숙함에 그제야 그녀는 안도의 한숨을 내쉴 수 있었다. 겨우 심신이 진정되었다.

그나마 위안이 되는 것이 이미 동이 터 있다는 것이다. 그녀는 작게 안도의 한숨을 내쉬며 가슴을 쓸어내렸다.

다행이다. 해가 뜬 이상 지금은 밤이 아니었다.

다시 잠들지 않아도 된다는 사실에 여인은 안도의 한숨을 내쉬었다.

조금 전 그녀는 밤에 사로잡혀 던져진 깊디깊은 심연에서 떠올라 어둠의 장막을 헤치고 간신히 눈을 떠 현실의 세계로 되돌아올 수 있었다.

그녀는 밤이 두려웠다.

"또인가……."

밤이면 밤마다 자신을 사로잡는 악몽. 그때마다 상처 부위가 불에 덴 듯 화끈거린다. 식은땀이 흥건하게 그녀의 나삼(羅衫)을 적시고 있었다. 아직도 의식이 몽롱한지 몸의 무게가 느껴지지 않는다. 실감이 없다. 몽현의 경계에서 흔들거리는 그네에 앉아 있는 그런 느낌이었다.

또 한 번의 반복. 이제는 익숙해질 만도 하지만 밤마다 자신의 머리맡에 검은 날개를 펄럭이며 내려오는 악몽에는 익숙해질래야 익숙해질 수가 없었다. 밤이 두려웠지만 주야(晝夜)의 면면부절한 변화는 천도의 영역에 속하는지라 오는 것을 막을 수 없었고 가는 것도 재촉할 수 없었다. 인간이 천도의 운행이라는 거대한 흐름 속에서 자신의 한계를 명확히 인식하는 그 순간부터 진정한 자유를 누릴 수가 있는 것이다. 하지만 그녀는 공포와 절망과 어둠을 그저 한 발짝 떨어져서 관조하는 그런 경지에는 도달하지 못했다. 그래도 시도는 해본다. 안 하는 것보다는 낫기 때문이다.

그녀는 조용히 호흡을 가다듬고 자신의 내면을 바라보기 시작했다. 눈에 보이는 현상을 믿을 수 없다면 남은 수단은 단 하나. 바로 자기 자신을 바라보는 것뿐이다.

그녀는 오랫동안 병치레를 한 탓에 기억이 혼란스러운 부분이 많았다. 사람들의 말에 의하면 여러 번 혼수상태 속에서 고열에 시달린 탓이라고 한다.

"아가씨, 일어나셨습니까?"

하녀 한 명이 장지문 바깥에서 또다시 기별을 넣는다. 기침 여부를 묻고 있는 것이리라.

몽환산장(夢幻山莊)

"아가씨……."

자신을 부르는 시녀의 목소리가 조심스럽다.

'누구였더라?'

잠시 흐릿한 기억을 더듬자 그것이 자신의 전속시녀인 몽무(夢霧)의 목소리라는 것을 깨달을 수 있었다. 그러자 그녀의 정신이 다시 현실로 돌아왔다.

'아, 그래. 여기는 본가에 위치한 내 방이었지?'

조금 전에 기억해 냈으면서도 왠지 현실감이 느껴지지 않는다. 아직 꿈을 꾸고 있는 것도 아닐 텐데 여전히 몸은 물속을 둥둥 떠다니는 것 같다.

"…저… 령 아가씨?"

다시 한 번 바깥에서 몽무의 목소리가 들려왔다. 이번이 몇 번째더라? 기억이 나질 않는다. 한동안 대답이 없자 안절부절못해진 탓인지 목소리가 조금 떨리고 있었다. 더 이상 대답을 늦추면 그녀는 당황한 표정으로 문을 부수고 들어올지도 몰랐다. 그녀의 시녀에게는 덜렁대는 면이 없잖아 있었고, 그것은 항상 주변의 골칫거리였다. 그녀는 수리비를 아끼기로 했다.

"들어오너라. 나는 일어났다."

조용한 목소리로 대답하자 문 저편에서 안심한 듯한 한숨 소리가 들리며 삐거덕 문이 열렸다. 아침 햇살이 열린 문틈 사이로 몰래 비집고 들어와 그녀의 어깨 위에 내려앉았다. 새하얀 나삼이 아침 햇살을 머금자 투명하게 빛나는 듯했고, 그 백광은 그녀의 검고 탐스러운 머리카락을 더욱 돋보이게 만들어주었다. 또한 땀에 젖은 흰 나삼은 몸에 착 달라붙어 육체의 풍만한 가슴에서 얄상한 허리로 이어지는 아름다운 육신의 굴곡을 그대로 드러내 주고 있었다. 묘하게 교태적인 그 모습을 보고 몽무는 나직한 탄성을 터뜨렸다.

언제 보아도 이 아가씨의 미모는 감탄할 만했다. 잔혹하게 새겨진 단 하나의 '오점'만 없다면 더욱더 완벽했을 것을. 아쉽기 그지없는 일이었다. 이런 예술품에 안타깝게 흠집를 내다니. 정말이지, '검각' 놈들은 천인공노할 나쁜 놈들이었다.

"먼저 세안을 하세요, 아가씨. 그런 다음 제가 의복을 입혀 드리겠습니다."

몽무가 활짝 웃으며 말했다.

"무슨 일이라도 있느냐?"

그녀가 물음에 몽무는 깜짝 놀라는 시늉을 하며 반문했다.

"어머, 어떻게 아셨어요, 아가씨? 전 아무 말도 안 했는데?"

"너는 당황하는 일은 있어도 서두르는 일은 없지. 이른 아침부터 무슨 일 있느냐?"

"장주 어른께서 부르십니다."

몽무가 자백했다.

"아버님께서?"

이렇게 이른 아침부터 무슨 일일까? 일단 서둘러야 할 것 같았다.

"검을 다오!"

옷매무새를 단정히 하고 그녀는 몽무가 두 손으로 공손히 건네준 자신의 애검을 들었다. 순간 그녀의 눈에 아픔이 스쳐 갔다.

단아했던 애검의 피부 위에는 격전의 흔적을 말해 주듯 여기저기에 상처가 나 있었다. 검집의 겉이 조금 그을린 것 같기도 했다.

"앞장서라!"
"예, 아가씨!"
공손하게 방문을 열며 몽무가 대답했다.

"오, 왔느냐?"
"소녀, 문안 인사 올리옵니다."
영령이 포권지례를 취했다.
"자리에 편히 앉거라."
중후한 인상의 중년인이 잔잔히 미소를 머금으며 장중한 태도로 손을 내밀며 자리를 권했다. 영령은 그 말에 따랐다.
"아침 일찍부터 널 귀찮게 했구나. 미안하다."
"아닙니다. 하교하실 말씀이라도 있으신지요?"
공손한 태도로 영령이 말했다.
"날짜가 정해졌다."
영령의 고개가 번쩍 들렸다.
"그럼……?"
중년인이 천천히, 그러나 무겁게 고개를 끄덕였다.
"그래, 앞으로 한 달 뒤다. 각오는 되어 있느냐?"
"물론입니다, 아버님."
굳은 결심을 한 얼굴로 소녀는 고개를 끄덕였다. 이때를 그녀는 고대하며 기다려 온 것 같다.
"반드시 합격해서 그분의 힘이 되어드리겠어요."
그녀에게는 미래를 약속한 정혼자가 있다. 자신의 몸도 마음도 모두 그분의 것이었다. 그래서 그녀는 항상 그분의 힘이 되어주고 싶었다.

하지만 요 몇 년간 사투의 후유증으로 병치레를 하는 바람에 그분을 도와주지 못한 것이 무척 미안했다. 그 때문에 자신의 무력함을 얼마나 한탄했던가.

이제 이번에 있을 시험에 합격해 그분의 힘이 되어주고 싶었다. 그러나 그분만 생각하면 심장이 두근거리면서도 가슴 한 켠이 이상하게 따끔따끔 아파왔다.

악몽이 그녀의 심신을 잠식할 때면 그녀는 언제나 그분의 이름을 불렀다. 자신을 이 검고 추악하고 무시무시한 악몽 속에서 구해달라고.

자신에게로 다가오는 공포스런 하얀 손, 귓가를 두들기는 빗소리, 세상을 집어삼키는 천둥, 그리고 일렁이는 불꽃과 그림자.

앞은 컴컴하고 아무것도 보이지 않았다. 오직 있는 것은 천천히 다가오는 하얀 손과 불에 덴 듯한 화끈한 통증뿐. 하지만 아무리 불러도 도움의 손길은 오지 않았다. 언제나 그녀를 괴롭히는 의미를 알 수 없는 꿈에서 그녀는 빠져나오고 싶었다.

"원래대로라면 사 년 전에 시험을 쳤어야 했지만 부상의 후유증으로 요양하느라 몇 년을 소모하고 말았지. 그날의 일만 없었어도 너의 실력이라면 충분히 합격할 수 있었을 텐데 안타깝구나."

"이번에는 어떤 방해도 용납하지 않겠습니다."

"곧바로 채비를 갖추어 출발하도록 하여라. 너에게 '몽무(夢霧)', '환무(幻霧)' 두 아이를 붙여주마. 네가 우리 가문의 명예를 훌륭히 지켜낼 거라 믿는다."

"예, 아버님. 소녀 결코 가문의 명예를 훼손하는 일은 없을 겁니다."

장주는 흡족한 미소를 지으며 고개를 끄덕였다.

"비록 네가 그 간악한 년들 때문에 사고를 당해 비록 남보다 불리한 상황이 되었지만 능히 극복하리라 믿는다. 그래야 그분의 힘이 되어줄 수 있지 않겠느냐? 너의 몸과 마음은 모두 그분의 것이라는 것을 잊어서는 안 된다."

길게 잔향이 남는 목소리로 장주가 말했다.

"예, 그 사실을 잊을 일은 결코 없을 겁니다. 그것만이 제가 이 세상에 생을 부여받은 유일한 의미이니까요."

어떤 위화감도 없이 단호한 목소리로 영령이 대답했다. 그녀의 마음 안에서 그것은 절대 불변의 신성한 명제임이 분명했다.

"음, 좋아좋아. 믿음직스럽구나."

여인의 아버지는 무엇이 그리 기쁜지 연신 고개를 주억거렸다.

"언제 출발하겠느냐?"

"시간이 촉박하니 내일 출발하겠습니다."

딸의 듬직한 대답에 장주는 흡족한 미소를 지으며 고개를 끄덕였다. 모든 일은 예정대로였다.

"몽환쌍무(夢幻雙霧), 도착했습니다."

"들어오너라."

조용히 문이 열리고 두 명의 여인이 들어왔다. 한 명은 아침에 그녀의 시중을 들었던 몽무였고, 다른 한 명은 환무 란 이름을 지닌 여인으로 몽무보다는 조금 더 어른스러워 보이는 미인이었다.

기다리고 있던 사람은 이곳 산장의 장주이자 영령의 아버지 바로 그 사람이었다.

"어떠냐, 아가씨의 상태는?"

조금 전에 보여주었던 후덕하고 자상한 표정을 짓던 사람과 도저히 동일한 인물이라고 볼 수 없는 싸늘한 안광을 빛내며 그가 물었다.

"예, 아직은 특별한 징후가 발견되지 않고 있습니다."

"언제 발작을 일으킬지 모른다. 그때는 내가 가르쳐 준 대로 조치를 취해라. 항상 눈을 떼서는 안 될 것이야."

"명심하겠습니다."

두 여인이 부복하며 예를 취했다.

"실패는 용납하지 않는다. 알고 있겠지?"

얼음장보다도 더 차가운 목소리에 순간 두 여인의 몸이 부르르 떨렸다.

"절대 대계(大計)를 그르치는 일은 없을 겁니다."

"좋아, 믿겠다."

"존명."

"어머, 아가씨, 오늘 안개는 유난히 지독하네요. 여기가 아무리 산 위라지만 너무한 것 같아요. 환아, 그렇지 않니?"

몽무가 옆에 있는 동료인 환무에게 호들갑스럽게 물었다.

"……."

그러나 환무는 대답없이 주인인 영령의 얼굴만을 뚫어지게 바라보고 있었다.

"쳇, 넌 정말 여전히 무뚝뚝하구나. 대꾸 좀 하면 혀에 종기라도 생긴다니?"

"무의미한 대화에 시간을 낭비하고 싶지 않다. 이상이다."

그 대답을 끝으로 환무는 다시 침묵 속에 빠져들었다.

"쳇, 무뚝뚝하긴. 너랑 대화하느니 절간의 돌부처랑 이야기하는 게 낫겠다."

몽무가 투덜거렸다.

"대화 상대는 잘 고르는 게 좋다고 생각한다. 이상이다."

"예예~"

몽무는 환무랑 대화하는 것을 포기하고 다시 영령에게로 시선을 돌렸다.

"아가씨, 아가씨, 정말 자욱한 안개죠? 세상이 온통 하얀색으로 뒤덮인 것 같지 않아요? 정말 산장 이름이랑 잘 어울리는 광경이에요. 그렇죠?"

"그래, 그렇구나."

그녀는 산장을 나서며 자신의 집을 돌아보았다.

자욱한 안개 너머로 산장의 현판이 그녀의 눈에 들어왔다.

몽환산장(夢幻山莊).

안개 속에 묻힌 산장의 모습은 그 이름에 걸맞게 마치 이 세상에 속하지 않은 신기루처럼 보였다. 그러자 의혹이 꼬리에 꼬리를 물고 일어났다.

'난 과연 저기서 살았던 걸까? 아니, 애초에 저곳이 존재하기는 했던 걸까? 난 지금 환상을 보고 있는 게 아닐까?'

그러나 그녀는 곧 고개를 흔들어 상념들을 떨쳐 버렸다. 지금 그녀에게는 해야 할 일이 있었고, 그것은 그녀에게 있어 최우선 상황이었다.

"가자!"

"예, 아가씨."

몽무와 환무가 대답했다. 몽무에 비해 환무는 조용하고 말이 없는 편이었다.

비록 시비의 지위에 있긴 하지만 들리는 바에 의하면 아버지 몽환장주로부터 직접 무공을 전수받았다고 한다. 적어도 발목을 잡는 일은 없으리라.

그리하여 영령은 시비 둘과 함께 자욱한 몽환의 안개 안으로 걸어 들어갔다.

파괴 & 재생
―산과 하늘

황폐해진 대지, 불타는 전각, 대들보가 불타고 무너지고 아름드리 기둥은 검은 재가 되고 혼탁한 하늘에 검은 눈처럼 흩날린다. 그 속에서 모용휘라는 이름을 지닌 나약한 존재 자체가 불타고 있었다.

그것은 땅바닥 위에 놓여 있었다. 그는 떨리는 눈으로 그것을 바라보았다. 작다. 그래서 내려다봐야 했다. 언제나 올려봐야 했던 그것을 그는 지금 내려보기를 강요받고 있었다. 그것은 얼굴이었다. 그가 경애하고 우러러보았던 얼굴, 그에게는 언제나 자상했던 얼굴, 그에게 검의 길을 제시해 주었던 사람, 사랑스런 핏줄, 그리고 영원하리라 여겼던 최종 목표.

땅 위에 덩그러니 놓여 있는 얼굴은 바로 조부 검성 모용정천의 얼굴이었다. 그것을 그는 내려다보고 있었다. 조부의 몸 아래는 존재하지 않았다. 거기에 놓인 것은 목뿐이었다. 대지가 붉은 피를 빨아들여 자신의 색인 황색을 선홍색으로 물들이고 있었다.

누가 감히 이런 짓을 했단 말인가? 하염없는 눈물이 그의 볼을 적시고 있었다.

'누가 감히 이런 짓을······.'

모용휘는 끈적끈적한 자신의 왼손을 들어 그 손바닥 안을 내려다보았다. 피처럼 붉은 손이 시야 가득히 들어왔다. 아니, 피다. 그것은 의심의 여지 없는 피. 조금 전까지만 해도 타인의 몸속을 맴돌고 있던 더운 피다.

'이것은 누구의 피인가?'

모용휘는 다시 오른손을 바라보았다. 검이 있었다. 지금 그의 눈 아래에 있는 사람이 그가 나이 십오 세에 관례를 치르고 성년이 된 것을 기념하며 자신에게 선사했던 바로 그 검이었다.

너무도 소중하여 소지를 거른 날이 없었기에 언제나 첫눈처럼 눈부셨던 검날이 지금은 찐득찐득한 선혈로 젖어 있었다. 과연 이것은 누구의 피인가?

그 순간 잘려 있던 수급의 눈이 번쩍 뜨였다. 핏발 선 안광이 증오로 일렁거린다.

"잊었느냐, 그것이 누구의 피인지!"

포효가 터져 나왔다. 조부의 눈에서 피눈물이 흐른다.

"아냐, 아냐! 아냐! 그럴 리가 없어!"

모용휘는 미친 듯이 소리쳤다. 어디론가 도망치고 싶었다. 그 자신이 감당하기에는 너무나 무거운 사실이었다. 그렇기에 외면하고 싶었다. 어디론가 여기가 아닌 곳으로 사라지고 싶었다.

하늘에 균열이 가고 땅이 갈라졌다. 이윽고 느껴지는 까마득한 추락

감. 그는 허무의 구렁텅이로 굴러 떨어졌다.

세계가 무너졌다.

"할아버지!"

찢어질 듯한 비명을 지르며 모용휘는 이불을 박차고 일어났다. 몸이 땀으로 목욕한 듯하다.

"시끄럽!"

슈웅!

퍽!

갑자기 베개가 하나 날아와 뒤통수를 가격했다. 평상시 같으면 절대 허용하지 않았을 장난 같은 공격도 완전 무방비 상태에 빠진 지금의 그에게는 잘 먹혀들었다.

"시끄러워! 이게 몇 번째냐? 잠 좀 자자!"

비류연이 이불을 덮어쓰며 짜증스럽게 외쳤다. 그날 이후로 야밤에 잠자기에 상당한 애로 사항이 꽃피고 있었다. 즐거울 리가 없었다. 인간에게 있어 먹고 자는 문제가 가장 중요한 문제는 아니라고 할 수도 있겠지만, 삶이란 걸 유지해 나가기 위해서는 그 누구도 피할 수 없는 일이기도 했다.

"미, 미안하네. 또 그 끔찍한 꿈을 꾸었거든……."

"요즘 맨날 꾼다는 그 꿈?"

모용휘는 땀에 젖어 있는 창백한 얼굴을 조심스레 끄덕였다.

"쯧쯧, 꿈은 꿈일 뿐이야. 새벽 안개처럼 깨어나면 사라지고 말지. 겨우 꿈 따위에 사로잡혀 다른 사람의 수면을 방해해서야 안 될 말이지. 그렇게 생각하지 않나?"

위로나 동정이란 말이 그의 사전에는 없는 모양이었다. 그러나 왠지 자신의 고민을 깃털보다 더 가볍게 취급하는 신랄한 말을 듣고 있으면 모용휘는 한결 마음의 짐이 가벼워지는 것을 느낄 수 있었다. 의도했든 의도하지 않았든 그의 고민을 나눠 가질 사람이 있다는 것은 행운이었다.

"그런데… 류연."

"뭔데?"

여전히 이불을 뒤집어쓴 채 비류연이 대답했다.

"한 가지 물어봐도 되겠나?"

"사랑 고백이라면 사양하겠네."

비류연이 퉁명스럽게 대답했다.

"누, 누가 사랑 고백이란 건가? 난 심각하네. 자네도 진지하게 임해줄 수 없겠나?"

"그럴려면 상담비가 필요해!"

"상담비? 그런 것도 받나?"

어안벙벙한 표정으로 모용휘가 반문했다.

"물론. 특히 야간 상담은 추가 요금이 발생하게 되네. 친구 사이라도 예외는 없어."

"그런 게 언제부터 있었나?"

"방금 전부터! 나의 충고를 들을 각오가 되어 있다면 그에 상응하는 대가를 지불하게. 남의 귀중한 시간을 쓰려면 그 정도 각오는 되어 있어야 하지 않겠나? 수면 방해비를 면제해 준 것만으로도 자네는 다행으로 여겨야 돼. 알겠어? 그럼 왜 돈을 내야 하나? 설명해 주지. 돈을 지불한다는 것은 자네가 나의 충고에 귀를 기울일 각오가 되어 있다는 이야기가 되겠지. 하지만 그렇지 않을 경우 자네는 나의 말에 그만한 가치를 부여하고 있다고 말할 수 있겠나? 나한테 동정받을 거라면 포기하는 게 좋아. 그리고 진짜 충고를 원한다면 그에 상응하는 대가를 치르게. 그만한 각오가 없으면 자네의 몸은 남의 충고를 필요로 하고 있는 게 아니라 그냥 뭔가를 했다는 자기만족을 위한 행동에 불과하니 그런 무의미하기 짝이 없는 짓은 아예 시도부터 안 하는 게 좋아. 어차피 듣지도 않는 충고를 기를 짜내어 해주고 싶은 생각은 없네. 이런 걸 등가교환의 법칙이라고도 하지."

"그, 그런가? 그렇다면 지불한다면 질문을 들어줄 텐가?"

"내면!"

비류연의 대답은 간단명료했다.

"어쩔래?"

"내겠네!"

모용휘가 고개를 끄덕였다. 그는 지금 돈을 땅바닥에 뿌리기로 작정했다. 그러나 그만큼 절박하다는 이야기이기도 했다.

"좋아, 그럼 한번 들어볼까? 이런 걸 대출혈 봉사라고 하는 것이지. 잘 알아둬."

그런 것까지 숙지하기에 세상에는 반드시 알아두어야 할 만한 것들이 너무 많았기에 모용휘는 잊어버리기로 했다. 대신 그가 요즘 품고 있는 궁금증에 대해 질문했다.

"자네는 사람을 죽인다는 것이 뭐라고 생각하나?"

"나의 세계에서 상대를 배제하는 것이지."

비류연이 간단하게 대답했다.

"배제(排擠)?"

"그래. 함부로 허락도 없이 나의 세계를 침범하려는 녀석은 철저히 응징당해야 한다는 게 나의 신념이야."

"그럼 세계를 침범당한다는 것은 대저 무엇인가? 자네를 죽이고자 하는 위협을 가리키는 건가?"

"흠, 그것이 꼭 날 살해하고자 하는 의지일 필요는 없지. 이런 경우는 오히려 간단해. 남이 하고자 하는 바를 고스란히 돌려주면 되니까. 남을 죽이려고 한다거나 해코지하려 한다면 자신도 똑같이 당할 각오를 유사시에 항상 하고 있어야 하지 않겠나? 그것도 아니면서 자기 당할 때만 인권 찾으면 죽어도 싸지. 그런 놈들 살려놓을 바에야 착한 사람 한 사람이라도 더 건사하는 게 낫지 않겠어?"

비류연의 말은 신랄하고 냉정하기 짝이 없었다.

"과격한 발언이군."

항상 전통에 따라 행동하는 모용휘로서는 비류연의 파격적인 사고가 무척이나 불편하게 다가왔다.

"뭐, 꼭 살인 의지뿐만이 아니지. 쓸데없는 충고도 마찬가지야. 본인이 될 수 없으면 알 수 없는 일도 있는데 항상 남에게 충고하려 드는 인간이 있지. 좋은 의도라고 해서 항상 좋은 결과를 가져오는 건 아니야. 의외의 경우 이런 게 타인의 세계를 진흙 발로 짓밟는 결과를 가져오기도 하지. 때문에 충고는 항상 신중해야 하지."

의외의 부분에서 깐깐한 녀석이었다. 그것이 아마 이 비류연이란 친구가 지키고자 하는 가치일 것이다.

"……"

"자, 어때? 그런 데도 충고해 달라고 할 거야? 미리 경고했다시피 그건 내가 자네의 세계를 침범하게 된다는 것을 의미해. 그걸 받아들일 용의가 자네에게 있겠나?"

"충고에 그렇게 큰 의미가 담겨 있었던가?"

"적어도 난 그렇게 생각해. 그래서 난 쓸데없이 나에게 충고라는 명목으로 간섭하는 걸 좋아하지 않아. 나의 세계가 침범당하기 때문이지."

비류연의 생각은 확고부동했다. 그러나 여전히 의문은 남았다.

"그래도 인간은 혼자 살아갈 수는 없지 않은가?"

"물론 때때로 충고가 필요할 때가 있겠지. 하지만 그전에 자신을 정확하게 살펴야 하는 게 아닐까? 자신이 충고가 필요할 때를 아는 것 역시 능력이야. 내가 그것을 아직 가지고 있지 못하지만 필요한 것을 알 때 충고가 필요한 거지. 나의 규칙을 깨뜨리라고 강요하는 게 충고는 아냐. 그건 침범이지. 그래도 할 용의가 있어? 이게 마지막 경고야. 어떻게 하겠나?"

"있네."

썩은 새끼줄에라도 매달리고 싶을 정도로 지금 모용휘의 마음은 절박했다.

그러자 마침내 비류연이 자리를 털고 일어났다.

"자!"

그리고 모용휘는 자신의 눈앞에 내밀어진 하얀 손을 볼 수 있었다. 모용휘가 약간 감동하며 막 그 친구의 손을 마주 잡으려는 순간 그 친구가 말했다.

"선불일세!"

"그러니까 자네는 그 혁씨 할아버지한테서 받은 그 살벌한 요구를 어떻게 처리해야 할지 몰라 고민하고 있다 이 말이지?"

"그렇네."

모용휘가 고개를 끄덕였다.

"죽이면 되잖아?"

뭘 그런 걸 가지고 고민하냐는 듯 비류연이 반문했다.

"류연! 그걸 지금 말이라고 하나!"

모용휘가 진심으로 화가 나서 소리쳤다. 항상 조용하던 그가 한번 화를 내자 마치 천 개의 칼날이 그의 몸에서 솟구치는 듯한 살벌한 느낌이 들었다.

"알았어, 알았어. 농담이었네, 농담. 뭘 그리 정색해서 화내는가?"

"진지하게 임해주게. 선불도 받았지 않나?"

그 말이 비류연의 상도(商道)를 자극했다.

"음, 알았네. 그럼 이렇게 생각해 보는 게 어떤가?"

"어떻게 말인가?"

"그 요구에는 다른 숨겨진 의도가 감추어져 있다고 말일세."

"숨겨진 의도?"

비류연이 고개를 끄덕였다.

"남이 하는 말을 그냥 문자 그대로 받아들이는 것은 위험천만한 일이지. 보통 인간은 자신의 의도를 직접적으로 표현하는 것을 꺼려하는 경향이 있거든. 그래서 항상 한 꺼풀 덧씌워진 언어 뒤에 숨고 싶어하지. 그땐 자네에게 너무나 충격적인 말인지라 혼란스러웠기 때문에 그 의도를 간파하지 못한 것일 수도 있어. 어때, 짐작 가는 거라도 있나?"

비류연이 유도심문했다. 그러나 모용휘는 고개를 절레절레 흔들었다.

"사실 나도 마음에 걸리는 게 있어 요 며칠 동안 계속해서 고민하고 또 고민했다네. 덕분에 그런 악몽까지 꾸게 되었지. 그러나 아무리 생각해도 모르겠더군. 짐작 가는 게 아무것도 없어. 그래서 사실 답답해."

"정말 없나? 잘 생각해 봐? 좀 더 사고를 유연하게 해보는 것은 어떨까?"

비류연이 재촉했다.

"역시 모르겠네."

"끙~"

비류연은 약간 초조감을 느꼈다. 이대로는 곤란했다. 그는 내기에서 이기지 않으면 안 되었다. 그러나 약속 때문에 어느 일정 수준 이상으로 도움을 주는 것은 금지되어 있었다. 뭔가 직접적이지 않은 우회적인 방법을 생각해 내야만 했다. 한참을 고심하던 비류연이 마침내 좋은 생각이 떠올랐는지 손가락을 딱 튕기며 말했다.

"그럼 이러는 게 어때? 직접 물어보는 거야."

"무… 물어보다니? 누구한테 말인가? 혁 노야는 아무것도……."

"누가 그 할아범한테 물어보라 그랬나? 어차피 그 노인네는 알아도 가르쳐 주지 않을 텐데."

"그럼 누구한테 물어보란 말인가?"

"누구긴 누구야! 네 녀석 할아버지지."

비류연의 단언에 모용휘의 입이 쩍 벌어졌다.

"그런 말도 안 되는! 그런 게 가능할 리가 없지 않은가? 자네 제정신인가?"

"일단 정상이네. 자네가 불가능이라 결정하지 않는 이상 그건 아직 불가능이 아냐. 자네가 결정할 일이네."

"터무니없는 소리. 뭐라고 묻는단 말인가? '누가 저에게 할아버지를 죽이라고 명했습니다. 전 어떻게 해야 좋습니까' 라고 말인가?"

"그거 직설적이라 좋군."

모용휘가 버럭 화를 냈다.

"그런 질문을 받고 고민하는 손자도 있단 말인가? 그런 말도 안 되는 명은 거절하는 게 손자로서의 당연한 자세 아닌가? 그건 패륜일세."

비류연이 딱하다는 듯 혀를 찼다.

"그럼 똑똑하다고 소문이 자자한 자네는 왜 고민하고 있나?"

"그, 그건……."

말을 얼버무린다.

"뭔가 마음에 걸리는 게 있으니까 고민하고 있는 것 아닌가?"

그렇다. 그때 당장 단호하게 거부하지 못했던 것은 뭔가 마음속 깊이 걸리는 게 있었다. 표면만을 보지 말고 그 이면을 보라고 그의 마음이 속삭이고 있었다. 그러나 며칠 밤을 뜬눈으로 지새도 답은 나오지 않았다.

"자문만으로 나지 않는 답도 있지. 어떤 건 직접 부딪쳐 보지 않으면 모르는 거야. 자네 할아버지라면 새로운 해석을 내려줄지도 모르지. 어차피 말이란 건 형편없는 의사 전달 도구라서 말야, 이런 저런 해석이 내려지기 마련이거든. 그게 유일한 수단만 아니었어도 쓰지 않았을걸."

"말[言]… 인가……."

"가서 물어봐. 그리고 산인지 하늘인지 확인하고 오라고. 그럼 혹시나 그 말뜻을 알 수도 있을 거야. 오늘 상담은 이걸로 끝이네."

그리고는 다시 침대에 누워 이불을 덮었다. 그러나 모용휘는 질문을 멈출 수 없었다.
"그, 그럼 자네는 혁 노야가 말한 의미의 이면을 파악하고 있단 말인가?"
비류연은 꿈쩍도 하지 않았다.
"…상담 시간 끝났어. 그럼 잘 자게."
비류연이 이불 속에서 건성으로 손을 흔들었다.
"상담은 내일 계속하는 건가?"
"추가 요금 내면."
그리고는 그대로 잠들어 버렸다.
그리하여 모용휘는 마음이 가벼워지기는커녕 더욱 무거워져서 무엇 때문에 비싼 상담료까지 내며 무모한 시간을 보냈는지 자문하게 되었다. 왜 내가 저 인간의 황당한 상담을 듣고자 돈까지 냈던가?

"나의 충고를 들을 각오가 되어 있다면 그에 상응하는 대가를 지불하게."

다시 비류연의 말이 귓가에 울렸다. 과연 자신이 지불한 돈의 가치를 외면할 것인가, 아니면 배수진(背水陣)을 치는 심정으로 그걸 실행해야 하는가? 결국 마지막에 선택하는 것은 또다시 자기 자신이었다.
'진짜 미친 척하고 한번 해볼까?'
근묵자흑(近墨者黑)이라는 말이 생각나는 모용휘였다.

"왜 그러느냐, 휘야? 우물쭈물하는 모습이 평소 너답지 않구나."
사랑스런 손자에게 차를 따라주며 검성 모용정천은 자상한 목소리로 물었다.

"그게… 저……."

고개를 푹 숙인 채 안절부절못하는 모습으로 모용휘는 찻잔을 받아 들었다.

'나는 왜 여기에 이렇게 앉아서 할아버지가 주시는 차를 아무렇지도 않게 받아 들고 있는 걸까?'

설마 비류연의 말에 최면의 힘이 깃들어 있기라도 한단 말인가? 그렇지 않다면 왜 자신은 그 다음날 그의 말대로 행동하고 있는 것일까?

"……."

아무리 반복해서 자문해 보아도 답이 나오지 않았다. 손자가 안절부절못하는 모습을 보며 검성이 입을 열었다.

"고민이 있으면 말해 보거라. 할 말이 있는 걸 테지?"

역시 연륜은 속일 수 없는 법. 검성은 모용휘의 마음을 정확히 꼬집어내었다.

"행실이 올바른 자는 말을 할 때도 두려워하는 법이 없지. 항상 지나칠 정도로 규칙 준수에 집착하는 네가 나에게 말을 함에 있어서 망설이고 있다니 무슨 고민인지 궁금하구나."

너무나 자상한 말에 눈물이 나올 것만 같았다. 사실 지금의 고민은 혼자 지고 있기에는 너무 턱없이 무거웠다. 그는 지쳤고 한시라도 빨리 그 짐을 내려놓고 싶었다. 그러나 함부로 나눌 수 없는 고민이기도 했다. 자상한 말만큼 강력한 힘을 발휘하는 주문은 없다고 했던가? 마침내 마음의 자물쇠가 열렸다. 동시에 눈물이 쏟아졌다. 모용휘는 그간에 있었던 일에 대해 말하기 시작했다. 한 번 말이 터져 나오자 멈추질 않았다.

"푸하하하하하하하!"

손자의 이야기를 모두 들은 검성이 취한 행동은 상상을 초월한 것이었다. 그는 홍소했다. 아주 큰 소리로 기쁘고 즐겁다는 듯이.

옆에서 모용휘가 조부의 이런 갑작스런 행동에 놀라 진정시키려 했지만 소용이 없었다. 한참을 웃은 다음에야 검성은 겨우 진정의 기미를 보였다.

"큭큭큭! 단 한 마디로 항상 냉철하던 너의 이성을 흔들고 고민에 또 고민을 거듭하게 하다니……. 참으로 그분다운 숙제로구나."

"그걸 숙제라 할 수 있을까요?"

"그럼 숙제지. 그것도 아주 어려운 숙제로구나. 허허허!"

검성은 다시 너털웃음을 터뜨렸다. 모용휘는 자신이 이해할 수 없는 상황이 연속해서 눈앞에서 펼쳐지자 갑자기 화가 나기 시작했다.

"어째서 화를 내지 않으시는 겁니까?"

"응? 이 할애비가 왜 화를 내야 하느냐? 그럴 이유가 전혀 없지 않느냐?"

별 소리 다 들어보겠다는 표정으로 검성이 말했다.

"전 친조부를 죽이라는 명을 단호히 거절하지 못한 못난 손자가 아닙니까? 절연을 당해도 할 말이 없는 입장입니다! 가법으로 이 못난 손자를 엄히 다스려 주십시오!"

모용휘가 털썩 바닥에 무릎을 꿇으며 절규했다.

"허허, 이 할애비는 내가 왜 너를 벌해야 하는지 이해할 수가 없구나. 넌 나의 사랑스럽고 자랑스런 손자가 아니더냐? 내가 왜 널 벌하겠느냐?"

"하지만 전 가문의 명예를 더럽혔습니다!"

"아니다. 넌 가문의 명예를 드높인 것이다. 이 할애비는 어깨춤이라도 덩실덩실 추고 싶구나."

판결을 기다리는 죄인처럼 조아리고 있던 모용휘의 고개가 번쩍 들렸다.

"그게 무슨……?"

뒷말을 잇기도 전에 나온 검성의 말에 모용휘의 동작이 우뚝 멈추었다.

"검성을 죽여라!"

모용휘의 몸이 움찔했다.

"…그분께서 분명 그리 말씀하셨더냐?"

모용휘가 고개를 끄덕였다. 그가 부정한다 해서 있었던 일이 없어지지는 않는 법이기 때문이다.

"예, 참으로 송구스럽지만 그렇습니다."

말을 하면서도 그는 감히 얼굴을 들 수 없었다.

"그건 참으로 기쁘면서도 슬픈 일이로구나!"

무척이나 자애스런 눈빛으로 할아버지는 손자를 바라보았다.

"예?"

모용휘가 눈이 휘둥그레져서 반문했다. 슬픈 것은 이해할 수 있었다. 그런데 기쁘다니?

아까 전부터 지금까지 그는 살인 교사에 대한 이야기를 하고 있는 중이었다.

검성이 계속해서 말을 이었다.

"그분께서 너보고 날 죽이라 하셨다면… 후우……."

별안간 검성이 크게 한숨을 내쉬며 탄식했다.

"허허, 네가 가장 존경하는 사람이 이 무림의 최고 정점이라 할 수 있는 무신 그분도 아니고 무신마 그분도 아닌, 이 보잘것없는 늙다리 검객 나부랭이라는 것을 알아 무척 기쁘다만 너의 발전을 막는 크나큰 장애 또한 나라는 사실이 그것을 슬프게 하는구나."

앞의 사실에 노인은 진실로 기뻤지만 뒤의 사실은 그의 마음을 무겁게 만들었다. 그러나 그 시련은 누구나 한 번쯤 반드시 통과해야 하는 의례와도 같은 것이라는 것을 검성은 알고 있었다.

"소손은 잘 이해가 가지 않습니다."

한 가지 확실한 것은 같은 말에 대해 전혀 다른 관점을 지니고 있다는 것뿐이었다. 그 사이에 존재하는 차이 때문에 그는 조부의 언동을 이해할 수 없었다.

"너의 한계는 나라는 사람이란 뜻이다. 네가 나를 넘을 수 없는 벽으로 느끼고 있다는 것이지."

"그것이 잘못된 일입니까? 할아버지를 존경하는 것이 무엇이 잘못된 일이란 말입니까? 전 아직 할아버지에 비하면 아무것도 아니지 않습니까?"

"후우~ 그것이 어찌 잘못이겠느냐. 나는 그 사실이 기쁘다. 다만 나는 끝이 아닌데 너는 무의식 중에 마음속 깊은 곳에서 나를 끝으로 인식하고 있다는 사실이 가슴 아프구나."

모용휘는 그것을 부정할 생각이 없었다. 그것은 그의 자랑이었고 긍지였다.

"할아버님은 저의 평생의 목표입니다!"

모용휘가 외쳤다. 저도 모르게 큰 소리가 튀어나오고 말았다. 어릴 때 처음 무(武)라는 개념을 이해한 이후로 한 번도 그 생각이 변한 적은 없었다. 그의 세계에서 추호의 의심도 없는 진리였다, 그것은.

그러나 모용정천은 고개를 가로저었다.

"지금까지는 그래 왔어도 상관없다. 그러나 지금부터는 그럴 수 없다."

어떠한 거역도 용납하지 않는 단호한 목소리였다.

"앞으로 네가 가야 할 길이 어떤 길인지 나는 모른다. 그분이 무엇을 너에게 맡겼는지 나는 모른다. 그러나 한 가지만은 확신할 수 있다."

꿀꺽.

모용휘는 무의식 중에 마른침을 삼켰다.

"네가 앞으로 가야 할 길, 그 길은 분명 내 앞에 놓여 있을 것이라는 사실이다. 내가 아직 가보지 못한 길, 그 길을 너는 걸어가야만 하느니라. 나를 하나의 단순한 경유지 정도로 여기지 않으면 안 되는 길을 너는 가야만 하는 것이다."

조부의 말에는 비통한 슬픔과 기쁨의 희열이 한데 뒤섞여 있었다. 검성이 계속해서 말을 이어나갔다.

"그러기 위해서 한번 해보아라. 너의 앞길을 막고 있는 이 할애비를 뛰어넘어 보거라. 나는 즐거운 마음으로 그때를 기다리겠다. 너의 검 아래 눈을 감을 수 있다면 그보다 행복한 일은 없을 것이다. 그러나 나는 연장자로서, 미래를 의탁하는 자로서 너의 앞을 전력을 다해 가로막을 것이다. 그러니 뛰어넘어 볼 테면 뛰어넘어 보거라. 그러나 그때는 나를 죽인다는 각오로 임해야 할 것이다."

마치 태산이 가로막고 있는 듯한 위압감이 전신에서 풍겨져 나왔다.

과연 검성 그 이름에 부끄럽지 않은 기도였다.

모용휘의 몸이 벼락이라도 맞은 듯 부르르 떨렸다. 그제야 이 바른 생활 청년도 깨달은 바가 있었다. 혁 노야가 무슨 뜻으로 그런 명을 내렸는지 확실히 알 것 같았다.

여기서 주눅이 들면 모든 것이 끝장이다. 지금까지 쌓아왔던 모든 것이 허투루 돌아가고 마는 것이다.

무릎을 꿇고 있던 모용휘가 자리에서 벌떡 일어났다. 그리고는 별처럼 반짝이는 두 눈을 하고서 검을 쥔 오른손을 앞으로 내밀더니 포권한 후 패기만만한 목소리로 외쳤다.

"소손 휘, 반드시 할아버님을 뛰어넘고야 말겠습니다! 절대 실망시켜 드리는 일은 없을 것입니다!"

"허허허허허, 좋은 패기다. 그 정도는 되어야 모용세가의 혈족이라 할 수 있지. 암, 그렇고말고."

검성은 진심으로 기뻐하고 있었다.

"그럼 한번 시험해 보겠다."

검성이 놀이라도 가는 듯한 가벼운 어투로 말했다.

"시험 말씀이십니까?"

검성이 가볍게 고개를 끄덕였다.

"그래, 과연 너의 현재 성취가 어떠한지 말이다. 네가 서 있는 자리를 확인해 두고 싶구나. 그럼."

그 다음 순간 검성의 손가락이 모용휘의 미간을 향했다. 그 순간 모용휘는 자신의 존재 자체가 그 손가락 안에 갇혀 버리는 듯한 감각에 사로잡혔다. 그는 거대한 손가락 위에서 바둥거리고 있는 가련한 한

마리의 벌레에 불과할 뿐이었다. 그 다음 순간 드높은 푸른 하늘이 그의 앞에 펼쳐졌다.

"무엇을 보았느냐?"

"하늘을 보았습니다."

흠칫.

모용휘의 몸이 움찔했다. 순간 조부의 얼굴을 스쳐 지나간 그것은 미미한 실망감과 애석함이 분명했다. 찰나만큼 짧았지만 잘못 볼 리 없었다.

왜? 왜? 왜? 의문이 그의 사고 전체를 사로잡았다.

"허허, 역시 아직 준비가 덜 되었단 말인가?"

의미 불명의 한숨이 검성의 입으로부터 새어 나왔다.

"손자의 발목을 죄는 족쇄가 되고 싶지는 않았거늘. 나란 족쇄는 생각보다 무거운 모양이구나. 안타깝다, 안타까워!"

'아차!'

조부의 탄식에 모용휘는 문득 깨닫는 바가 있었다.

그물에 사로잡힌 새가 되면 어쩌겠다는 건가! 조부가 실망하는 것도 무리가 아니었다. 아직 결심이 부족하다고 판단한 것이 분명했다.

그는 말만 앞서는 손자가 되고 싶지는 않았다.

"잠깐만요!"

아직 슬픔이 가시지 않은 검성의 눈이 물끄러미 모용휘를 향했다.

"제발 다시 한 번… 다시 한 번 부탁드립니다!"

검성은 손자의 검고 깊은 눈동자를 찬찬히 바라보았다. 그 검은 바다 안에 의지의 파도가 일렁이고 있었다.

"좋다. 하지만 이것이 마지막이다. 게다가 두 번째 시험은 더 어려울 것이다."

그렇게 말하는 검성의 손에는 어느새 모용휘의 검이 들려 있었다.

'어, 어느 틈에!'

아무런 기척도 감지하지 못했던 모용휘는 기겁할 수밖에 없었다.

검성이 애용 중인 '나뭇가지 신검'은 그냥 허리춤에 꽂힌 그대로였다.

이번에는 단순한 손가락이 아니라는 경고였다. 비록 그가 병기의 구애에서 벗어난 경지에 이르렀다고는 하지만 검을 들기 전과 검을 든 후의 기도는 천양지차였다.

"준비는 되었느냐?"

이번 것은 조금 전과는 비교도 할 수 없는 시련이 될 터였다. 그러나 이미 물러날 곳은 없었고 물러날 생각도 없었다. 여기서 물러나면 그는 할아버지를 실망시키게 된다. 그리고 스스로의 말을 지키지 못한 거짓말쟁이가 되고 만다. 그런 비참한 인간이 되고 싶지는 않았다. 그는 긍지를 가지고 살고 싶었다.

"준비되었습니다."

"오냐! 그럼 가마!"

아무런 기척도 없이 모용정천이 검을 쭉 앞으로 뻗었다. 검성의 손에 들린 이상 그것은 이미 평범한 검이라 부를 수 있는 물건이 아니었다.

모용휘는 자신이 두 쪽으로 갈라지는 게 아닌가 하는 착각이 들 정도로 강력한 충격에 전율해야 했다.

발이 의지와 다르게 자꾸만 뒷걸음질치려고 했다. 그것마저도 근육이 굳어져 잘 되지 않았다. 의지를 사용해 버텨보지만 별 무소용이었다.

영혼을 에이는 무시무시한 살기가 그의 존재를 압박하고 있었다.

'이, 이분은 진짜로 날 벨 생각이다!'

저 검끝에 맺혀 넘실대는 농후한 살기는 필살의 의지, 바로 그것이었다.

'나는 죽는다······.'

두려움과 공포에 정신이 아득해져 가고 있었다.

*　　*　　*

"추가 상담에는 추가 요금이 필요해. 그래도 괜찮겠어?"

새벽잠에서 강제로 깨워진 비류연이 짜증 섞인 목소리로 물었다. 물론 이미 수면 방해 보상비는 착취한 이후였다.

"상관없네."

건성으로 고개를 끄덕인다.

"좋아, 그럼 따라오게."

그가 자신을 데려간 곳은 천무학관을 둘러싸고 있는 성벽 위였다.

세찬 바람 속에서 눈을 뜨자 확 트인 대지가 한눈에 들어왔다.

그가 한 손가락으로 대지의 끝을 가리켰다.

"저기 뭐가 보이나?"

그가 물었다.

"지평선이 보이는군."

내가 대답했다.

"저 너머를 볼 수 있나?"

"볼 수 없네."

"그렇다면 저기가 대지의 한계로군. 안 그래?"

자신은 고개를 젓는다.

"그렇지는 않네. 저 뒤에는 다시 새로운 땅이 있네."

매우 지극히 당연한 이치였다. 세 살 먹은 아이도 그건 알 것이다.

"그런가? 그런데 왜 저기까지밖에 보이지 않는 건가?"

"인간의 시력이 그곳까지밖에 보지 못하기 때문일세."

"인간의 시력인가, 아니면 자네 자신의 시력인가?"

잠시 당황한다.

"내, 내 자신의 시력일세."

그러자 그가 다른 한쪽을 손가락으로 가리키며 물었다.

"그럼 저 산의 정상에 올라가면 어떻겠나?"

"그럼 저 너머에 무엇이 있는지 볼 수 있겠지. 현재는 볼 수 없는 시야의 지평을 넘어서 말일세."

"이상하군. 저 산에 무슨 영험함이라도 있나? 왜 산 정상에 올라갔는데 시야가 좋아진단 말인가?"

핫! 그러자 깨닫는 것이 있었다. 자신은 고개를 급격하게 틀어 친구의 얼굴을 바라본다. 그는 왜 그러느냐는 듯한 평온한 얼굴이었다.

'의도하지 않은 것이란 말인가?'

그럴 리가 없었다. 그가 다시 말한다.

"신기하군. 그럼 저 지평선 너머가 보이는 것은 눈이 갑자기 좋아져 그런 건 아니로군?"

"물론 아닐세."

"그럼 바뀐 것 역시 눈이 아니겠지?"

당연했다.

"…바뀐 것은 눈높이일세."

그가 고개를 끄덕인다. 그리고는 대수롭지 않은 투로 말한다.

"어차피 인간이 자신을 얽매고 있는 틀이란 그런 거야. 눈높이가 바뀌면 변하고 말지. 더 멀리 보고 싶으면 더 높이 올라가면 돼. 요는 높은 곳이 어딘지, 어떻게 올라가는지 아는 것이지."

그리고는 잠시 멈춘다. 자신은 얌전히 기다린다.

"인간의 인식지평 역시 마찬가지야."

다시 그가 말하기 시작한다. 어느새 나는 그의 말을 경청하고 있다. 가슴속에서 무엇인가가 끊임없이 소용돌이치고 있다.

"하지만 말이야, 저기가 땅 끝인 줄 아는 자는 산을 찾아 올라가지 않겠지. 끝이 없다는 것을 아는 사람만이 그 너머로 가기 위해, 그 너머를 보기 위해 산을 오르지."

그가 다시 묻는다.

"자네의 땅 끝은 어디인가? 자네의 내면에 드리워진 지평선은 어디에 걸쳐져 있는가?"

"그, 그것은……."

자신은 그 지평선을 알고 있었다. 도저히 넘을 수 없다고 생각한 최후의 상한선, 금기, 성역, 그것은 바로…….

"검성 모용정천 그분이 바로 내가 가고자 하는 끝일세."

한 점 의심도 없는 마음으로 대답한다.

"뭐, 충분히 짐작 가는 일이지. 게다가 그 할아버지 앞에서는 자네, 완전 무방비 상태거든. 평소에는 지나치게 깔끔 떨던 녀석이 완전히 허점투성이가 된단 말이야. 관람하는 쪽에서야 재미있긴 하지만 말이야."

"그, 그런 적 없었네."

"그건 본인 주장이고."

단 한 마디로 일축해 버린다.

"그런데 자네는 그 지평 너머를 상상한 적이 있나? 그것을 넘어볼 엄두를 내보긴 내보았나?"

"그건……."

그분은 신(神)이었다.

모용세가의 자식으로 태어나 모용세가의 법도에 따라 생활한 자신은 검성 모용정천의 경지 그 너머의 세계를 감히 상상할 수 없었다. 그것은 신에 대한 모독이자 지독한 불경이었던 것이다. 신 본인의 의사와 관계없이 그것은 그냥 그랬다. 그래서 다들 그냥 그랬던 그것을 지극히 당연하게 생각했다.

"나는 한 번도 그런 불경을 상상한 적이 없네."

그가 쯧쯧 혀를 찬다. 한심하다는 듯이.

"자네 꼭 맹목적인 종교신자 같구먼. 자네 신이 자네에게 직접 그렇게 말했나? 날 뛰어넘지 말라고."

"그, 그런 적은 없네! 그분이 그런 말씀을 하실 리가 없지 않은가?"

자연스럽게 목소리가 커진다.

"그건 그분에 대한 모독……."

갑자기 말이 나오지 않는다. 그렇다. 그분은 한 번도 그런 말씀을 한 적이 없다. 자신들이 멋대로 그렇게 단정지어 놓은 것이다. 그분의 의사가 어떤 것인지 알려고 하지 않고 드높여 칭송하기 바빴던 것이다.

과연 그런 행위들이 그분이 바라던 바로 그것이었을까? 과연 그분은 그분을 우러르기만 하는 자신들을 어떤 심정으로 바라보셨을까? 가련하고 불쌍하게 여기셨을까, 아니면 실망하셨을까?

멋대로 그분의 마음을 단정하고 재단하고 결정짓다니? 그것이 오히려 그분에 대한 불경이자 모독이 아니었을까? 확고했던 믿음에 빈틈이 생기자 그 틈새를 놓치지 않고 그의 말이 들어온다.

"광기 어린 눈으로 '믿씁니다!'를 골백번 외친다고 해서 꼭 신이 좋아하리라는 법은 없지. 그런데 인간은 인간 자신이 그런 허식 가득한 맹목적인 떠받듦을 좋아하니까 당연히 신도 꼭 자기랑 같을 줄 착각한단 말이야. 그것이야말로 신을 인간의 수준으로 평가 절하하는 가장 지독한 모독 행위가 아닐까?"

"……."

찔리는 게 있는 모용휘로서는 대답할 수 없었다.

그가 다시 한 번 손가락으로 대지의 한계를 가리킨다.

"인간은 어떻게 가보지도 않은 저 지평선 너머를 알 수 있는 걸까? 가보지도 못했는데. 직접 경험하지도 못했는데."

"모르겠네."

그가 말한다.

"그건 바로 인간의 정신이 만들어내는 장대한 상상력 덕분이지. 추상(抽象). 추리, 유추, 혹은 기타 등등으로 불리기도 하는 그런 능력의 근원이지. 그 상상력 덕분에 인간은 자신이 가보지 않은 세계, 자신이 경험해 보지 못한 세계를 간접적으로나마 인식할 수 있지. 그 너머가 있다는 걸 먼저 알아야 그 너머를 보기 위해 무엇이 필요한지 알 수 있지 않을까? 그렇다면 자네는 이제 저 지평 너머를 상상할 마음의 준비가 되어 있나? 인식의 전환을 이룰 각오가 되어 있나? 자네의 지평이

품고 있던 세계를 파괴할 각오가 되어 있나?'

그의 입에서 언어가 끊임없이 토해진다. 그 말 하나하나가 자신의 정신을 두드린다. 잠에서 깨어나라고 말하는 듯이.

"자네가 자네의 지평 너머를 보기 위해 올라가야 할 산은 어디인가? 그 산의 이름을 자네는 분명히 알고 있을 거야."

그 말 그대로였다. 자신은 그 산의 이름을 알고 있었다. 그 거대한 산의 이름은 바로… 바로…….

"자넨 그곳에 오르기를 진심으로 갈망하고 있나?"

용기와 믿음, 그리고 지혜와 인내가 없다면 그 산을 오르는 것은 불가능하다.

"자네는 그 산에 오를 각오가 되어 있나? 검성이란 이름을 지닌 그 거대한 산을 말일세!"

번쩍!

아득해졌던 정신에 다시 불이 들어왔다.

*　　　*　　　*

역시 이분은 존경하지 않을 수 없는 분이다. 나는 이분의 손자인 것이 자랑스럽다. 그렇다면…….

'이분을 뛰어넘는 것이 내가 표할 수 있는 최고의 경의! 최상의 존경!'

그리하여 자신을 최강으로 이끌어준 것은 검성 모용정천이었다고 말할 수 있게 되는 것이다.

그것은 모독이나 불경 따위가 아니었다. 그것이야말로 최고의 경의였다.

그러자 어느새 몸의 떨림이 멎어 있었고, 밝아진 두 눈은 검성이 내민 검끝을 직시하고 있었다. 그는 자신의 앞을 가로막고 있는 높은 산을 자랑스런 눈으로 바라보았다. 부정만으로는 아무것도 얻을 수 없다.

"전 반드시 할아버님을 뛰어넘겠습니다! 반드시!"

검성은 잠시 모든 것을 멈추고 조용히 자신의 손자를 바라보았다.

"정녕 그럴 각오가 되어 있느냐?"

"예, 물론입니다."

"좋다!"

그제야 검성은 입가에 미소를 지으며 검을 거두었다. 그러자 모용휘의 어깨를 짓누르고 있던 만 근 압력이 씻은 듯이 사라졌다. 조금 숨을 쉬기가 편해졌다.

다시 검성이 물었다.

"무엇을 보았느냐?"

똑같은 질문. 그러나 대답은 달랐다.

"산을 보았습니다. 하늘을 향해 솟아 있는 하늘과 땅을 이어주는 천지(天地)의 길목인 태산을."

검성이 손자의 양쪽 어깨를 힘껏 움켜쥐며 흡족한 표정으로 고개를 끄덕이며 외쳤다.

"장하다."

모용휘가 깊이 고개를 숙였다. 검은 어느새 그의 검집에 돌아가 있었다.

"감사합니다, 할아버님."

드디어 조금은 인정받았다는 사실에 청년은 기뻐서 눈물이 나올 것 같았다.

"아직 길을 걷고 있는 너에게 있어 하늘이란 영원히 닿을 수 없는 곳이지. 하지만 산이라면 그곳이 아무리 높다 해도 어차피 땅 위의 것, 올라가고자 하면 못 올라갈 리 없을 것이다. 태산의 꼭대기에서 네가 하늘로 비상하는 때를 이 할애비는 즐거운 마음으로 기다리고 있겠다."

손자가 한 꺼풀 벗은 게 할아버지는 비할 수 없이 기쁜 모양이었다.

"그날이 하루빨리 오기를 기대하고 있으마. 나는 너를 믿는다."

믿는다. 무엇보다 강한 말 중 하나였다. 그 말 속 깊이 자리한 신뢰감의 무게가 그를 짓누르기보다 포근하게 감싸주었다.

할아버지를 실망시키지 않아서 무엇보다 다행이었다.

―예전엔 하늘이었다. 그러나 지금은 태산이었다.

아직 날개를 달지 못해 하늘은 날 수 없어도 산은 자신이 디디고 있는 땅과 아직 연결되어 있었다. 비상(飛上)의 날개는 아직 없지만 그에게는 튼튼한 두 다리가 있고 그것을 움직일 열정과 의지와 각오가 있다.

산(艮:☶)이란 두 음(⚋)의 기반 위에 서 있는 하나의 양(⚊), 그것은 땅의 곤(坤)과 하늘의 건(乾)을 이어주는 다리.

산이 땅에 연결되어 있는 이상 멈추지 않고 걸어가면 언젠가는 도착할 수 있다. 그러나 그는 지금 걷는 것만으로는 부족했다. 시간은 턱없이 부족했다. 그리고 갈 길은 멀었다. 지금은 뛰어야 할 때였다.

그는 이제 겨우 작은 인식의 전환을 하나 이룬 것뿐이었다. 그러나 그것만으로 그의 우주와 그의 운명은 바뀌었다.

그는 방금 자신의 세계를 재창조한 것이다.

"어떻습니까, 형님?"

모용휘가 인사와 함께 물러간 후 홀로 남자 검성은 조용히 자신의 뒤에 펼쳐져 있는 어둠을 향해 물었다.

그러자 뒤에 드리워진 그림자 속에서 한 사람이 걸어나왔다. 마치 이제껏 이곳에 존재하지 않다가 느닷없이 나타난 것처럼.

사실 그 사람은 처음부터 이곳에 계속 존재하고 있었다. 모용휘가 검성을 찾아오기 전부터. 그러나 그는 모용휘의 세계에는 존재하지 않는 존재였다. 그에게는 그의 존재가 인식되지 않았기 때문이다.

"이제야 좀 가르쳐 볼 만하겠군."

그러자 검성은 고개를 힘차게 끄덕였다.

"그럼요. 누구 손자인데요. 당연히 가르쳐 볼 만한 아이지요."

검성 자신 역시 그랬던 것이다. 모용휘는 자신이 말년에 얻은 크나큰 기쁨이었다. 저 정도 재능을 연마하여 갈고닦을 수 있다는 것은 가르치는 자로서도 최상의 즐거움이 아닐 수 없었다.

그렇기에 검성의 목소리에는 긍지와 자랑스러움이 가득했다.

"하지만 생각보다 오래 걸렸네."

"오래 걸리다니요?"

"자네의 손가락 장난에 시간이 얼마나 걸렸다고 생각하나?"

"그렇게 오래 걸렸습니까?"

"두 시진은 족히 된 것 같군. 좀이 쑤셔서 혼났다네."

혁중 노인은 자신의 어깻죽지 부위를 여기저기 두드리며 푸념을 늘어놓았다.

"그렇게나요?"

검성 자신은 전혀 인식하지 못한 일이었다.

"다 자네가 집안 간수를 잘못해서 이렇게 시간이 걸린 것 아닌가!"

혁 노야가 약간 짜증 섞인 목소리로 말했다.

"대형에게 그런 말씀 듣고 싶지 않습니다. 억울하니까요. 저보다 몇 배나 더 큰 벽이 되고 있는 것은 대형 쪽이지 않습니까? 저 정도니까 두 시진으로 끝났지요. 대형이라면 아마 하루 종일 걸렸을 겁니다."

"핏줄은 닮는다더니… 자넨 자네 손자랑 마찬가지로 자신을 너무 과소평가하는 것 같군. 하지만 이제야 저 녀석도 겨우 자기 자신을 부정할 수 있게 된 것 같군. 자네의 그림자에서 벗어나려고 몸부림치기 시작한 것이야."

그동안 모용휘에게 필요했던 것은 철저한 자기 부정이었다. 왜냐하면 그의 세계는 검성으로 시작해서 모용정천으로 끝났기 때문이다. 그에게 검성 모용정천이란 거인이 드리운 그림자는 너무 짙고 너무 광범위했다. 때문에 그는 자기 세계를 부정하는 것이 필요했다. 이 세계가 그림자만의 세계가 아니라 그림자 너머에 태양이 있다는 것을 알려줄 필요가 있었다.

지평선을 넘기 위해서는 어떻게 해야 하나? 아니, 그전에 지평선을 넘는다는 것은 어떤 행위인가? 그것은 끊임없이 자신의 시야를 확장해 나가는 과정이다.

그러려면 먼저 그것이 끝이 아니라는 것을 알아야 한다. 그리고 그 사실을 겸허히 받아들여야 한다. 그 과정에는 환멸로서의 부정이 아닌 초월로서의 부정이 필요했다. 그래야만 인간은 그 다음 지평으로 자신의 인식지평을 확장할 수 있게 된다. 음(陰)의 부정이 아닌 양(陽)의 부정으로 자신의 세계지평을 넓히는 것이다.

지금까지 모용휘에게 그 세계지평은 당연하게도 검성이었다. 물론 검성이라 불리는, 한 명의 검객이 도달할 수 있는 높은 경지는 그동안 그의 성장에 좋은 지평이 되어주었다. 그것은 훌륭한 목표였다. 아마도 모용휘는 그동안 그곳에 닿으면 모든 것이 끝날 수 있을 것이라고 마음속으로 생각하고 있었을 터였다. 아니면 무의식 중에도 결코 그곳에 도달할 수 없다고 생각하고 있었을지도 모른다. 때문에 검성은 그의 세계인 동시에 한계였다.

우상(偶像)은 좋은 점도 있지만 그만큼 부정적인 측면도 없지 않다. 그래서 그를 가로막는 가장 큰 장애물은 그의 우상이었던 검성의 존재 그 자체였다.

하지만 무신(武神)의 뜻을 이을 자라면 겨우(!) 검성의 존재에 얽매여서는 안 된다. 신이 되기 위해서는 인간을 초월하지 않으면 안 되는 것이다. 그 각오가 없다면 결코 도달할 수 없는 길을 모용휘는 지금부터 걸어야만 했다.

자신이 믿지도 않는 곳이 이 세상에 어디 있겠는가? 자신이 부정한 것이 자신의 내면 세계에 존재하는 일은 없다. 그것이 외부에 있는 한 결코 도달할 수 없는 것이다. 때문에 모용휘는 자신의 틀을 깨는 것이 필요했다. 알을 깨지 않으면 새는 태어날 수 없고 태어나지 않으면 날아오를 일도 없다.

"이제 저 아이는 저희들과 대형들이 그랬던 것처럼 끊임없는 질문을 반복해 가며 자신을 키워 나가게 되겠지요? 그것은 지난한 과정일 것입니다."

"그 누구도 도와줄 수 없는 일일세. 스스로 하지 않으면 안 되는 일이야. 자신의 한계를 극복하는 극기(克己)의 과정이란 그런 것이 아니었던가?"

"그랬지요. 말씀하신 그대로입니다. 우리가 할 수 있는 일은 너무도 작게 한정되어 있지요."

"알면 됐네."

인간이 한계를 넘기 위해서는 어떻게 해야 하는가?

세계는 본질상 보다 더 넓은 지평에 대해 개방적이다.

우리는 '존재'를 통한 끊임없는 물음 속에서 존재한다.

우리가 아는 모든 것에 있어서 우리는 동시에 자신의 무지(無知)를 인식한다. 모든 지식은 동시에 '아는 무지'이며, 바로 이를 통하여 그 무지는 지금까지의 지식의 한계를 벗어나고 물음의 움직임을 일깨운다. 안다는 것은 내가 무엇을 모르는지 아는 것이다. 때문에 우리는 질문한다.

우리는 알면서, 그리고 이해하면서, 뿐만 아니라 그와 마찬가지로 원칙적으로 물으면서 세계 내에 존재한다. 우리는 끊임없이 물으면서 우리의 세계를 끊임없이 넘어선다. 우리의 물음을 통하여 끊임없이 우리의 세계는 확장되어 나간다. 인식 속에서 한계 지어졌던 세계의 벽이 무너지고 개방되어진다.

인간의 세계는 본질적으로 하나의 개방적인 세계이다. 그리고 끊임없이 존재 속으로, 무한으로 확장되어 간다. 이 확장이 멈추는 일은 결코 없다. 끊임없는 질문을 통해 인간은 부단히 자기 자신의 세계지평을 확대해 나간다. 그리하여 그 한계 너머의 한계를 주제화하고 그곳에 다다르기 위해 전력을 투구하는 것이다. 그러기 위해 필요한 것은 전일(全一)한 마음. 마음을 하나로 모아 흔들리지 않는 신념으로 다진 주일무적(主一無適)의 마음이다.

"산의 존재를 알아야 비로소 오를지 말지, 그리고 어떻게 오를지를 결정할 수 있겠지. 산이 있는 줄도 모르는데 어떻게 더 높은 곳으로 올라갈 수 있겠나? 저 아이는 이제 산을 보았네. 그리고 그곳을 올라가기로 결정했네. 우리가 해줄 수 있는 일은 이제 없네."

"아니요. 있습니다."

모용정천은 혁중의 말을 부정했다. 혁중은 인정했다.

"그렇군. 자네에게는 자네가 할 수 있는 일이 있었군."

모용정천이 고개를 끄덕였다.

"예, 저는 전력을 다해 저 아이의 앞을 가로막을 것입니다. 그것이 제가 저 아이에게 줄 수 있는 가장 큰 사랑이니까요."

"그런 자네가 부럽군."

'저의 후계자는 누가 뭐래도 저 녀석뿐입니다.'

라고 말하고 싶었지만 검성은 가까스로 참았다. 혁 노인에게는 해서는 안 될 말이었다. 이 신(神)에게도 아픈 기억은 있었고 상처도 있었던 것이다. 신마(神魔)라 불리지만 그 역시 아직 인간의 굴레를 완전히 벗지는 못하는 피류으로 만들어진 또 한 명의 인간이었다.

후계자의 상실.

그 상처는 되도록 건드리지 않는 게 좋았다.

'하루빨리 새로운 후계자를 찾기를……'

검성은 진심으로 그렇게 기원했다.

"나는……"

혁중이 다시 입을 열었다.

"저 아이를 비롯해 미래라는 가능성을 지닌 아이들에게 이런 말을 전해주고 싶군."

"무슨 말씀을 말입니까?"

혁중이 진지한 얼굴로 대답했다.

"소년(少年)이여, 신화(神話)가 되어라!"

"……."

너무나 진지한 그 표정에 모용정천은 잠시 침묵했다.

"신화의 장본인이 그런 말씀을 하셔도……."

"모순되었다고 생각하나?"

검성이 살짝 고개를 끄덕였다.

"나는 아이들이 신화를 듣기만 하는 게 아니라 신화 그 자체가 되려는 기개를 가졌으면 하고 바라네. 더 이상 과거의 신화가 그들이 지닌 가능성의 발목을 잡지 않았으면 하네. 소년이라면, 젊은이라면 신화 속의 신(神)을 부정하고 스스로 신화가 되려는 기개가 필요하지 않겠나?"

"그건 '소년이여, 불신자(不信者)가 되어라' 아닙니까? 또는 '소년이여, 불량(不良)이 되어라' 라던가 말입니다."

혁중이 맞받아쳤다.

"큭큭! '소년이여, 신성 모독자가 되어라' 일지도 모르지."

"지금 신이 스스로 자신을 모독하라고 말씀하시는 겁니까? 그래도 분노 안 하실 자신 있으세요?"

"응? 왜 안 하나? 적극적으로 분노해 줘야지."

"그게 뭡니까? 말하고 행동이 다르잖습니까?"

"어허, 뭐가 다르다는 건가? 그 정도 분노에 쫓아서야 어찌 다음 신화를 이을 수 있겠나? 그런 분노에도 꿈쩍하지 않는 드높은 기상이 있어야지."

"억지 같은데요?"

"아니지. 지극히 논리 정연한 이야기일세. 자네가 거대한 벽이 되어 그 아이의 앞을 가로막듯이 나 또한 적극적이고 과감한 분노를 표출함으로써 후배들의 앞을 가로막아야 하지 않겠나? 그것이 바로 진정으로 장대하고 위대한 사랑이라는 것이지. 그.렇.게. 생.각.하.지. 않.으.시.나. 검.성. 군(君)?"

검성은 순간 움찔했다.

"음… 뭐, 일단 그렇다고 해두죠. 백 살 넘어서 맞고 싶지는 않으니까요."

"어흠!"

혁 노인은 짧게 헛기침을 하며 쥐고 있던 주먹을 스르륵 내렸다.

검성이 아련한 눈빛으로 먼 곳을 바라보며 말했다.

"이제 저 아이들의 또 다른 여행이 시작되겠군요."

      *   *   *

다음날 한 장의 방이 학관 곳곳의 공식 게시판에 나붙었다.

제목은 다음과 같았다.

천무학관과 마천각 사이의 상호 교류 확대를 위한 사절단 후보 명부.

출발 일시:입관 시험이 끝난 뒤 일주일 후.

참가 예정자 명부:-용천명, 마하령, 남궁상, 진령, 일공, 모용취, 윤준호, 장홍, 나예린…….

그리고… 마지막으로 다음의 이름 석 자가 적혀 있었다.

비류연(飛流連).

〈『비뢰도』 제18권에서 계속〉

비류연과 그 일당들의 좌담회

남자1 : ㅎㅎ… ㅎㅎㅎ…ㅎㅎㅎㅎ…….

남자1 : 음홧홧홧홧홧홧홧! 드디어… 드디어…….

모용휘 : 뭡니까? 홍 아저씨? 그 괴상한 웃음은? 우아하지 못하게.

장홍 : 드디어 부활(復活)이다! 부활! 기나긴 인고의 세월은 오늘 끝이다. 찬밥에 짠지만 먹는 눈물 섞인 비빔밥의 나날도 어제부로 끝이다. 다들 삶은 달걀을 먹으며 오늘을 경축하도록!

모용휘 : 전 삶은 달걀 그다지 좋아하지 않습니다.

장홍 : 그거야 자네가 아직 채 덜익은 반숙(半熟) 검객이기 때문이지. 나 같은 사람은 팍팍 익은 걸 좋아하는 법이야.

모용휘 : 그런 사람이 그렇게 무서워서 벌벌 떱니까? 어린애처럼 투정이나 부리고.

장홍 : 뭐… 뭐… 뭐라고! 그… 그건 꼭 무서워서라기보다… 자네도 다 크

면 알게 돼. 그건 어쩔 수 없는 거야. 이 세상이 힘만으로 해결된다고 생각하면 큰 착각이야. 아무리 힘이 있어도, 결코 힘만으로 해결할 수 있는 일들이 바닷가의 모래알처럼 많단 말일세. 쯧쯧, 아직도 그런 자명한 이치를 모르니깐 자네가 아직 반숙이라는 것일세!

모용휘: 글쎄요… 제 눈엔 단순한 겁쟁이로밖에 안 보이던데요.

장홍: (포효하며!) 시끄럽! 그게 이 책의 새로운 미남 주인공인 이 몸에게 감히 할 말이라 생각하나?

모용휘: 그거 저번에도 써먹은 거 아니에요? 한번 비슷한 걸 써먹은 적이 있는 것 같은데요.

장홍: 아냐! 이번엔 작가의 빈곤한 상상력 탓이 아냐! 이번엔 진짜야! 그 증거로 그 녀석의 출연씬은 대폭 삭감됐잖아! 드디어 그 녀석도 주연에서 조연으로 전락한 거라고. 이제 나의 시대야! 나의 시대! 내가 바로 이 책의 '신삥' 주인공이야! 게다가 편집진에서 오타를 냈군. 이 코너의 제목은 이제 '장홍과 그 일당들의 좌담회'인데 말이야! 더 이상 '비류연과 기타 등등'이 아니라 그 말씀이지!

뻑! (장홍 앞으로 고꾸라진다)

비류연: 안 나오긴 누가 안 나와?

모용휘: 류… 류연?

비류연: 왜? 자네도 나의 주인공 자리를 노리려고 그러나? 내 경고하는데 이번에 비중이 대폭 늘었다고 해서 너무 자만하지 않는 게 좋아.

모용휘: 아니… 그게 아니라…….

비류연: ????

모용휘 : 자네 지금 밟고 있어. 장홍 아저씨의 머리통을 밟고 있단 말일세.

비류연 : 음? 정말이네? 아니, 이런 우연이! 오랜만이에요, 공처가 아저씨!

장홍 : 큭······.

모용휘 : 이보게··· 웃고 손 흔들면서 인사만 하지 말고 봤으면 이제 그만 비켜줘도 되지 않겠나? 아마 장홍 아저씨도 반성하고 있을 걸세.

(살짝 다리를 움직여 옆으로 물러난다)

장홍 : 휴~~~ 죽다 살았네.

비류연 : 다들 살아 있는 것을 보니 반갑군요.

장홍 : 거짓말 마! 방금 자네 땜에 질식사할 뻔했네.

비류연 : 사고군요. 그건! 게다가 지금 뭐 하고 있는 겁니까? 괴이쩍하고 수상쩍한 웃음이나 터뜨린답시고 독자 분들에 대한 인사도 빼먹고 말입니다. 이런 걸 꼭 주인공인 제가 챙겨야겠습니까? 엑스트라 선에서 해결해야 될 것 아니에요.

장홍 : 누··· 누가 엑스트라라는 거야!

모용휘 : 그 손가락 저쪽으로 치워주지 않겠나?

장홍 : 둘 다 내 쪽으로 손가락 질러대지 마!

비류연 : 자자! 둘 다 싸우지 말아요. 우리도 이제 분발하지 않으면 안 돼요. 새로운 경쟁 코너도 하나 신설되었으니깐요.

장홍 : 새 코너?

모용휘 : 어? 모르셨어요? 이 좌담회 뒤에 천무학관에서 공식 지정한 108종의 필독 추천 도서를 소개하는 코너가 생겼어요. 그것도 모르면서 주인공입네 하신 겁니까?

장홍 : 아니··· 그거야··· 아니, 어쨌든! 나도 그런 목록이 있단 이야기를

듣긴 들었는데 그딴 걸 누구 읽는다고 번거롭게 만들어놓는지 모르겠어? 요즘은 애들이 책 거의 안 보잖아? 한자 많고 그런 거 보면 머리 아파할 걸? 혹시 이번 권 부록은 '두통약'인가? 머리 아프면 먹어야 할 것 아닌가?

모용휘 : 그런 거 없습니다. 브로마이드가 부록으로 나가긴 하겠지만 말입니다. 아, 그러고 보니 홍 아저씨 그쪽에도 빠졌었죠.

장홍 : 자네, 그런 샤방샤방하고 천진난만한 얼굴로 그런 잔인한 소릴 할 수 있는 겐가! 자넨 거기 나왔다 이건가! 하지만 자네도 어차피 뒷배경이잖아! 게다가 왜 서(書) 얘기 하다가 화(畵)로 넘어가는 겐가?

모용휘 : 전 착실히 찾아 읽고 있습니다. 읽으면 다 피가 되고 살이 되는 것들입니다. 사람들의 여러 가지 관점을 시간과 공간을 초월해서 접할 수 있는 게 책의 장점 아니겠습니까? 전 벌써 반수 가까이 읽었는걸요. 졸업 전엔 다 읽을 계획입니다. 다들 아저씨처럼 책은 안 보고 '춘화도'만 즐겨본다고 생각하시면 큰 오산이죠.

장홍 : 누… 누가 춘화도만 본다는 거야. 나도 경전 읽어. 왜 이래!

모용휘 : 아, 소녀경이요?!

장홍 : 크르르르르…….

비류연 : 자자, 그만 싸워요. 지금 티격태격하고 있을 때가 아니에요. 잘못하다가는 이 코너 강판당할 수 있다구요. 그래서야, 체면이 말이 아니죠. 자자, 이제 페이지도 없어요. 시간도 없고, 인사하고 끝내야겠어요.

모용휘 : 처음 인사가 끝 인사가 되어버리는군.

장홍 : 시종일관(始終一貫)하니 얼마나 좋은가!

비류연 : 에휴~ 그런 낡은 개그, 아무도 이해 못해요. 더 분발하도록 하세요. 웬지 이 코너의 미래도 암울하군요.

장홍: 큭!

모용휘: 자자, 인사하세. 인사!

비류연&모용휘&장홍: 안녕하십니까! 비뢰도를 사랑하는 독자 여러분! 반갑습니다. 오랜만에 뵙겠습니다. 갑자기 눈물이 나려 합니다. 정말 긴 시간이었습니다. 그리고 저에게는 무척이나 힘든 시기이기도 했습니다. 물론 기쁜 일도 중간에 있었습니다만, 괴로운 일도 많았습니다. 운명의 파도에 이리저리 휩쓸려 가는 듯한 시간들이었습니다. 무엇보다 아직 시련이 끝나지 않은 것인지도 모르겠습니다. 하지만 더 이상 멈추지는 않겠습니다. 파도를 없앨 수는 없겠죠. 하지만 그 파도를 멋진 서퍼처럼 올라 타고자 하는 노력은 멈추지 않겠습니다. 계속해서 앞으로 나아가겠습니다.

이제 보금자리를 바꿔 비뢰도의 새로운 이야기를 시작하려고 합니다. 한시라도 빨리 여러분의 곁을 찾아오고 싶었으나 본의 아니게 늦어지고 말았습니다. 말로 사과하지는 않겠습니다. 말은 진심을 담을 수 없으니깐요. 대신 글로 사과하겠습니다. 행동으로 보여 드리겠습니다. 그것이 작가가 할 수 있는 최대최고의 사과라고 생각합니다. 부족한 점이 있더라도 앞으로도 변함없는 사랑 부탁드리겠습니다. 그럼 최대한 빠른 속도로 또다시 여러분의 곁을 찾아가겠습니다. 다음 권에서 뵙겠습니다.

…….
.
.
.
.
.

효룡: 어, 난?

.

.
.
.
.
비류연&모용휘&장홍: 어? 우리 목소리 맞아?

학생이라면 반드시 읽어야 할―그러나 거의 아무도 읽지 않는―천무학관 지정 필독 추천 도서 108종

두뇌 총명하고 무공 출중하다고 명실 공히 인정받는 서른 명의 고수가 무려 일 년 동안 머리를 맞대고 뽑아낸 희대의 담론들. 읽으면―그리고 읽은 다음에 혹시라도 이해라는 행위가 가능하게 된다면―피가 되고 살이 된다 일컬어지는 공증받은 명저(名著)들.

강호에 쏟아져 나오는 수백 종의 서책들이 대중없이 모아진 후 이성에 따라 버려지고, 다시 모종의 경제적인 이유에 따라 선택받고, 다시 경쟁 원리에 따라 버려지길 수차례 반복하며 신중하게 추려지고 필수 독서 목록으로 책정된 지 근 50년이 흘렀지만, 지난 60년 전부터 천무학관 장경각 사서장을 역임하고 있는 '서광(書狂)' 노사의 증언에 따르면, 이 108종의 책을 몽땅 탐독한 인간은 반백년 역사를 통틀어 기십이 넘지 않는다고 한다.

"물론 위에 책정된 서책들이 지금 있는 학생들과 눈높이가 맞지 않는다는 사실은 인정합니다만… 아직도 무공이란 게 몸으로만 익히는 것이라는 생각이 팽배한 탓에 책을 멀리하고 정신을 살찌우는 일에 소홀히 하는 아이들을 보고 있으면 때때로 제 판관필이 살기에 부르르 떨리곤 합니다. 요즘 강호에 유행하고 있는 역병인 책을 읽기만 하면 토하는 독서거식증과 그 병의 존재가 밝혀진 지 이천 년이 경과했음에도 아직까지 그 치유 방법이 발견되지 않았다는 불치병인 독서수면증에 걸린 아이들이 하루빨리 치유되길 바랍니다."

―사서장 서광 노사와의 대담 중에서 발췌.

■ 십이(十二) 비급무용론(秘笈無用論)
―일부 발췌―

…(전략)…….
…자신의 자칭 절세비기가 후세에 사장(死藏)되지 않고 좋은 일에 사용되길 바라며 무슨 음침한 동굴 같은 데나 관관 명소도 되지 못할 황량하고 궁벽진 절벽 한가운데다가 자신의 무공구결을 새겨놓은 행위는 이런 이유에서 단순한 자기만족과 자연 경관 훼손에 불과하다.
 언어의 한계란 명확하고 또 명백하다. 또한 인간은 지극히 주관적인 동물이다. 우리는 어떤 저작물을 읽을 때 사심으로 읽을 수밖에 없다. 사심(師心)은 곧 사심(私心)이자 사심(邪心)이다.
 이런 인식 체계상의 태생적 한계 때문에 정보라는 것은 어쩔 수 없이 한번 이상 체에 걸러지게 되고, 그 과정에서 정보의 왜곡이 필연적으로 발생하게 되는 것이다. 특히나 내공 수련에 대한 요결이 아닌 동작과 관련된 그림은 입체적인 것을 평면 안에 우겨 넣는 무식하기 짝이 없는 행위이기에 이해에 큰 도움이 되지 못할뿐더러, 때때로 방해마저 된다. 이런 이유에서 과거로부터 전해진 비급(秘笈)을 통해 절세(絶世)의 무공(武功)을 익혀보겠다는 안이한 생각은 일확천금(一攫千金)의 꿈만큼이나 부질없는 환상에 불과할 따름이다.

…(중략)…….

옛말에, 초식이 이(二), 스승의 말이 팔(八)이라 했다. 초식은 단지 형태일 뿐 그 안에 담긴 진정한 묘리는 스승의 직접적인 가르침을 통해서만 가능하다. 단지 초식의 형식에 집착하는 것은 나머지 팔 할의 묘리를 놓치고 있는 것과 마찬가지다. 여기서 초식은 비급과 바꿔쓸 수 있는 말이다.

스승이 생사의 간극에서 직접 몸으로 습득한, 다양한 체험적이고, 현장을 제대로 반영하는 묘수(妙手)들이야말로 진정한 비기(秘技)들인 것이다.

그렇다면 비급의 용도는 무엇인가?

그것은 단지 치매에 대한 일종의 대비책에 불과하다. 인간은 나이가 들수록 기억력이 감퇴하게 되며, 그것은 머리를 잘 쓰지 않는 사람일수록 더 빨리 진행된다. 개중에는 종종 자신이 익힌 무공을 까먹는 사람까지도 있다. 그 시간적 한계는 보통 1갑자가 되는 60년이다.

기억의 모래가 세월의 바람에 흐트러지려 할 때 비급(무공서)은 유용한 되새김질 역할을 해준다.

비급에 정리된 내용을 통해 새까맣게 까먹고 있었는지 없었는지, 검로는 어땠는지 백지 상태로 변해 있던 기억의 흔적을 더듬어 다시 원래의 형태를 불러낼 수 있는 것이다. 그것 이외에 비급이 쓸 만한 점은 눈 씻고 찾아봐도 없다는 것을 우리는 인정해야만 한다.

…(후략)…….

삽화 : 김희경(kk)

삽화 : 김희경(kk)